FEDERHERZ
VERLAG

ANA SKYE

Without You I AM BROKEN

WITHOUT YOU I AM BROKEN

Bildmaterial: Shutterstock, Freepik, Rawpixel
Korrektorat: Anika Lorenz-Damschke

Bestellung und Vertrieb: Nova MD GmbH, Vachendorf

ISBN: 978-3-98942-043-4

Druckerei Smilkov Print Ltd
Pokrovnishko shose
2700, Blagoevgrad

Federherz Verlag
Bergmannsweg 7
31867 Lauenau
www.federherzshop.de
Instagram: @federherz.verlag

Triggerwarnung

Liebe Leser:innen,
dieses Buch enthält Elemente, die potenziell triggern können.
Eine konkrete Auflistung der Triggerthemen befindet sich im Anhang des Buches. Achtung: Diese können unter Umständen Spoiler für das gesamte Buch enthalten.
Ana Skye und das gesamte Federherz Team wünschen euch viel Lesevergnügen.

Für alle, die das Gefühl haben,
noch nicht auf dem richtigen Weg zu sein.
Lauft weiter.
Ihr werdet ihn finden.

Playlist

Chicago – Clueso
Save Your Tears – Milky Chance
Seven Nation Army – Zella Day
Highwayman – Willie Nelson
All Good Things – Nelly Furtado
Starlight – Muse
When we were young – Adele
Another Love – Tom Odell
All The Things She Said – t.A.T.u.
Cruel Summer – Taylor Swift

Prolog

Heute war der Tag, an dem ich eigenhändig mein Leben zerstörte.

Der Tag, an dem ich die Liebe meines Lebens verließ. Dass Luke Wilson die Liebe meines Lebens war, stand für mich seit zwei Jahren fest. Ich war mit meinen achtzehn Jahren vielleicht ein bisschen zu jung, um das zu behaupten, aber ich spürte es in meiner Brust. Ich spürte es an dem warmen Gefühl, das sich in ihr ausbreitete, wann immer Luke in meiner Nähe war. An den Schmetterlingen in meinem Bauch, wenn ich seine Stimme hörte. An der Gänsehaut auf meinem Körper, wenn er mich berührte. An dem Prickeln auf meiner Haut, wenn er mich küsste.

Zum ersten Mal hatte er das vor zwei Jahren getan. Es war mein allererster Kuss gewesen, aber ich hatte sofort gewusst, dass es besser nicht werden konnte. Dass ich mehr davon wollte. Regelrecht süchtig war. Süchtig nach Luke. Wir waren schon seit Ewigkeiten unzertrennliche beste Freunde gewesen, aber ab diesem Tag, an dem er mich auf den Heuballen geküsst hatte, waren wir nicht mehr nur unzertrennlich, wir waren unwiderruflich verliebt. Wir verbrachten quasi keinen Tag ohneeinander. Mit Luke erlebte ich alles zum ersten Mal. Insbesondere das Gefühl, einen anderen Menschen auf der Welt so sehr zu lieben, dass es dir körperlich wehtat, ihn leiden zu sehen. Und das würde ich heute.

Denn heute würde ich mit Luke Wilson Schluss machen.

Es war kein Entschluss, den ich über Nacht getroffen hatte. Vielmehr war es eine dieser Entscheidungen, die dir nächtelang den Schlaf raubte. Nein, nicht nur den Schlaf, auch die Luft zum Atmen. Eine Entscheidung, die deine Gedanken unaufhörlich herumschleuderte wie ein Karussell.

Die so sehr wehtat, dass du dich fast übergeben musst.

In den letzten Tagen hatte ich mich unzählige Male immer wieder umentschieden. *Ich tu's, nein, ich tu's nicht. Ich kann's nicht tun. Doch, ich muss, nein, ich kann nicht, zur Hölle, ich kann nicht …*

Aber ich konnte. Und ich würde es heute.

Tief in meinem Inneren schlummerte die leise Hoffnung, dass es keine Trennung sein würde. Dass ich Luke zwar verließ, aber mich nicht trennte, denn das war ein Unterschied. Ich würde nach Chicago gehen und Luke hier, in West Village, zurücklassen. Das stand fest. Das war unumstößlich. Aber deswegen mussten wir es doch nicht beenden. Das war es, was ich mir seit Tagen immer wieder einredete. *Deshalb müssen wir uns doch nicht trennen.*

Fernbeziehungen konnten funktionieren. Da war ich mir sicher. Chicago war knapp 300 Meilen von hier entfernt, das war nicht *so* weit, das konnte man alle paar Wochen fahren, dann würden wir uns am Wochenende sehen, und ...

Ich seufzte frustriert auf und kickte einen Stein hin und her. Was redete ich mir hier eigentlich ein? Wieder und wieder war ich diese Vorstellung in den letzten Tagen im Kopf durchgegangen. Und es funktionierte nicht. Luke würde mich nicht am Wochenende in Chicago besuchen. Er hatte hier in West Village zu tun. Auf dem Gutshof seiner Eltern, wo er seine Ausbildung zum Landwirt machte. Ein harter Job. Er bedeutete schuften, schuften, schuften. Da würde ich mit Sicherheit nicht erwarten, dass Luke seine freien Minuten aufbrachte, um regelmäßig vier Stunden zu mir zu fahren. Und für mich würde das genauso wenig möglich sein, denn das Studium, das mich erwartete, war zeitaufwendig und stressig.

Doch etwas anderes zog mir viel stärker den Magen zusammen. Luke hatte möglicherweise keine Zeit, mich zukünftig in Chicago zu besuchen, aber noch viel weniger würde er den Willen dazu aufbringen.

Wir hatten vor einigen Wochen bereits darüber geredet, als es um die Unibewerbungen ging. Und Luke hatte mir ziemlich deutlich gemacht, dass seine Welt zerbrechen würde, wenn ich nach Chicago ging. Und unsere Beziehung. Er war lange davon ausgegangen, dass ich mich an der Universität bewerben würde, an der auch meine Schwester Abby studierte. Obwohl ich das nie behauptet hatte. Aber er nahm es ganz selbstverständlich an, einfach, weil es die Uni in der Nähe war. Weil Luke davon ausging, dass ich bei ihm bleiben wollte.

Und das wollte ich auch, wirklich, ein Teil von mir verzehrte sich ungemein danach.

Aber ein noch größerer Teil wollte nach Chicago.

Chicago, das war schon seit Jahren mein Traum gewesen. Schon, bevor ich mit Luke zusammengekommen war. Sie hatten an der Uni dort ein exzellentes Journalismus-Programm, und genau das wollte ich machen: irgendwann einmal Investigativ-Journalistin sein, Wirtschaftsskandale aufdecken, Umweltsünder zur Strecke bringen. Die Welt ein kleines bisschen besser machen.

Luke konnte das nicht verstehen.

Weil wir an einem Ort lebten, an dem die Welt bereits gut war. West Village. Ein kleines, beschauliches Örtchen in Missouri, an dem jeder sich kannte, jeder sich grüßte – und jeder sich über den anderen das Maul zerriss.

Ich wollte hier weg. Dringend. Ich wollte das pulsierende Großstadtleben in meinen Adern spüren, jeden Tag etwas Neues erleben, mich frei und lebendig fühlen. Am liebsten mit Luke zusammen. Dass er mich nach Chicago begleiten würde, wäre mein größter Traum. Doch es ging nicht. Luke würde hierbleiben. Auf dem Gutshof seiner Eltern.

Und deswegen musste ich es heute tun. Ihm sagen, dass ich gehen würde. West Village verlassen. Und ihn.

Der Gutshof der Wilsons kam in Sicht. Mein Herz rannte inzwischen einen Marathon. Ich fühlte mich, als würde ich jeden Moment in Ohnmacht fallen. Normalerweise beruhigte mich Lukes Anwesenheit zu jeder Sekunde. Ich wusste, dass er mich auffangen würde, falls ich fiel. Doch ab heute wären wir nicht mehr füreinander da. Heute würde ich ins Bodenlose stürzen. Genau wie Luke.

»Chloe?«

Ich wirbelte herum. Luke stand ein paar Meter entfernt mit einer Schubkarre in den Händen und hatte mich zuerst entdeckt. Auf seinem Gesicht breitete sich das anbetungswürdige Lächeln aus, wie immer, wenn er mich sah.

»Luke.«

Meine Hände zitterten. Ich musste aschfahl im

Gesicht sein und er bemerkte es. Er stellte die Schubkarre ab und kam besorgt zu mir herüber.

»Alles okay bei dir?«

Ich legte ihm die Hand auf die Brust, wohlwissend, dass heute möglicherweise der letzte Tag war, an dem ich ihn berühren durfte. Ich genoss es, seine harten Muskeln unter dem T-Shirt zu spüren. Die Muskeln, über die ich schon so oft bewundernd mit meinen Fingern gestrichen hatte. Unvorstellbar, dass das vielleicht bald ein anderes Mädchen tun würde. Dass ich bald nicht mehr den Titel *Lukes Freundin* tragen würde. So unvorstellbar, dass mir erneut schlecht wurde. Ich hatte das Gefühl, mich auf Lukes Schuhe übergeben zu müssen.

Es war noch nicht zu spät. Ich konnte noch einen Rückzieher machen. Luke sagen, dass ich vorbeigekommen war, um ihm beim Füttern der Schweine zu helfen, die Aufgabe liebte ich nämlich.

Ich war kurz davor. Vor allem, als ich in Lukes blaue Augen sah und sich darin all unsere gemeinsamen Erlebnisse spiegelten, von unserem ersten Kuss bis zu unserer letzten gemeinsamen Nacht auf seinem Dachboden.

Doch ich sah noch etwas anderes in seinen Augen. Ich sah das Leben, das ich mit dieser Entscheidung wählen würde. Das Leben in West Village. Das Leben, das zwar Luke bereithielt, doch auch so viel Enttäuschung und wie Seifenblasen zerplatzte Träume. Ein Leben voller Vorhersehbarkeit, Ruhe und Ordnung. Ein

Leben, das mir endgültig die Luft zum Atmen abschnüren würde. Ein Leben, das ich nicht wollte.

»Luke.« Meine Hand wanderte von seiner Brust zu seiner Hand, die jetzt noch warm in meiner lag, doch sich schon in wenigen Sekunden eiskalt anfühlen würde. »Ich gehe nach Chicago.«

Kapitel Eins

Sechs Jahre später

Der sechzigste Geburtstag meines Vaters war ein Tag, dem ich nicht gerade entgegenfiebert hatte. Solche Feste liefen bei uns immer gleich ab: Mein Vater verzog sich an den Grill, der extra weit vom Haus entfernt stand, nur um der Verwandtschaft zu entkommen. Am liebsten noch bei Regenwetter, damit auch ja keiner auf die Idee kam, sich auf ein Schwätzchen zu ihm zu gesellen. Er grillte so viele Würstchen, dass wir noch tagelang davon essen konnten. Hauptsache, er konnte vorgeben, beschäftigt zu sein. Meine Mutter wuselte währenddessen für gewöhnlich um die Gäste herum und sorgte dafür, dass jeder sich mehr oder weniger wohlfühlte. Das wünschte sie sich auch von meiner Schwester und mir. Während Abby einfach großartig darin war, Small Talk über ihren Job, ihre Wohnung und ihren Hund zu führen, hätte ich mich genau wie mein Vater am liebsten irgendwo verkrochen. Mein Problem waren nicht die Verwandten an sich – sondern ihre grässlichen Fragen über mein Leben. Woher nehmen Menschen sich das Recht, ihre Nase einfach in die Angelegenheiten anderer zu stecken? Nur weil man einen gemeinsamen Urgroßvater hat oder was auch immer? Das bedeutete doch noch lange nicht, dass sie deswegen erfahren mussten, mit wem ich das Bett teilte oder wie viel ich verdiente. Darauf ging ich grundsätzlich schon ungern ein, aber dieses Mal, an *diesem* Geburtstag, würde es noch viel schlimmer sein.

Frustriert ächzte ich mit meinem Scheibenwischer um die Wette. Er fand die Fahrt in die Heimat mindestens genauso mühsam wie ich, denn er war schon seit Wochen kaputt und gab furchtbar quietschende Geräusche von sich, während er sich gegen den Regen abmühte. Doch ein neuer Scheibenwischer war das Letzte, das ich mir derzeit leisten konnte und wollte. Jetzt, wo ich meinen Job verloren hatte. Und genau das war der Grund, warum diese Familienfeier dieses Mal besonders grausam für mich werden würde. Nicht nur, dass mein Freund sich vor ein paar Wochen von mir getrennt hatte und meine Familie selbst *das* noch nicht wusste. Obendrein war ich vorgestern einfach gefeuert worden. Es war nicht einmal so, dass ich diese Anstellung großartig gemocht hatte. Ich hatte kaum Zeit gehabt, mich auf mein Journalismus-Studium zu konzentrieren, weil die Arbeit bei diesem verdammten Käseblatt so viel Zeit einnahm. Wie eine Irre war ich zwei Jahre lang von einer Supermarkt-Eröffnung zur anderen gerannt, fotografierte Bürgermeister dabei, wie sie Reden in Schulen und Altersheimen hielten, und interviewte traurige Bauern, denen mal wieder ein paar Schafe gerissen worden waren. Und das alles für einen absoluten Hungerlohn, während meine Noten in der Uni definitiv unter dem Stress gelitten hatten. Aber dennoch – es war ein Job gewesen. Ich hatte mich damit halbwegs in meiner Traumstadt Chicago über Wasser halten können. Das Geld hatte geradeso gereicht, um die Miete meiner kleinen, gemütlichen Wohnung zu zahlen, die ich mir mit meiner Mitbewohnerin Jenna teilte. Und ab und zu konnten wir uns sogar ein himmlisches Take-away-Curry vom Inder nebenan gönnen. Nicht zu vergessen, die legendären Cocktail-Partys auf unserem Balkon, für die unsere ganze Clique regelmäßig zusammengeschmissen hatte.

Tränen stiegen mir in die Augen, während ich versuchte, hinter der regennassen Windschutzscheibe überhaupt noch irgendwas zu erkennen. Sollte das jetzt wirklich alles vorbei sein? Unsere Cocktailpartys? Meine Arbeit bei der *Chicago Daily*? Meine Beziehung mit Jamie?

Obwohl Letzteres eher die Sache war, der ich am

allerwenigsten nachweinte. Im Grunde hatte ich schon wochenlang geahnt, dass er mich verlassen würde. Und ich konnte mir auch den Grund schon ausmalen – die süße Blonde aus seiner Jura-Arbeitsgruppe, mit der er immer bis spätabends an seinen Abgaben gearbeitet hatte. Mit der er selbst danach noch, während er bei mir im Bett lag, schmunzelnd Nachrichten geschrieben hatte. Eigentlich hätte ich unsere Beziehung zu diesem Zeitpunkt längst selbst beenden sollen. Aber ich konnte es einfach nicht. Jamie war mein Anker gewesen. Und das meinte ich nicht im positiven, romantischen Sinn: kein emotionaler Anker in schweren Zeiten oder so. Sondern einfach so etwas wie ein Alibi. *Ein »Hey, seht her, bei mir läuft alles rund«*-Vorzeigefreund. Jamie sah super aus, war zielstrebig und würde in ein paar Monaten sehr erfolgreich sein Jura-Studium abschließen und irgendwann die Kanzlei seines Vaters übernehmen.

Die Leute hatten mich immer für ihn bewundert, insbesondere meine Familie. Ich konnte mir immer genau ausmalen, was in ihren Köpfen vorging, wenn ich Jamie zu Familienfeiern mitbrachte: *Wie hat Chloe sich denn* den *geangelt?*

Genau genommen wusste ich es selbst nicht. Mein Aussehen entsprach mehr dem Durchschnitt und möglicherweise war ich auch nicht so schlau wie die Blondine. Außerdem war ich eigentlich immer gestresst, weil ich weder richtig zielstrebig war noch einen Gang runter schalten konnte. Während Kommilitonen von mir schon für richtig angesehene Blätter wie die *Chicago News* oder sogar Fernsehsender arbeiteten, knapste ich immer noch mit meinen Provinz-Artikeln für die *Chicago Daily* rum. Nein, Moment. Ich *hatte*. Vergangenheitsform.

Und warum? Es gab nicht mal einen besonders guten Grund für die Kündigung. Wenn ich wenigstens *irgendwas* falsch gemacht hätte, aber ich hatte immer mein Bestes gegeben. Das war ja das Schlimmste an der ganzen Sache. Ich hatte mir zwei Jahre lang den Arsch aufgerissen und wofür? Damit sie mich als Erstes rausschmissen, als es hieß, dass es der *Chicago Daily* so schlecht ging, dass sie Stellen streichen mussten. Na, welche Stelle strich man dann wohl zuerst? Genau, die der unterbezahlten kleinen Studentin, die ja keine Familie zu versorgen hatte.

Die aber auch ein Leben hatte und Miete bezahlen musste, verdammt!

Ich seufzte nochmals laut, als das Ortsschild meines kleinen Heimatortes in Sicht kam. *West Village*. Das war also meine Zukunft für die nächsten Monate. Ohne meinen Job konnte ich mir meine Miete nicht mehr leisten und würde mindestens für die Semesterferien wieder zu meinen Eltern ziehen und Jenna so lange mit einer Untermieterin leben müssen. Ich hatte mir diesen Notfallplan vor einer Woche zurechtgelegt. Es ging einfach nicht anders.

Schon mit meinem Job war ich kaum über die Runden gekommen. Ohne diesen würde mir nur noch eines bleiben: mich bei Jenna durchschnorren. Und das konnte ich auf keinen Fall tun. Mit ihrem Nebenjob im Hundesalon musste sie selbst jeden Penny zweimal umdrehen. Mein Zimmer vermietete ich für die nächsten zwei Monate unter, quartierte mich währenddessen bei meinen Eltern ein und suchte nach einer neuen Arbeitsstelle.

Blieb mir nur noch eins: den Geburtstag meines Vaters überstehen und meiner kompletten Familie erklären, dass mich nicht nur mein Freund abserviert hatte, sondern ich auch noch arbeitslos war, und mit meinen vierundzwanzig Jahren wieder bei meinen Eltern einziehen musste.

»Ich freue mich so, dass wir uns endlich mal wiedersehen, Chloe.« Meine Schwester Abby roch wie immer nach viel zu teurem Parfum, als sie mich fest umarmte. Ihre Stimme war glockenhell und eine Spur zu fröhlich. Aber ich versuchte, das zu ignorieren.

»Ich freue mich auch«, gestand ich und tätschelte ihrem Golden Retriever Kenny den Kopf, nachdem sie mich losgelassen hatte. »Wow, Kenny ist richtig groß geworden! In der kurzen Zeit!«

»Kurze Zeit?«, fragte Abby zweifelnd und trat zögernd von einem Bein auf das andere. »Chloe, du hast dich hier ein halbes Jahr nicht blicken lassen!«

»Ja, ähm ... stimmt, du hast recht. Wo ist Mom?«, fragte ich ausweichend und nahm verlegen das Geschenk aus der Tasche, das ich für Dad besorgt hatte. Es war mir unfassbar peinlich, aber mehr konnte ich mir nicht leisten, deswegen war es nur eine Baseball-Kappe seiner Lieblingsmannschaft geworden. Als hätte er davon noch nicht genug.

»Sie ist im Keller, ich glaube, sie sucht irgendeine Tischdecke.« Abby sah mich mit diesem ganz bestimmten Blick an, so als ahnte sie schon, dass bei mir irgendetwas im Busch war.

»Okay, super!«, flötete ich möglichst ungezwungen, »dann gehe ich mal eben runter und sage ihr Hallo.«

»Nein warte, Chloe.« Abby packte meinen Arm. »Lass es uns kurz nutzen, dass wir noch unter vier Augen reden können. Wir haben uns so lange nicht gesehen. Willst du es mir erklären?«

»Was denn erklären?«, rief ich schrill. Konnte es wirklich sein, dass sie mich so schnell durchschaut hatte? Ahnte sie etwa schon was von der Trennung und der Kündigung? Ich war gerade erst zur Haustür reingekommen, Herrgott!

»Warum du so lange nicht nach Hause gekommen bist.« Abby sah mich traurig an und ich konnte nicht anders, als mich dem schlechten Gewissen vollkommen hinzugeben.

Es stimmte ja. Ich hatte mich wirklich ein halbes Jahr nicht blicken lassen. Das letzte Mal, als ich hier gewesen war, war Kenny noch ein zuckersüßer Welpe gewesen und Abby hatte gerade erst ihren Job in dieser Marketingagentur begonnen. Aber genau das war das Problem gewesen: Abby hatte ihr Leben vollkommen im Griff. Bei ihr war alles so … perfekt. Sie hatte ihr Wirtschaftsstudium mit Bestnote abgeschlossen und direkt diesen sehr gut bezahlten Job gefunden, mit dem sie sich eine Traumwohnung in der Nähe meiner Eltern leisten konnte. Okay, sie war zwar noch eine gute Stunde entfernt, aber trotzdem. Viel näher als Chicago. Aber nicht nur dadurch war das Verhältnis zwischen ihr und meinen Eltern wesentlich besser als das zwischen mir, Mom und Dad. Ich hatte schon immer das Gefühl, dass sie bevorzugt wurde. Weil sie einfach besser war als ich. Hübscher. Klüger. Freundlicher. Und das Schlimmste: Abby konnte überhaupt nichts *dafür*. Sie war immer so lieb, so gutmütig. Hatte mir noch nie etwas Böses getan. Ich war einfach nur eine schlechte Person und total neidisch. Es war komplett meine Schuld, dass wir kaum Kontakt hatten. Ich musste es endlich einsehen.

»Ich hatte einfach viel zu tun«, erwiderte ich gehetzt, was nicht mal eine Lüge war. Nur *Ich habe einfach viel zu tun* wäre eine Lüge gewesen, denn in den Semesterferien musste ich nichts machen, außer eine bescheuerte Hausarbeit zu schreiben. Aber das konnte ich Abby noch nicht sagen. Ich brachte es einfach nicht übers Herz, ihr jetzt schon von meiner peinlichen Lage zu erzählen. Dass all meine Sachen im Kofferraum darauf warteten, wieder in mein altes Kinderzimmer geräumt zu werden. Es war einfach zu schrecklich.

»Das verstehe ich ja«, erwiderte Abby sanft und nahm meine Hand. Ihre Haut fühlte sich immer so sanft an. Sie benutzte bestimmt eine ganze Menge teurer Handcremes. »Aber hättest du nicht wenigstens mal auf meine Anrufe reagieren können? Auf meine Nachrichten? Du hättest ja nicht ständig die vier Stunden von Chicago hierherfahren müssen, aber dich wenigstens mal *melden* können.«

Ich ertrug das einfach nicht. Abby so traurig zu sehen, tat mir weh. Weil ich wusste, dass ich mich falsch verhalten hatte. Und wenn ich ihr jetzt erzählen würde, was wirklich bei mir los war, würde sie mich mit diesem super mitleidigen Blick betrachten und mich in den Arm nehmen und dann würde ich heulen wie ein Schlosshund und die absolute Versagerin sein. Ich wollte wenigstens noch ein paar Stunden den Schein wahren, dass ich die halbwegs erfolgreiche Chloe war, die als Journalistin arbeitete und einen erfolgreichen, gut aussehenden Freund hatte.

»Tut mir wirklich leid, Abby. Ich erkläre es dir später. Ich sehe jetzt nach Mom.« Ich riss mich los und war schon halb auf der Kellertreppe. Aber Abby gab noch nicht auf.

»Chloe, bitte warte!«, rief sie verzweifelt. »Ich muss dir was Wichtiges erzählen!«

Aber ich hörte nicht auf sie. Ich rannte die Stufen herunter und ließ meine verzweifelte Schwester einfach hinter mir.

Kapitel Zwei

Inzwischen war die große Party von Dad im Gange und ich schwieg immer noch darüber, was wirklich bei mir los war. Die Fragen meiner aufdringlichen Tanten, wie es denn mit meinem Job und Jamie lief, wiegelte ich einfach gnadenlos mit »Ich hol mir noch was zu trinken« ab. Auch meinen Eltern und Abby ging ich aus dem Weg. Immer, wenn irgendwer der drei auf mich zukam, tat ich so, als wäre ich gerade auf dem Weg zur Toilette oder zur Bar, um jemandem einen Drink zu bringen. Dabei war die einzige Person, der ich Drinks mixte, ich selbst. Und das hatte Konsequenzen. Starke Konsequenzen. Inzwischen war ich nämlich völlig betrunken und dabei war es nicht mal 21 Uhr. So, wie ich meine Verwandten kannte, würde die Feier noch die halbe Nacht dauern. Gott, wie sollte ich das überstehen? Ich konnte weder richtig geradeaus sehen noch hatte ich einen Überblick darüber, wer überhaupt alles hier war. Unser ganzes Haus war wie ein riesiges Festzelt. Das Wohnzimmer hatte sich in einen Dancefloor verwandelt, auf dem meine Eltern gerade zu ABBA-Songs abrockten. Ich hatte außerdem ein paar Cousins und Cousinen entdeckt, die auf der Terrasse standen und rauchten, und mit denen ich eigentlich immer gut klargekommen war. Aber auch für Gespräche mit ihnen fehlte mir der Nerv.

Ich drückte mich mit meinem Keine-Ahnung-wievielten-Gin-Tonic in der Küche herum und bediente mich am Canapés-Buffet, als ich aus dem Augenwinkel sah, wie Abby mich entdeckte und auf mich zukam. Hektisch sah ich mich um, suchte einen Fluchtweg, aber die Tür, die nach draußen auf die Terrasse führte, war von meiner Cousine Louise versperrt, die mich ebenfalls interessiert ansah. Ich würde ihr direkt in die Arme rennen. Und im Rahmen der Tür zum Wohnzimmer stand mein Onkel Claus, der sich mit irgendwem zuprostete, den ich nicht mal kannte.

Ich kam also nicht weg. Verzweifelt stopfte ich mir ein Canapé in den Mund und hoffte, das würde lange genug verhindern können, dass ich reden musste.

»Chloe!« Abby klang jetzt richtig wütend und besorgt, als sie mich an beiden Händen packte und unverwandt ansah. »Wo warst du nur die ganze Zeit? Dad meinte, du hast ihm nur dein Geschenk in die Hand gedrückt und gerade einmal fünf Minuten mit ihm geredet, bevor du verschwunden bist! An seinem *sechzigsten* Geburtstag!«

Zum Glück war ich so betrunken, dass meine Gefühle wie betäubt waren, und auch das schlechte Gewissen tat jetzt nicht mehr so weh wie vorher. Außerdem war mein Mund voller Canapés und ich konnte wirklich nicht antworten.

Abby bedachte mich mit einem verletzten Blick. »Und *ich* versuche auch schon den ganzen Abend mit dir zu reden. Ich will dir etwas erzählen, Chloe! Etwas sehr Wichtiges!«

Nein, bitte. Sie wurde befördert, richtig? Sie war bestimmt jetzt schon Chefin der Agentur. Mit fünfundzwanzig Jahren. Verdiente mit Sicherheit über vierzig Riesen im Jahr. Wetten, sie kaufte ein Haus? Ein richtig schönes Häuschen würde sie sich in dieser Nachbarschaft direkt bei Mom und Dad kaufen. Stand nicht das Haus von den Fletchers zum Verkauf? Hatte ich nicht das Schild in ihrem Vorgarten gesehen, als ich hierhergefahren war? Mir schien alles sonnenklar. Und ich ertrug es einfach nicht.

Zum zweiten Mal an diesem Tag riss ich mich von meiner Schwester los, ließ sie nicht einmal ausreden und machte mich aus dem Staub. Ich drängte mich unsanft an Onkel Claus vorbei, der ebenfalls versuchte mich zu packen, um ein Schwätzchen mit mir zu halten, und rannte wie von der Tarantel gestochen durchs Wohnzimmer. Zum Glück war es auf der Tanzfläche so dunkel und wuselig, dass mich niemand wirklich zu bemerken schien, und so schaffte ich es unbeschadet in den Flur.

In meinem Kopf rasten meine Gedanken hin und her. Wo könnte ich hin? Wo würde mich niemand finden? In meinem alten Zimmer? Nein, da würde Abby als Erstes nach mir suchen. Auf dem Dachboden? Das schien mir etwas übertrieben. Außerdem gruselte ich mich vor den Spinnen dort oben. Mein Blick fiel auf die Kellertür. Ja, perfekt.

Ich wusste nicht, wie ich es ohne Verletzungen die steile Treppe hinunterschaffte, denn mein Pegel war inzwischen so hoch, dass sich alles um mich herum drehte. Aber wenige Minuten später fand ich mich schnaufend unten wieder. Hier war es schön ruhig und dunkel. Nur eine nackte Glühbirne hing von der unverputzten Decke und spendete schwaches Licht. Hier war ich für mich, hier konnte ich ganz allein meinen Rausch …

Okay. Stopp. Ich war *nicht* allein. Gerade wollte ich mich auf den alten Fernsehsessel fallen lassen, den Dad hier unten abgestellt hatte, nachdem wir einen neuen gekauft hatten, als mir der Typ auffiel. Er stand neben der Kellertür und hielt zwei Flaschen Tequila im Arm. Und er starrte mich überrascht an.

Verdammt, das hatte ich vergessen. Hier unten lagerten ja die Alkoholreserven. Früher oder später würden immer wieder Leute hier runterkommen, um

Nachschub zu holen. So wie auch der Kerl. Wer konnte er sein? Ich hatte ihn noch nie in meinem Leben gesehen.

»Hey, ähm … alles in Ordnung?«, fragte er zögernd und machte keine Anstalten, den Keller zu verlassen.

Ich musste einen ziemlich wilden Eindruck abgeben. Wahrscheinlich wirkte ich völlig weggetreten. Was mich nicht wunderte. Erst jetzt fiel mir auf, dass meine Bluse durch das Rennen völlig verrutscht war und meinen roten Spitzen-BH halb freilegte. Auch ihm schien es nicht entgangen zu sein, aber er wandte seinen Blick schnell wieder meinem Gesicht zu und räusperte sich.

Ich fuhr mir durch mein Haar, versuchte meine Gedanken zu ordnen. Kannte ich ihn? Gehörte er zu unserer Familie? Aber nein, in meinem Kopf klingelte nichts, egal, wie ausführlich ich ihn musterte. Dabei fielen mir seine breiten Schultern auf und die vollen Lippen. Er war groß, dunkelhaarig und trug ein weißes Hemd, das über seinem Bizeps spannte. Er sah verdammt gut aus und kam mir vor wie eine Fata Morgana. *Ich muss näher rangehen,* dachte ich in meinem benebelten Hirn, *damit ich erkenne, wer das ist.*

Und so machte ich ein paar Schritte auf ihn zu. Er rührte sich nicht. Betrachtete mich mit einer Mischung aus Verwirrung und Neugierde.

Ich war wohl zu betrunken, um Entfernungen abzuschätzen. Denn plötzlich stand ich direkt vor ihm. Nur noch Zentimeter trennten unsere Gesichter voneinander. Ich nahm seinen Geruch nach teurem Whisky und sehr herbem Parfüm wahr. Ich starrte ihm direkt in die Augen. Es waren schöne Augen; dunkel, warm, irgendwie durchdringend.

Erst ein paar Sekunden später bemerkte ich, dass ich aufgehört hatte zu atmen. Und dafür mein Herz in meiner Brust raste. Auf einmal dachte ich überhaupt nicht mehr nach. Ich stellte mich auf Zehenspitzen, griff in sein Haar und zog seinen Kopf zu mir herunter. Presste meinen Mund auf seinen und für einen Moment wirkte er wie versteinert. Dann öffnete er seine Lippen und vertiefte den Kuss. Unsere Zungen berührten sich und ein Stromstoß fuhr durch meinen ganzen Körper, elektrisierte mich.

Ich drängte mich näher an ihn, riss an seinen Haaren, seinem Hemd. Empfindungen fluteten meinen Körper, die ich nicht richtig zuordnen konnte, ich wusste nur, dass ich aus irgendeinem Grund verrückt nach diesem Kerl war. Nach einem Moment, der sich anfühlte wie eine Ewigkeit, umschlang er mich mit beiden Armen. Die Tequila-Flaschen in seinen Händen bohrten sich hart in meinen Rücken, aber es störte mich nicht. Ich schmiegte mich noch enger an ihn, schob ihn rückwärts, bis wir gegen die schmutzige Kellerwand stießen. Dann riss ich an seinem Hemd, schaffte es mit meinen fahrigen Bewegungen aber nicht, es ihm auszuziehen. Es war nicht relevant. Gerade spielte gar nichts eine Rolle außer seiner Zunge, die mit meiner um die Oberhand kämpfte und schließlich gewann. Sie lenkte mich von allem ab, was mir in den letzten Stunden die Luft zum Atmen geraubt hatte. Ich erinnerte mich nicht einmal mehr daran, was überhaupt mein Problem war, wieso ich mich so furchtbar fühlte, als die Zunge unnachgiebig meinen Mund erkundete und ich es geschehen ließ. Ich ließ alles geschehen.

Am Rande bekam ich mit, wie der Fremde die beiden Flaschen auf das Regal neben uns stellte. Mit seinen frei gewordenen Händen umfasste er meinen Po, hob mich mühelos hoch und drehte uns um neunzig Grad, sodass er es jetzt war, der mich gegen die Wand presste. Ich war darauf so unvorbereitet und so überrascht, dass mir ein kurzer spitzer Schrei entwich, der sich in ein Stöhnen verwandelte. Ich verschränkte meine Beine hinter seinem Rücken und drückte mich so eng an ihn, dass kein Blatt Papier mehr zwischen uns gepasst hätte. Wir waren eine glühende, keuchende Einheit. Es fühlte sich an, als wären unsere Zungen miteinander verschmolzen. Und ein paar Augenblicke später unsere ganzen Körper, als der heiße Unbekannte meinen Rock hochgeschoben und auch die restlichen Stoffschichten zwischen uns aus dem Weg geräumt hatte. Alles passierte viel zu schnell und gleichzeitig in Zeitlupe, als er in mich stieß, wieder und wieder. Ich löste meinen Mund von seinem, um heftig nach Luft zu schnappen und das intensive Gefühl auszuhalten, das sich gemeinsam mit ihm in mir ausgebreitet hatte, als ein lautes Geräusch uns ruckartig auseinanderfahren ließ.

»Mike!«

Es klang wie Abby. Abby, die von oben einen Namen die Kellertreppe herunterrief.

Langsam lichtete sich der Nebel in meinem Gehirn wieder. Ich kam ein wenig zu mir, der Sturm der Gefühle ebbte ab, was dazu führte, dass ich realisierte, was gerade geschehen war. Ich hatte gerade Sex mit einem Wildfremden gehabt, im Keller meiner Eltern. Zugebenermaßen, ziemlich kurzen Sex, aber dennoch war es Sex. Ich sah dem Mann in die Augen und plötzlich machte sich Schock und Reue in seinem Gesicht breit. Nach und nach dämmerte mir, dass das, was gerade passiert war, nichts Gutes bedeuten würde. Dass es Konsequenzen haben würde, wie alles im Leben. Heftige Konsequenzen.

Langsam entließ er mich aus seinen Armen und stellte mich mit zitternden Beinen zurück auf den Boden. Mir war heiß und kalt gleichzeitig, als ich von ihm abrückte.

Wieder rief Abby diesen Namen. Und diesmal wandte sich der Mann der Kellertür zu, riss sie auf und rief: »Ich komme sofort, Baby!«

Baby.

Er hatte meine Schwester Baby genannt. Der Kerl, mit dem ich gerade auf dem sechzigsten Geburtstag meines Dads im Keller schnellen und kompromisslosen Sex gehabt hatte. In meinem Kopf drehte sich alles und jetzt kam es nicht mehr nur vom Alkohol. Mir war übel. Ich hatte einen schrecklichen Verdacht, als ich dem Typ die Kellertreppe hinauffolgte. Zum Glück hatte ich inzwischen wieder genug Gehirnkapazität zur Verfügung, um darauf zu achten, dass meine Bluse richtig saß und ich nicht viel zu zerzaust aussah. Ich musste mich innerlich darauf vorbereiten, was als Nächstes kam, und dafür hatte ich nur wenige Sekunden.

Ich hatte mich im Keller vor meinen Problemen verstecken wollen. Doch das allergrößte Problem meines Lebens hatte ich mir damit gerade erst eingebrockt.

»Tut mir leid, dass es so lange gedauert hat ... Ich habe den Tequila nicht gefunden«, sagte der Unbekannte, der offensichtlich Mike hieß, jetzt zu meiner Schwester und wedelte mit den Schnapsflaschen.

Abby lachte nur und strahlte ihn an. »Nicht schlimm, Darling. Ist doch klar, dass du dich hier noch nicht so gut auskennst.« Sie nahm ihm die beiden Flaschen ab und dann – mir blieb das Herz kurz stehen – gab sie ihm einen Kuss auf den Mund. Nur einen ganz kurzen und ich konnte an der verharrenden Bewegung von Mike erkennen, dass er selbst unter Schock stand. Er hatte in den letzten fünf Minuten zwei Frauen geküsst. Seine Freundin – und ihre Schwester.

»Oh, du hast meine Schwester gefunden!«, lachte Abby mit einem Blick auf mich, die hinter Mike die Treppe hochgekrochen kam. Meine Wangen waren hochrot aber ich hoffte, sie schob das auf den Alkohol.

Wobei – ich hatte mich den ganzen Abend so peinlich verhalten, dass es ihr sicher nicht seltsam vorkommen musste, dass ich mich schämte. »Ach, Chloe. Hast du wirklich versucht, dich im Keller zu verstecken?« Sie warf mir einen fassungslosen, aber auch amüsierten Blick zu. Dann nahm sie Mikes Hand und umschloss sie mit ihrer. »Es ist ein witziger Zufall, dass du dort Mike getroffen hast. Ich versuche schon seit über einer Stunde, euch miteinander bekannt zu machen.«

Ein witziger Zufall? Ja, so konnte man das auch nennen. Ich bemühte mich, keinem von beiden in die Augen zu sehen. Erneut drehte sich um mich herum alles.

»Aber dann kann ich euch wenigstens jetzt einander vorstellen«, flötete Abby und wirkte wirklich sehr begeistert darüber, dass ich ruhig stehen blieb, anstatt wieder vor ihr wegzurennen. »Mike, das ist meine Schwester Chloe.« Abby strahlte und machte eine ausladende Handbewegung. »Chloe, das ist mein Verlobter Mike.«

Und genau das war der Moment, als mir schwarz vor Augen wurde.

Kapitel Drei

Als ich am nächsten Morgen aufwachte, erinnerte ich mich dunkel daran, wie mich meine Eltern in mein Bett verfrachtet hatten. Erst jetzt kam ich das erste Mal wieder richtig zu Sinnen, nachdem ich gestern Abend ohnmächtig gewesen war. Mein Hals war so trocken, dass ich mehrere Liter Wasser auf einmal hätte runterstürzen können. Aber neben meinem Bett stand nichts zu trinken und mein Kopf schmerzte bei jeder kleinen Bewegung so sehr, dass sich meine Motivation, jetzt schon aufzustehen und etwas zu holen, in Grenzen hielt. Erst einmal musste ich mit dem Chaos in meinem Kopf klarkommen und meine Gedanken ordnen.

Wie viele Drinks hatte ich gestern gehabt? Zu viele, das stand fest. Ich erinnerte mich dunkel daran, dass ich noch vor dem Eintreffen der ersten Gäste mit dem Trinken angefangen hatte, um den Small Talk mit meinen Eltern zu überstehen. Zum Glück hatten sie dafür sowieso nicht besonders viel Zeit gehabt, da sie so mit den Partyvorbereitungen beschäftigt gewesen waren, dass ich bezüglich Jamie und Job nicht lügen musste. Sie hatten nicht danach gefragt. Abby war da schon ein bisschen hartnäckiger gewesen. Deshalb ja auch das ständige Flüchten zum Buffet und zur Bar, was schließlich zu meinem hohen Alkoholpegel geführt hatte. Und dieser letztendlich zu dem Vorfall im Keller ...

Ein heftiges Stechen fuhr durch meine Stirn. Noch dazu drehte es mir den Magen um. Mir wurde schlagartig übel und ich wusste nicht, ob das wirklich am Alkohol lag oder an meinen Erinnerungen.

Der Vorfall im Keller. Der fremde Mann. Abbys ... Abbys Verlobter. Ich hatte mit Abbys Verlobtem geschlafen. Ich hatte mich ein halbes Jahr nicht bei meiner Schwester gemeldet, ihr somit keine Chance gegeben, mir von ihrer Verlobung zu erzählen, und dann kam ich her und vögelte ihren Verlobten.

Und nicht nur das. Es war zwar kurz gewesen, aber trotzdem um einiges heißer als alles, was ich während meiner dreijährigen Beziehung mit Jamie erlebt hatte. Wie oft hatte ich mit Jamie geschlafen? Unzählige Male, aber kein einziges war vergleichbar gewesen mit dem, was ich vor einigen Stunden im Keller mit Mike erlebt hatte.

Es war so prickelnd gewesen. So unbeschwert und gleichzeitig aufregend fremd und ungewohnt. *Und so verboten*, schalt mich eine vernichtende Stimme in meinem Kopf. Aber das wusste ich ja vorher nicht! Verzweiflung stieg in mir auf. Wenn ich gewusst hätte, dass der Fremde Abbys Verlobter war ... Wenn ich nur halbwegs bei Sinnen gewesen wäre ... Wenn ich meiner Schwester die Chance gegeben hätte, mit mir zu reden ... Trotz der quälenden Kopfschmerzen raffte ich mich irgendwie auf und kroch aus dem Bett. Einfach nicht nachdenken. Erst mal auf die Beine kommen.

Ein Blick in meinen alten Kleiderschrank verriet mir, dass ich bei meinem Auszug vor fünf Jahren ein paar Kleidungsstücke hiergelassen hatte. Nachdenklich ließ ich meine Finger über die Wollpullover gleiten, die sehr vorbildlich geordnet an meinen zartrosa Kleiderbügeln hingen, und sog dann tief ihren wohligen Geruch ein – das Waschmittel meiner Eltern, und eventuell, etwas weniger wohlig, ein Hauch von Mottenkugeln. Mir schossen schlagartig Tausende Erinnerungen durch meinen dröhnenden Schädel.

Luke. Tausend Mal Luke.

Luke, wie er mich am Tag unseres Abschlussballs abholte, wie gut er aussah in seinem schicken schwarzen Smoking; Luke, wie er mich nach einer Spätvorstellung im Kino nach Hause brachte und mich auf unserer Veranda – gerade so weit von der Haustür entfernt, dass der Licht-

Bewegungsmelder nicht aktiviert wurde – zum Abschied küsste; Luke, wie er mich in unserer Stammkneipe herumwirbelte, als jemand ein paar Pennys in eine alte Jukebox geworfen hatte …

Benommen wich ich von meinem Kleiderschrank zurück. Wahnsinn, wie sehr Gerüche einen in alte Zeiten zurückversetzen konnten. Plötzlich wünschte ich mir, tatsächlich wieder sechzehn zu sein und keine anderen Probleme zu haben als die Mathehausaufgaben und meine Teenie-Schwärmereien. Aber ich war nicht mehr sechzehn. Ich war vierundzwanzig und hatte einen ganzen *Haufen* Probleme, ach nein, was redete ich – eine ganze *Wagenladung*.

Ich huschte von meinem alten Zimmer ins Bad und war froh, auf dem Flur niemandem zu begegnen. Noch war ich nicht bereit dafür, meiner Familie unter die Augen zu treten, aber als ich unter der heißen Dusche stand und mir die Haare mit extra viel Apfelblüten-Shampoo einmassierte, fühlte ich mich langsam besser – wenn das angesichts meiner katastrophalen Situation überhaupt möglich war. Jeder meiner verspannten Nackenmuskeln lockerte sich unter dem warmen Wasser und nach und nach nahmen auch meine Kopfschmerzen langsam ab. Ich verbrachte locker eine halbe Stunde unter dem Strahl, bis ich mich völlig aufgeweicht und sogar regelrecht entspannt fühlte.

Der gestrige Abend war eine Katastrophe, und das

war noch untertrieben. Aber in mir regte sich die Hoffnung, dass er zumindest nicht mein Leben zerstören würde. Ich könnte mich jetzt endlich richtig erwachsen benehmen und meiner Familie alles erzählen. Dass ich meinen Job verloren hatte. Dass Jamie mit mir Schluss gemacht hatte. Dass ich mir eine Untermieterin gesucht hatte. Und für die Semesterferien wieder einziehen würde.

Alles würde ich ihnen erzählen. *Nur eine Sache nicht, …*

Ich schluckte schwer und sah mich im Spiegel an, konnte mir selbst kaum in die hellen Augen blicken.

… dass ich mit dem Verlobten meiner Schwester geschlafen hatte.

»Da ist ja unser betrunkenes Mäuschen!«, flötete Dad, als ich mit hochrotem Kopf die Treppe heruntergeschlichen kam.

Ich sah schon von Weitem durch die offene Küchentür, dass er gerade dabei war, ein paar Pancakes in der Pfanne zu schwenken. Und ich hörte Stimmengewirr. Meine ganze Familie war offensichtlich in der Küche versammelt.

Meine ganze Familie, inklusive …

Mike.

Ich kam nicht umhin, ihn unverhohlen anzustarren, sobald ich im Türrahmen stand. Er saß am Küchentisch, trug ein schlichtes schwarzes T-Shirt, das sehr eng an seinen breiten Oberarmen anlag, und schnitt sich gerade ein Brötchen auf. Und er starrte mich ebenfalls an. Allerdings wesentlich subtiler und unauffälliger. Seine Augen streiften lediglich für einen kurzen Moment meine – und trotzdem bildete ich mir ein, jede Menge aus ihnen herauslesen zu können. Mir lief ein eiskalter und gleichzeitig heißer Schauer den Rücken herunter und die Härchen auf meinen Unterarmen stellten sich auf, als ich gedanklich und gefühlsmäßig sofort in den Keller zurückkatapultiert wurde. Die Art und Weise, wie er mich mit seinen Armen umschlungen hatte. Wie ich ihn gegen die Kellerwand gedrückt hatte. Wie seine Lippen geschmeckt hatten …

Plötzlich räusperte Mom sich und ich wurde schlagartig ins Hier und Jetzt zurückgeholt.

»Guten Morgen, Chloe.« Sie warf mir einen vorwurfsvollen Blick zu und legte die Zeitung zur Seite. »Wieso setzt du dich nicht an den Frühstückstisch und erzählst uns, wie es zu deinem gestrigen Absturz kommen konnte?«

Mein erster Impuls war: Wegrennen! Wegrennen! Wegrennen! Aber ich hatte ja vor nicht einmal fünf Minuten beschlossen, mich ab jetzt erwachsen und vor allem *fair* gegenüber meiner Familie zu verhalten, und deswegen schluckte ich all meine Nervosität herunter und setzte mich direkt neben Abby, die mich freudig anlächelte.

»Chloe! Endlich können wir mal in Ruhe reden.« Sie drückte sogar meinen Arm. »Kaffee?«

»Gern.« Ich nickte und griff mit zittrigen Händen nach der Tasse. »Ich muss wirklich mit euch reden.«

Mom zog die Augenbrauen hoch. »Erklärst du uns, wie du gestern noch vor Mitternacht so betrunken sein konntest, dass dein Vater und ich dich ins Bett schaffen mussten?«

»Ja.« Ich verschüttete ein wenig Kaffee und seufzte tief. Abby war direkt mit einer Serviette zur Stelle.

»Das werde ich jetzt. Ich muss euch etwas sagen.«

»Bist du etwa schwanger?«, rief Dad aufgeregt und stellte einen riesigen Berg Pfannkuchen vor mir ab. Micky Mouse Pancakes, um genau zu sein. Und wieder fühlte ich mich in meine Kindheit zurückversetzt.

Mom sah meinen Vater an, als hätte er völlig den Verstand verloren. »Meinst du, sie hätte sich dann gestern so *abgeschossen*, Richard?!«

Dad schmunzelte und zog sich sofort wieder an den Herd zurück. »Nun ja, Jane, ich muss dich vielleicht nicht daran erinnern, dass du dir in der Schwangerschaft damals auch das ein oder andere Gläschen Rotwein genehmigt ...«

»Wie auch immer«, unterbrach Mom ihn angesäuert, »Chloe, Liebling. Wir dachten uns schon, dass ein paar ernsthafte Probleme hinter deinem gestrigen ... nennen wir es … *Schwächeanfall* stecken. Wir haben uns schon gefragt, warum du … warum du Jamie nicht mitgebracht hast.« Moms Augen füllten sich schon jetzt mit Tränen. Na großartig. Ich wusste, sie würde es nicht verkraften.

»Ja.« Ich räusperte mich und versuchte nicht allzu verzweifelt auszusehen, während ich mein Essen mit Nutella bestrich. »Wir haben uns getrennt. Er hat Schluss gemacht, genauer gesagt.«

»Oh, Chloe!«, rief Abby aufgebracht aus und ergriff sofort meine Hand. Auch Mom schlug sich die Hände vor den Mund und Dad hielt in seiner Pancake-Braterei inne. »Das ist ja furchtbar. Das tut mir so leid.«

Und genau da war er. Der Moment, vor dem ich mich so gefürchtet hatte. Der Moment, in dem alle mich bemitleiden würden. In dem alle wissen würden, was ich, Chloe, mal wieder für eine hoffnungslose Versagerin war.

»Das war noch nicht alles«, fuhr ich mit resignierender Stimme fort und hielt meine Aufmerksamkeit starr auf meinen Teller gerichtet. »Ich bin auch noch gefeuert worden. Die *Chicago Daily* hat mich rausgeschmissen. Ich kann meine Miete nicht mehr bezahlen. Ich …« Meine Stimme wurde gefährlich brüchig. Wenn ich jetzt weiterredete, würde ich sicher in Tränen ausbrechen. Sehr gefährlich. Schon jetzt ertrug ich ihre mitleidigen Blicke nicht. Aber gleich auch noch heulend auf dem Schoß meiner Mutter zu hängen, darauf konnte ich nun wirklich verzichten.

»Aber, Chloe!«, rief Dad und kam vom Herd

herüber. »Das ist doch kein Weltuntergang. Dann bezahlen wir eben für eine Weile deine Miete …«

»Auf keinen Fall!«, rief ich sofort. »Das möchte ich wirklich nicht. Ich bin vierundzwanzig Jahre alt und kann für mich allein sorgen. Ich meine … normalerweise. Wenn ich einen Job habe, und ich finde sicherlich bald wieder einen! Und bis dahin habe ich eine Untermieterin. Sie zahlt mir sogar ein bisschen mehr Miete, als ich abgeben muss. Das Geld kann ich prima sparen. Und so lange …« Wieder musste ich einen großen Kloß herunterschlucken und wagte es nicht, Mom und Dad anzusehen. »Würde ich hier wohnen. Wenn das in Ordnung ist. Nur ein oder zwei Monate. Nur so lange, bis die Uni wieder losgeht und ich wieder einen Job habe …«

»Natürlich ist das okay, Schätzchen!«, rief Mom und fiel mir direkt um den Hals. »Du kannst bleiben, so lange du willst!« Beruhigt sog ich ihren wohligen Geruch ein. Sie roch eben nach hier. Nach zu Hause. Und für einen ganz kurzen Moment glaubte ich, dass vielleicht doch alles gar nicht so schlimm war. Meine Eltern hatten mich gern hier. Sie würden mir sogar finanziell helfen, auch wenn ich das nicht wollte. Ich konnte hier ganz in Ruhe wieder auf die Beine kommen. Ich konnte die Trennung von Jamie verarbeiten. Keine Männer. Nur meine Eltern und ein paar Bücher und …

»Mike!«, rief Abby begeistert aus. »Du bist doch auch die nächsten sechs Wochen hier. Das trifft sich doch wunderbar. Dann könnt ihr euch vor der Hochzeit richtig kennenlernen! Schließlich seid ihr ja bald Schwager und Schwägerin.«

Und zum zweiten Mal innerhalb von vierundzwanzig Stunden hatte ich das Gefühl, dass mir schwarz vor Augen wurde. Nur hatte ich diesmal nicht das Glück, dass es auch tatsächlich *passierte*. Nein, ich war leider immer noch klar bei Sinnen und saß immer noch am Küchentisch mit meiner Familie. Und Mike. Dem Verlobten meiner Schwester. Den ich in den letzten zehn Minuten erfolgreich verdrängt hatte. Aber das ging jetzt nicht mehr.

»D… Dein Verlobter bleibt auch hier?«, stammelte ich, schaffte es irgendwie, mir ein Lächeln abzuringen, und wagte es nicht, Mike anzusehen. »Warum … Warum das denn?«

»Ich fange erst in sechs Wochen meinen neuen Job an und helfe deinen Eltern währenddessen, die neue Gartenlaube zu bauen«, erklärt Mike mir selbst die Misere. Keine Ahnung, ob er mich dabei ansah oder nicht. Ich fixierte weiterhin Mickys Pancake-Ohren.

»Genau, und du kannst ja auch helfen, Chloelein!«, rief Dad begeistert und es rührte mich wirklich, wie sehr es ihn freute. »Und wir können angeln gehen und ins Kino und …«

»Und du bleibst auch hier?«, fragte ich Abby verzweifelt.

Sie schüttelte bedauernd den Kopf. »Nein, ich muss ja arbeiten. Ich komme nur am Wochenende rüber.«

»Oh, das …« Mein Mund war staubtrocken. Mit zittrigen Händen griff ich nach meiner Tasse. »Das ist schade.«

»Ja, aber …« Abby atmete tief durch. »Gerade deswegen muss ich mit dir reden. Unter vier Augen.«

Kapitel Vier

Mein erster, panischer Gedanke war, dass Mike Abby von unserem ... *Aufeinandertreffen* im Keller erzählt hatte und sie deswegen mit mir reden wollte.

Aber als Abby es sich mit einer dampfenden Tasse Tee gegenüber von mir auf dem Sofa gemütlich machte und ein seliges, wenn auch etwas nervöses Lächeln aufsetzte, wusste ich, dass es nicht darum ging.

Nachdem sie allerdings den Mund aufmachte und zu reden anfing, wurde mir klar, dass ihr wahres Anliegen fast noch schlimmer war.

»Weißt du, ich war die letzten Wochen so traurig, weil ich noch keine Gelegenheit hatte, dir von Mikes Antrag zu erzählen.«

»Abby, es ...« *Tut mir so leid,* wollte ich sagen, doch Abby machte eine wegwischende Handbewegung.

»Nein, Chloe, es ist schon okay. Jetzt verstehe ich es total. Du hattest wirklich eine harte Zeit. Erst die Trennung von Jamie und jetzt auch noch die Kündigung. Weißt du, ich fühle mich jetzt sogar total schlecht, weil ich dir so von meinem Glück vorschwärme, wo du doch hier mit gebrochenem Herzen sitzt …«

»Oh, Abby!« Tränen sammelten sich in meinen Augen. Denn ich war es, die sich schlecht fühlen sollte. Wobei, schlecht reichte nicht einmal ansatzweise aus – ich sollte mich schrecklich, abscheulich fühlen. Ich war es, mit der ihr Verlobter sie letzte Nacht betrogen hatte. »Mach dir deswegen keine Gedanken. *Ich* habe ein schlechtes Gewissen. Ich wünschte, ich hätte dir viel früher die Chance gegeben, mir von deiner Verlobung zu erzählen. Also. Erzähl es mir doch jetzt. Wie … Wie hat er dir denn den Antrag gemacht?« Die Worte schmerzten in meiner Brust, vor allem, als Abby diesen verträumten Ausdruck bekam und ihr ganzes Gesicht förmlich vor Freude glühte. Es war wirklich nicht so, dass ich es ihr nicht gönnte. Selbst wenn ich im Moment vom Pech verfolgt wurde; meine Schwester verdiente es, glücklich zu sein.

Ich ertrug es nicht, weil ich sie hintergangen hatte und absolut nicht wusste, wie ich jetzt damit umgehen sollte. Und angesichts der Tatsache, dass Mike die nächsten Wochen dauerhaft hier sein würde, ebenso wie ich, und vor meiner Nase rumspazieren und Abby weit weg wäre.

Ich musste es ihr sagen. Ganz klar. Ich müsste ihre Hand halten und ihr sagen, dass ich gestern aus Frust absolut betrunken und nicht mehr Herr meiner Sinne gewesen war und außerdem ja keine Ahnung gehabt hatte, wer Mike wirklich war.

»Oh, es war so romantisch, Chloe«, quietschte Abby und bekam ganz rote Wangen. »Wir hatten diesen kleinen Trip an den Lake Creek. Nur wir zwei in dieser herrlichen Natur. Wir sind den ganzen Tag gewandert und haben uns dann den Sonnenuntergang am See angeschaut. Ich lag im warmen Gras, über uns sind langsam die Sterne am Abendhimmel aufgetaucht und dann hat er diesen wunderschönen Ring rausgeholt ...« Mit Freudentränen in den Augen streckte Abby mir ihre Hand hin, an der tatsächlich ein wunderschöner, zartrosa Kristall an einem Ring funkelte. Verdammt. Warum war der mir gestern Abend nicht aufgefallen? Ich hatte mir wirklich viel Mühe gegeben, Abby *nicht* anzusehen.

»Ich bin so glücklich, Chloe.« Gerührt wischte Abby sich ihre Tränen aus den Augen. »Ich bin das erste Mal in meinem Leben wirklich absolut glücklich und fühle mich vollständig.«

Oh Gott. Ich konnte es ihr nicht sagen. Auf keinen Fall würde ich ihr so wehtun. Ich war ein furchtbarer Mensch. Ein Monster. Mit diesem Wissen würde ich mein ganzes Leben lang leben müssen und es würde mich hundertprozentig langsam kaputtmachen, aber ich *konnte* es meiner Schwester nicht sagen. Ich konnte nicht ihr Glück zerstören, deswegen musste ich mit Mike reden. *Dafür haben wir ja in den nächsten Wochen genug Zeit*, stellte ich bitter und ein bisschen ironisch fest. Ich musste sichergehen, dass er es genau wie ich als schrecklichen kleinen Unfall sah, von dem wir Abby niemals erzählen durften. Ein unglücklicher Zufall. Ein Versehen ...

Was mir dabei allerdings sauer aufstieß, war die Tatsache, dass *ich* wirklich keine Ahnung hatte, dass Mike der Verlobte meiner Schwester war. Er dagegen sollte jawohl wissen, dass er eine Verlobte hatte ... Und nicht mit fremden Frauen in irgendwelchen Kellern vögeln! Mir war immer noch schleierhaft, wie ich damit umgehen sollte. Gerade wusste ich gar nichts.

»Ich freue mich so sehr für dich, Ab.« Ich lächelte sie an und diesmal war es ehrlich, aufrichtig – zumindest so aufrichtig, wie man in meiner Situation sein konnte. Das war das Einzige, was ich wusste. Ich wollte aufrichtig zu meiner Schwester sein, wollte, dass es ihr gut ging. Doch gerade war ich einfach nur verlogen. »Und ich habe mir fest vorgenommen, nicht mehr vor meinen eigenen Problemen wegzulaufen.« *Außer davor, dass ich mit deinem Verlobten geschlafen habe.* »Und auch vor euch nichts mehr zu verheimlichen.« *Außer, dass ich mit deinem Verlobten geschlafen habe.* »Ich hoffe, wir können die verlorene Zeit irgendwie wieder aufholen. Und ich es irgendwie wiedergutmachen kann ...«

»Oh, ich hätte da schon eine Idee«, erwiderte Abby

mit einem verschmitzten Glitzern in den Augen. »Weißt du, Mike und ich würden gern so schnell wie möglich heiraten. Denn in sechs Wochen fängt er ja seinen neuen Job an und wird dann erst mal extrem eingespannt sein. Deswegen würden wir die Trauung am liebsten schon vorher vollziehen. Mit den Hochzeitsvorbereitungen haben wir auch schon begonnen und sehen da eigentlich kein Problem. Wir wollen eher eine kleine Feier, nur die engsten Verwandten. Natürlich wird es mit der Planung ein bisschen stressig ...« Abby atmete tief durch. »Insbesondere, weil ich auf der Arbeit jetzt noch in einem riesigen, zeitintensiven Projekt eingebunden wurde und deshalb kaum hierherkommen kann. Nur am Wochenende. Dabei wollte ich eigentlich möglichst viel hier sein, um mit Mike die Hochzeit zu organisieren. Aber ...« Sie grinste und nahm meine Hand. »Dafür bist du ja jetzt hier.«

»I... Ich?«, stotterte ich überrascht.

»JA!« Abby strahlte. »Nicht böse gemeint, Chloe, aber du hast ja selbst gesagt, dass du in den nächsten Wochen kaum etwas zu tun hast? Und dein Verhalten wiedergutmachen willst?« Sie zwinkerte mir zu. »Tja, ich habe gute Nachrichten für dich: Du kannst meine Hochzeit planen!«

Oh Gott. Oh Gottogottogottogott ...

»Ja, das ...« Ich würgte ein Lächeln hervor. »Das klingt nach einer wunderbaren Idee!« Wie könnte ich Nein sagen, nach allem, was ich angerichtet hatte? WIE?!

»Oh, Chloe! Es würde mir so helfen und so viel bedeuten!« Abby fiel mir um den Hals. Dann wurde sie wieder ein bisschen ernster und sah mich prüfend an. »Wir haben uns nämlich schon eine Location ausgesucht.« Sie räusperte sich und irgendwie hatte ich das Gefühl, dass mir noch weniger gefallen würde, was als Nächstes kam. »Es ist auch schon vieles geklärt. Aber natürlich noch lange nicht alles. Die Blumen, die Tischdecken, die Platzkarten, allgemein die ganze Dekoration ...«, plapperte sie munter weiter.

»Abby.« Ich kniff die Augen zusammen. »Was habt ihr euch für eine Location ausgesucht?« Mich beschlich ein ungutes Gefühl. Ein ganz, ganz ungutes. Sie hatte doch wohl nicht ... Das würde sie doch wohl nicht verlangen ...

Abby schluckte. »Den Gutshof der Wilsons.«

Ich sprang vom Sofa auf. Wieder hatte ich das Bedürfnis wegzurennen. »Abby, das kann doch nicht dein Ernst sein! Du erwartest doch nicht ernsthaft von mir, die nächsten Wochen auf dem Gutshof der Wilsons rumzurennen und ...« *Luke zu begegnen.* Luke Wilson. Meine erste große Liebe. Mein Exfreund, der vor zwei Jahren durch den Tod seines Vaters genau diesen Hof geerbt hatte. Den ich vor sechs Jahren mit gebrochenem Herzen verlassen hatte, um nach Chicago zu ziehen.

Abby stand ebenfalls auf und strich mir beruhigend über den Arm. »Ich erwarte gar nichts von dir, Chloe. Wirklich nicht. Ich bitte dich einfach nur darum. Ich bitte dich darum, weil ich weiß, dass niemand mir eine schönere Hochzeit ausrichten könnte als meine eigene Schwester. Ich bitte dich darum, weil ich weiß, dass es dich von deinem Kummer ablenken würde. Außerdem hast du mir eben noch gesagt, dass du nicht mehr vor deinen Problemen wegrennen willst. Nun, dann ist es vielleicht an der Zeit für dich, mutig zu sein und dich den Dämonen deiner Vergangenheit zu stellen. Dich Luke zu stellen.«

Kapitel Fünf

Zu meinem Entsetzen fuhr Abby bereits an diesem Abend wieder mit Kenny nach Hause in ihr Appartement, das sie etwa hundert Kilometer entfernt in der nächstgrößeren Stadt bewohnte. Mike blieb.

Bereits das Abendessen, das ich also mit dem Verlobten meiner Schwester und meinen Eltern verbringen musste, war eine Tortur. Auch, wenn ich versuchte, mich am Small Talk zu beteiligen, brachte ich nur Wortbrocken heraus und mied jeden Augenkontakt mit Mike. Jedes Mal, wenn ich ihn ansah, musste ich an unseren Sex im Keller denken, und es lief mir gleichzeitig kochend heiß und eiskalt den Rücken herunter.

Als Mom dann auch noch vorschlug, dass wir uns nach dem Essen alle zusammen ein paar Folgen *Unsere kleine Farm* anschauen könnten, sprang ich schlagartig auf und stotterte irgendetwas von wegen »Mir ist noch übel von gestern«. Dann rannte ich auf mein Zimmer und schwor mir, dort den ganzen Abend zu verbringen. Und eigentlich die gesamte Zeit, die ich im Haus meiner Eltern sein würde, solange der Verlobte meiner Schwester hier ebenfalls rumstreunte.

Fast war ich erleichtert bei dem Gedanken, dass Abby mir eine Aufgabe aufgebrummt hatte und ich somit einen Grund hatte, in den nächsten Wochen das Haus zu verlassen. Aber wirklich nur fast. Denn es glich immer noch einem fleischgewordenen Albtraum für mich: Ich musste meinem Exfreund Luke gegenübertreten, dem Exfreund, dem ich vor sechs Jahren das Herz gebrochen hatte mit meinem Umzug nach Chicago. Und der mich seitdem hasste. Was er nur nicht wusste, war, dass ich damals nicht nur ihm das Herz gebrochen hatte, sondern auch mir selbst. Und er war nicht der Einzige, der mich dafür hasste, ich tat es ebenfalls. Während er mich für die kaltherzigste Bitch hielt, die ohne mit der Wimper zu zucken ihr altes Leben hinter sich gelassen hatte, um in der Big City zu studieren, war es in Wahrheit ganz anders abgelaufen. Ja, ich hatte ihm die Entscheidung ohne viele Gefühlsregungen verkündet, ich hatte den Abschied kurz und schmerzlos gemacht. Und ich konnte gut verstehen, dass er deshalb dachte, es wäre mir nicht schwergefallen. Aber genau das war der Grund gewesen, *warum* ich es so kurz und kaltherzig über die Bühne gebracht hatte. Weil ich sonst niemals gegangen wäre.

Luke war der Erste, in den ich mich jemals verliebt hatte, und jetzt, wo ich ein bisschen Abstand zu Jamie gewann, glaubte ich langsam: Luke war sogar der Einzige, den ich *jemals* geliebt hatte. Ich erinnerte mich noch genau an den Tag, an dem wir zusammengekommen waren: Es war einer von diesen heißen Sommertagen, die man nur im Freibad aushält. Wir waren mit der ganzen Clique dort gewesen, hatten die Öffnungszeiten des Schwimmbads bis aufs Äußerste ausgereizt und fast den ganzen Tag im Becken geplanscht, zumindest die anderen. Luke und ich verbrachten einen Großteil der Zeit damit, im Schatten eines Baumes zu sitzen und über alles Mögliche zu reden. Das war es, was uns schon immer verbunden hatte: unser Hang zu tiefgründigen Gesprächen. Mich interessierten so viele verschiedene Themen und ihn auch. Er war einer der wissbegierigsten Menschen, die ich kannte. So kam es dann, dass alle anderen sich einen Sonnenstich zuzogen und gegen Abend halb ohnmächtig nach Hause zogen. Nur Luke und ich waren noch fit und auf den Beinen und hatten keine Lust, einen unserer kostbaren Sommerferien-Abende zu vergeuden. Also fuhren wir mit unseren Fahrrädern quer durch unsere kleine Stadt. Ich spürte noch genau, wie mein nasser Bikini mir unter meinem Sommerkleid am Körper klebte und meine feuchten Haare in der sanften Sommerbrise wehten. Irgendwann kamen wir am Gutshof von Lukes Eltern an, schmissen unsere Fahrräder in die Wiese und kletterten auf die riesigen Heuballen, die hinter dem Haus standen. Wir redeten darüber, wie wir uns unsere Zukunft vorstellten und dass wir irgendwann unsere kleine Stadt für die große Welt hinter uns lassen wollten. Das war der Moment, in dem mich das erste Mal in meinem Leben ein Junge küsste. Luke lehnte mich auf dem Heuballen nach hinten und sein Atem roch nach Limonade und Kratzeis.

Damals hatte er gesagt, dass auch er irgendwann wegziehen wollte. Doch nur ich hatte unsere Pläne wahr gemacht. Denn schon ein paar Monate später setzte Lukes Vater ihn zunehmend damit unter Druck, irgendwann den Gutshof zu übernehmen. Dass Luke sich letztendlich wirklich dazu breitschlagen gelassen hatte, konnte ich nie verstehen. Es fesselte ihn ein Leben lang an dieses Kaff. Und er konnte genauso wenig verstehen, dass ich mir mein Leben ganz anders vorstellte. Dass ich Journalistin werden und Artikel schreiben wollte, die die Welt verändern könnten. Und ich dafür ein Studium in Chicago benötigte. Es tat mir immer noch unglaublich weh, wenn ich an Lukes und meinen Abschied dachte. Das war das Schlimmste an der ganzen Sache; es hatte eigentlich keinen gegeben. Er hatte sich nie von mir verabschiedet.

Ich seufzte und stand von meinem Bett auf, auf dem ich die letzte Stunde reglos gesessen hatte. Es brachte nichts, immer wieder gedanklich durchzukauen, was geschehen war. Das hatte ich in den letzten Jahren oft genug getan. Doch jetzt war die Lage anders. Ich sollte Abbys Hochzeit planen, und das würde ich, auch wenn es bedeutete, dass ich Luke schutzlos in die offenen Arme rennen musste. Das war ich Abby schuldig.

Ich beschloss, Zähne putzen zu gehen, und schlüpfte in einen meiner alten Pyjamas, der mir inzwischen viel zu klein war. Die kurze rosafarbene Satin-Shorts reichte mir nur noch knapp über den Hintern, aber ich war so in meine Gedanken an Luke vertieft gewesen, dass ich völlig ausgeblendet hatte, dass ich ja nicht wie in alten Zeiten mit meinen Eltern und Abby hier wohnte.

Das wurde mir erst bewusst, als ich gedankenverloren auf dem Flur mit jemandem zusammenstieß.

»Hoppla.« Mike wich nicht zurück, als wir gegeneinander knallten. Er ließ seinen Blick von oben nach unten über mich gleiten und zog die Augenbrauen hoch.

Ich war es, die ein paar Meter zwischen uns brachte und knallrot anlief. »T… Tut mir leid, ich … wollte ins Bad.« *Gott, Chloe, warum stotterst du so?!*

»Ich auch«, lachte er. »Ich wollte gerade duschen.«

Irgendetwas daran, wie er es sagte, klang zweideutig. Oder bildete ich mir das nur ein? War ich jetzt völlig durchgeknallt?!

»Tu das!«, rief ich viel zu energisch und stolperte bereits rückwärts zurück in mein Zimmer. »Ich wollte nur Zähne putzen, ich kann warten!«

Dann schlug ich meine Zimmertür zu und meine Hände über dem Kopf zusammen. Das war eine Katastrophe. Eine absolute Katastrophe. Seine Gegenwart brachte mich völlig aus dem Konzept. Seine *ständige* Gegenwart, denn genau das war sie. Abbys Zimmer, das er die nächsten sechs Wochen bewohnen würde, lag direkt neben meinem. Ich würde jedes kleine Geräusch hören können, das er nebenan machte. Ein Knacken in der Wand, wenn er sein Ladekabel einstöpselte ... Ein Knarzen im Bett, wenn er sich umdrehte ... Und auch jetzt, wo ich das Rauschen der Dusche aus dem Bad hörte, konnte ich nicht anders, als mir vorzustellen, wie er nackt unter dem heißen Wasser stand.

So funktionierte das nicht. So funktionierte das einfach nicht! Wenn ich die nächsten Wochen überstehen wollte, dann musste ich irgendwie abhaken, was letzte Nacht passiert war. Abhaken und dann vergessen. Um dann ganz normal mit Mike umgehen zu können. Mit meinem *Schwager*.

Dieser Gedanke trieb mich dazu, ohne noch viel länger darüber nachzudenken, in Abbys Zimmer zu platzen, als Mike aus dem Bad kam. Natürlich hatte ich ihm ein paar Minuten gegeben, um sich anzuziehen. Zumindest dachte ich, dass er sich inzwischen angezogen hätte.

Hatte er aber nicht.

Er stand nur mit einem Handtuch bekleidet da und sah mich mit einem süffisanten Grinsen an. Das leider auch noch ziemlich *schmale* Handtuch war lediglich um seine Hüfte geschwungen und mit einem lockeren Knoten zusammengebunden. Unterhalb der Knie und oberhalb seines Bauchnabels war er vollkommen nackt. Mit Entsetzen stellte ich fest, dass sogar noch ein paar Wassertropfen von seinem Oberkörper abperlten. Von seinem sehr muskulösen Oberkörper. Trotz, oder vielleicht sogar eher wegen meiner Schockstarre, konnte ich meine Augen nicht von seiner gebräunten Brust und den trainierten Oberarmen abwenden.

Erst als er sich lachend räusperte, schaffte ich es endlich, meinen Blick loszureißen, und starrte ihm hochrot und völlig verzweifelt mitten ins Gesicht. Nur um festzustellen, dass leider auch seine Haare noch nass waren und somit total sexy und verwuschelt aussahen.

»Wieso hast du denn nichts an!«, rief ich wütend, ohne dass ich es verhindern konnte. Meine Nerven lagen blank. Ich wünschte mich so sehr zurück nach Chicago in meine kleine, abgewrackte Bude mit meinem unterbezahlten Job. Das alles war so schön langweilig, so unkompliziert gewesen.

»Ähm, weil ich duschen war?«, lachte Mike, schnappte sich aber ein verwaschenes graues T-Shirt vom Bett und zog es sich über. Das änderte aber natürlich nichts daran, dass er unter dem Handtuch nicht bekleidet war. »Mach dich locker, wir sind doch jetzt Familie.« Er zwinkerte mir zu.

»Genau!«, erwiderte ich aufgebracht. »Wir sind jetzt quasi Familie! Und haben gestern *gevögelt*!«

So, jetzt war es raus. Ich konnte es nicht länger zurückhalten. Das heuchlerische Verhalten den ganzen restlichen Tag über hatte gereicht und mich alle Nerven gekostet.

Völlig konfus und hysterisch starrte ich Mike an, in der Hoffnung, dass ich das alles nur geträumt und er keine Ahnung hatte, wovon ich redete. Aber zu meiner großen Bestürzung setzte er sich auf Abbys Bett und nickte reumütig.

Wenigstens war endlich dieses höhnische – und leider verdammt heiße – Grinsen aus seinem Gesicht verschwunden. »Ja, du hast recht«, seufzte er. »Darüber sollten wir reden.«

Ich atmete tief durch, zog mir Abbys Schreibtischstuhl heran und ließ mich erschöpft darauf fallen. Gut. Das ging in die richtige Richtung.

»Kannst du mir erklären, warum du mich einfach geküsst hast?«, fragte Mike vorsichtig.

Ich massierte mir angestrengt die Stirn. »Das war so was wie eine Kurzschlussreaktion, weil es mir gestern so dreckig ging und ich mich so heftig betrunken hatte. Meine Emotionen sind mit mir durchgegangen, mein Gehirn war wie ausgeschaltet.« *Und du warst einfach viel zu heiß, als dass ich mich hätte zurückhalten können.* »Außerdem hatte ich ja keine Ahnung, wer du bist. Wenn ich gewusst hätte, dass du der Verlobte meiner Schwester bist, dann hätte ich doch niemals ...« Ich schluckte. *Meine Zunge in deinen Hals gesteckt, bis du fast erstickt wärst.* »Dann hätte ich dich doch niemals geküsst. Und vor allem hätte ich doch niemals mit dir geschlafen!« Die Erinnerungen an letzte Nacht schossen mir durch den Kopf. Wie sich Mikes starken Hände unter meinem Rock angefühlt hatten. Wie *er* sich angefühlt hatte. Wie unvermittelt, schonungslos und hart es gewesen war. »Und jetzt erklär du mir lieber, wieso *du* den Kuss erwidert hast. Wieso du meinen Rock hochgeschoben hast, und ...« Ich wurde rot. Ob vor Wut oder Scham, wusste ich nicht. »Du hast eine Verlobte!« Okay, eher vor Wut. Ich musste mich zusammenreißen, nicht auf ihn zuzugehen und ihm in sein perfektes Gesicht zu schlagen. Er war das viel größere Arschloch.

Aber auch er sah wirklich mitgenommen und schuldbewusst aus. »Chloe, ich kann mir das nicht erklären.« Er rieb sich über das Gesicht und sah jetzt sogar richtig erschöpft aus. »Glaub mir, mich quält es seit letzter Nacht nicht weniger. Ich schätze, bei mir war es genauso. Ich hatte viel zu viel getrunken. Und auch ich hatte die letzten Wochen über keine leichte Zeit. Du weißt ja schon, dass ich bald einen neuen Job anfange, und mein letzter ist ... na ja ... nicht gerade gut geendet.« Er zuckte gleichgültig mit den Schultern, aber ich erkannte, wie sehr es ihn anspannte. »Ich versuche immer, meinen Stress vor Abby zu verbergen, weil sie selbst genug hat, aber das hält ein Mensch natürlich auch nur bedingt aus. Und als du mich dann gestern plötzlich geküsst hast, war es für einen Moment so ... als würde all meine Last von mir abfallen. Mein Gehirn war auch wie ausgeschaltet. Meine Gedanken standen endlich mal still. Ich war komplett auf den Kuss fixiert, es war irgendwie echt ... irre.«

Ja, weil da eine Anziehungskraft zwischen uns bestanden hatte, die auch jetzt immer noch sehr präsent war. Aber das konnte ich Mike natürlich nicht sagen. Das Ganze war eventuell die katastrophalste Sache, in die ich je in meinem Leben verwickelt gewesen war. »Na ja, was passiert ist, ist passiert, und wir können es nicht mehr rückgängig machen«, stotterte ich hilflos. Aber irgendetwas an Mikes Blick sagte mir, dass er es auch gar nicht rückgängig machen *wollte*. Ich versuchte, das zu ignorieren. »Abby ist anscheinend glücklich mit dir und nur das zählt. Ich will es auf keinen Fall kaputtmachen wegen dieses einmaligen, unglücklichen Zwischenfalls, der ganz offensichtlich aufgrund der Verkettung mehrerer ungünstiger Umstände entstanden ist.« Ein Zwischenfall, der nur wenige Minuten gedauert hat, durfte nicht das gesamte Leben meiner Schwester zerstören, oder? Ich atmete tief durch und kniff prüfend die Augen zusammen. »Oder warst du ihr etwa schon öfter untreu?«

Mike hob sofort abwehrend die Hände und schüttelte vehement den Kopf. Diese Reaktion nahm ich als ehrlich wahr. »Nein, ich bin ein absolut treuer Mensch, ich schwöre. Wie gesagt, keine Ahnung, was da gestern los war. Mir sind irgendwie die Sicherungen im Gehirn durchgebrannt. Du hast mein Denken völlig ausgesetzt. Du hast ... mich ganz schön aus dem Konzept gebracht.«

Sein Blick bohrte sich so intensiv in meinen, dass mir wieder heiß und kalt gleichzeitig wurde.

Ich beschloss, dass ich sofort aus diesem Zimmer rausmusste, und sprang auf. »Na ja, wie gut, dass wir drüber geredet haben. Ab jetzt verlieren wir nie wieder ein Wort darüber, verstanden? Abby darf niemals davon erfahren. Die Sache ist unwichtig, unbedeutend und hiermit abgeschlossen.« Ich drehte mich um und rauschte auf wackeligen Beinen aus dem Zimmer.

Doch als ich mich in dieser Nacht stundenlang wach im Bett herumwälzte, die ganze Zeit in dem Wissen, dass Mike nur einige Meter nebenan ebenfalls im Bett lag, getrennt von einer dünnen Wand, zweifelte ich selbst an meinen Worten. Der Gedanke, meine Schwester hintergangen zu haben und gleichzeitig trotzdem ihren Verlobten nicht aus dem Kopf zu bekommen, und die Erinnerung daran, was vorgefallen war, machten mich fertig.

Kapitel Sechs

Am nächsten Morgen wartete ich extra, bis meine Familie und Mike mit dem Frühstück fertig waren, bevor ich mich in die Küche begab. Doch es nützte nichts. Sobald Dad mich durch die offene Terassentür entdeckte, kam er bekleidet mit seiner typischen Arbeitsmontur – blaue Basecap, dunkelgrüne Weste, klobige Schuhe – in die Küche gestürmt.

»Chloelein, wie schön, dass du aufgestanden bist! Dann kannst du uns ja bei der Gartenlaube helfen!«, rief er freudig. »Mike ist wirklich sehr flink und geschickt mit seinen Händen. Ich denke, dass er dir alles prima zeigen und erklären kann, was du machen sollst …«

Mir blieben ein paar Brotkrümel im Hals stecken und ich röchelte. Das Letzte, was ich tun würde, wäre Dad und Mike bei dieser verdammten Gartenlaube zu helfen.

Ich sah es schon genau vor mir; Mike in seinem verschwitzten grauen T-Shirt, das er sich irgendwann einfach über den Kopf zog, weil es ihm in der prallen Mittagssonne zu heiß wurde ... Vielleicht würde er sogar eine Flasche Wasser zur Abkühlung über seinen Oberkörper kippen ...

»Chloe?« Dad legte den Kopf schief und sah mich erwartungsvoll an.

Erst jetzt merkte ich, dass er ja immer noch auf eine Antwort wartete und ich völlig in einen Tagtraum versunken war. Ich wurde puterrot im Gesicht und stürzte schnell einen Schluck Wasser runter. »Äh ... tut mir wirklich sehr leid, Dad, aber ich kann heute nicht.«

»Ach nein? Warum nicht?« *Du bist doch jetzt arbeitslos.* Er sagte es nicht, aber sein verwunderter und auch ein wenig verletzter Blick sprach Bände. Wenn ich jetzt nicht genau aufpasste, was ich sagte, würde er denken, dass ich einfach keine Lust hatte, Zeit mit ihm zu verbringen. Und das stimmte auf keinen Fall! Wäre Mike nicht, würde ich liebend gern den ganzen Tag mit Dad im Garten verbringen.

Fieberhaft dachte ich darüber nach, was ich sagen könnte, als mir die perfekte Ausrede siedend heiß einfiel. »Abby hat mich um einen Gefallen gebeten. Ich soll ihre Hochzeit organisieren. Die bei den Wilsons stattfindet. Deshalb werde ich ...« Ich schluckte. »Deshalb werde ich Luke gleich einen Besuch abstatten müssen.«

Jetzt war es Dad, der rot wurde. Er sprach nicht gern mit seinen Töchtern über ihre Beziehungen, aber hier ließ er es sich nicht nehmen, ein paar Worte zu verlieren. »Das muss wirklich schwierig für dich sein, Herzchen«, sagte er mitfühlend. »Luke nach all den Jahren wieder gegenüberzutreten. Ich finde es bemerkenswert, dass du das für deine Schwester machst.«

»Oh, so schlimm wird es schon nicht«, log ich. *Zumindest nicht so schlimm, wie den ganzen Tag mit Mike zusammenzuhocken.* »Ich bin mir ziemlich sicher, dass Luke und ich wie zwei zivilisierte Erwachsene mit der Situation umgehen können. Ich meine, wie du schon sagst – es ist Jahre her. Es ist eine Menge Gras über die Sache gewachsen. Ich wette, Luke hat inzwischen längst eine neue feste Freundin.«

Dad atmete tief ein. »Wie ich hörte, geht er mit dem Webster-Mädchen aus.«

»Olivia?« Obwohl es mir völlig egal sein sollte, wurde mein Herz plötzlich schwer. Olivia hatte früher zu unserer Highschool-Clique gehört. Ich hatte mich immer gut mit ihr verstanden. Insgeheim war ich aber auch schon immer ein bisschen eifersüchtig auf sie gewesen. Sie war wahnsinnig hübsch mit ihrem naturroten Haar und den vielen Sommersprossen. Damals hatte ich ständig ein kleines bisschen Angst, dass Luke sie toll finden könnte. Und anscheinend tat er das ja auch. Zumindest jetzt, wo ich nicht mehr da war. »Na ja, siehst du. Das ist doch toll. Ich freue mich für ihn. Dann ist es ja noch weniger ein Problem, dass wir uns die nächsten Wochen öfter mal sehen werden«, presste ich hervor.

Dad seufzte und legte mir die Hand auf die Schulter. »Ich sehe es dir doch an, dass es schwierig für dich wird, Herzchen. Ich will nur, dass du weißt, dass deine Schwester sicher Verständnis hätte, wenn dich das Ganze emotional zu sehr mitnimmt. Du kannst dich jederzeit stattdessen zu Mike und mir gesellen und uns helfen …«

»Schon gut, wirklich!«, rief ich und sprang ruckartig auf. »Ich wette mit dir, die Hochzeitsvorbereitungen werden ein Kinderspiel.«

Die paar Blocks bis zum Gutshof der Wilsons ging ich zu Fuß. Es war ein wunderschöner Sommertag und die Sonne strahlte vom Himmel, der so blau war, dass ich mir für ein paar Minuten wirklich einreden konnte, dass alles gut werden würde. Dass Luke und ich vielleicht sogar wieder Freunde werden könnten. Denn wieso eigentlich nicht? Ich für meinen Teil – da war ich mir ziemlich sicher – hatte meine Gefühle für ihn vollständig hinter mir gelassen. Schließlich hatte ich in der Zwischenzeit eine langjährige Beziehung mit einem anderen geführt, Herrgott! Ich hatte Jamie *geliebt*. Vielleicht nicht auf die gleiche Weise wie Luke damals, aber die erste Liebe konnte man nun mal mit nichts vergleichen. Das war ja bei jedem so und da war Luke einfach keine Ausnahme. Das hieß aber noch lange nicht, dass er für mich unersetzbar war. Vielleicht würde ich nach Jamie sogar jemanden finden, den ich mehr liebte als Luke und Jamie *zusammen.* Vielleicht hatte Mike ja einen gut aussehenden Bruder, der ihm ähnlich sah und genauso ...

Ich wollte mir selbst eine Ohrfeige verpassen. Was dachte ich da nur schon wieder? Natürlich würde ich mich *nicht* an den Bruder von Mike ranmachen, selbst wenn er einen hätte.

Ich versuchte, endlich all diese bescheuerten Gedanken runterzuschlucken, und konzentrierte mich auf das alte Farmhaus, das hinter einer Kurve in Sicht kam. Da war er also. Der Ort, an dem ich in meiner Jugend so viel Zeit verbracht hatte. An dem ich mich das erste Mal verliebte und an dem ich zum ersten Mal jemandem das Herz brach. Hier war Lukes und mein Ursprung. Hier war alles passiert, was uns einst verbunden hatte.

Mein Herz klopfte wie wild vor Nervosität, als ich mich der Schottereinfahrt des Hofs näherte. Wie würde ich mich Luke gegenüber verhalten? Was würde ich zur Begrüßung sagen? Einfach *»Hi, Luke? Lange nicht gesehen?«* Oder sollte ich lieber etwas weniger Ungezwungenes wählen und mich langsam rantasten? *»Hi Luke, ich weiß, du willst mich vielleicht nicht unbedingt hierhaben, aber ...«*

»Chloe?«

Ich wurde von einer vertrauten Stimme jäh aus meinen Gedanken gerissen und sah erschrocken zur Seite. Es war Lukes Mom, Debbie. Sie stand ein paar Meter von mir entfernt und hielt eine Schubkarre in der Hand. Bei ihrem Anblick wurde mir ganz schwer ums Herz.

Debbie kämpfte schon immer aufgrund von Nierenproblemen mit ihrer Gesundheit. Sie durfte sich nicht überanstrengen, aber übernahm trotzdem alle möglichen Aufgaben, die auf dem Gutshof anfielen. So war sie einfach. Genau wie Luke konnte sie nie die Füße stillhalten. Außerdem war sie ein wahres Stehaufmännchen und ließ sich nicht so leicht unterkriegen. *Vor allem nicht von so einer dummen Krankheit,* das waren damals immer ihre Worte gewesen. Doch jetzt sah sie wirklich schlecht aus. Sie hatte locker zehn Kilo abgenommen, seit ich sie das letzte Mal gesehen hatte, und tiefe Falten zierten ihr Gesicht. Ob das nur am plötzlichen Tod ihres Mannes lag? Oder hatte sich ihre eigene Gesundheit drastisch verschlechtert?

»Debbie!« Ich machte ein paar Schritte auf sie zu und nahm sie etwas unsicher in den Arm. Debbie erwiderte die Umarmung. Sie fühlte sich knochig unter meinen Händen an.

»Was machst du denn hier, Kind?«, fragte sie erstaunt und musterte mich von oben bis unten. »Wir haben uns ja Jahre nicht gesehen. Und du bist immer noch genauso hübsch wie damals.«

»Danke.« Ich biss mir auf die Lippen. Debbie und ich waren immer sehr gut ausgekommen, ich mochte sie unheimlich gern. Doch jetzt war es mir peinlich, mit ihr zu sprechen. Jetzt, nachdem ich mich so lange nicht bei den Wilsons hatte blicken lassen. Nicht einmal zur Beerdigung von Lukes Vater war ich erschienen. »Ich muss mit Luke sprechen. Wegen Abbys Hochzeit. Ist er da?«

»Ja, ist er. Er ist hinterm Haus und streicht den Hühnerstall neu.« Debbie machte eine vage Handbewegung, so als wüsste ich nicht längst, wo sich der Hühnerstall befand. Als könnte ich das jemals vergessen. Wie oft hatten Luke und ich auf dem Dach dieser kleinen Hütte gelegen, in den Himmel geschaut und uns geküsst ...

»Alles klar«, erwiderte ich betont fröhlich. »Dann werde ich mal schauen, ob ich ihn finde.«

Debbie sagte erst gar nichts, doch als ich mich umdrehte, fragte sie vorsichtig: »Chloe?«

Ich wandte mich ihr wieder zu. »Ja?«

»Wie lange haben Luke und du euch nicht gesehen?«

Ich wurde rot. »Ich ... weiß nicht genau.« Dabei wusste ich es *ganz* genau. »Vielleicht ... ein paar Jährchen?«

Debbies Blick wurde, wenn möglich, noch trauriger. Ihr stand bodenloser Kummer ins Gesicht geschrieben. »Vielleicht solltest du ihn nicht überrumpeln. Es könnte sein, dass ... er ziemlich überrascht sein wird, dich zu sehen. Er rechnet ganz bestimmt nicht mit deinem

Auftauchen. Auch, wenn deine Schwester bald hier heiraten wird.«

Ich schluckte. »Ich weiß. Aber sie hat mich gebeten, einige Dinge für sie zu regeln, und deshalb muss ich mit ihm sprechen.«

Debbie nickte, doch sie sah nicht gerade begeistert aus. »Ich meine nur … Bitte wundere dich nicht, wenn Luke möglicherweise ein wenig … abweisend zu dir ist.«

Ich versuchte, ungezwungen zu lachen, doch es klang schrill und künstlich. »Oh, schon gut, Debbie. Ich weiß, dass er mich nicht gerade mit offenen Armen empfangen wird, nach all den Jahren …«

Debbie schüttelte den Kopf und legte mir vertraulich die Hand auf den Unterarm. »Ich meine es ernst, Chloe. Luke hat sich … verändert.« Sie sprach jetzt leiser, vorsichtiger. »Seit dem Tod seines Vaters ist er nicht mehr derselbe. Aber eigentlich war er es schon vorher nicht mehr. Eigentlich … Eigentlich, seit du ihn verlassen hast.« Sie senkte ihren Blick auf den Boden.

Die Fesseln, die sich um mein Herz geschlungen hatten, zogen sich fester zusammen. »Inwiefern?«, flüsterte ich.

»Du weißt doch, wie er früher war«, erwiderte Debbie verzweifelt. »Er war immer so aufgeweckt. Ein fröhlicher Junge. Ihm strahlte die Sonne förmlich aus dem Herzen. Er hatte immer Energie, machte am liebsten zehn Dinge gleichzeitig. Hauptsache, er konnte was erleben und Spaß haben. Aber seit dem Tag, an dem du gegangen bist ...« Eine Träne glitzerte in Debbies Auge. »Er war von einem Tag auf den anderen wie ausgewechselt. Natürlich waren die ersten Wochen die schlimmsten. Er wollte nicht essen, nicht schlafen, nicht rausgehen. Das hat sich dann irgendwann gelegt, er hat angefangen, sein Leben normal weiterzuleben. Aber, Chloe ...« Sie schüttelte traurig den Kopf. »Er ist nie wieder der Gleiche geworden.«

Ich wich zurück. Das war zu viel für mich. Ich wollte das nicht hören. Mir war es selbst schlecht gegangen. Die ersten Wochen ohne Luke hatte ich mich wie tot gefühlt. Natürlich hatte ich mich in Chicago gut ablenken können. Ein Studienanfang brachte immer einen Haufen neuer Freunde, und ja, auch Verehrer mit sich. Außerdem Massen an Partys und Alkohol. Ja, ich hatte meinen Schmerz damals perfekt betäuben können. Aber tief in meinem Herzen hatte ich doch immer die Leere gefühlt, die er hinterlassen hatte und die nicht einmal Jamie hatte füllen können. Debbies Beschreibung von Luke passte auch zu mir: Ich war nie wieder die Gleiche geworden.

Aber ich hatte mich für das Leben entschieden, das ich jetzt lebte, und ich stand zu meinen Entscheidungen. In diesem kleinen Kaff wäre ich niemals glücklich geworden. Ich brauchte das Big City Life, die pulsierende Großstadt. Brauchte das Abenteuer und hätte nicht hier zwischen ein paar Heuballen versauern können.

»Es tut mir leid, dass es Luke schlecht ging«, sagte ich

daher kurz angebunden. »Ich möchte natürlich keine alten Wunden wieder aufreißen. Aber meine Schwester hat mich gebeten, ihre Hochzeit zu organisieren, und diese Bitte möchte ich ihr nicht abschlagen. Daher muss ich mit Luke sprechen.«

»Natürlich.« Debbie atmete tief durch und nahm ihre Schubkarre wieder auf. »Ich wünsche dir viel Erfolg.« Dann schlich sie auf wackeligen Beinen davon.

Na toll. Nach diesem aufwühlenden Gespräch wäre ich am liebsten weggerannt und hätte mich in meinem Bett verkrochen. Könnte ich das Gespräch mit Luke nicht noch einen Tag aufschieben? Ich könnte mir *Gilmore Girls* und jede Menge Schokolade reinziehen ...

Mit Mike direkt nebenan?, spottete eine verächtliche Stimme in meinem Kopf.

Ach, verdammt. Es hatte ja einen Grund, dass ich abgehauen war.

Also atmete ich tief durch und nahm die Beine in die Hand. Wie schlimm konnte es schon werden? Es war doch nur ein Gespräch unter zwei erwachsenen Menschen. Luke war ein erwachsener, zivilisierter, höflicher, freundlicher ... verdammt ... verdammt ... verdammt *gut aussehender* ... Mann ...

Ein Stromschlag durchzuckte mich. Mein Herz begann zu rasen.

Mein Denken schaltete sich förmlich aus, als ich um das Haus bog und der Hühnerstall in Sicht kam. Und somit auch er. Luke, der immer noch genauso heiß war wie damals. Nein, was redete ich? Er sah noch tausendmal besser aus! Seine Muskeln waren deutlich gewachsen und ich kam nun wirklich nicht umhin, das festzustellen, denn er war oberkörperfrei. Er stand auf einer Leiter und bestrich die alte Holzfassade des Hühnerstalls mit blauer Farbe. In abgeschnittenen Jeans und Timberlands. Und ohne Oberteil. Die braun gebrannte Haut seines nackten Oberkörpers glänzte in der Sonne, einzelne Schweißtropfen perlten seinen durchtrainierten Rücken hinab.

Ich stand wie angewurzelt da und konnte meinen Augen nicht trauen. Denn sie schoben Gedanken in meinen Kopf, die unmöglich und völlig verwerflich und unfassbar gefährlich für mich waren. Sie flüsterten mir zu, dass da vorne, wenige Meter entfernt, auf der Leiter am Hühnerstall, die Liebe meines Lebens stand. Und das war jawohl definitiv nicht der Fall. Luke war meine *Jugendliebe* gewesen. Nichts weiter. Aber wieso fühlte sich das Herz in meiner Brust dann so schwer an? Warum kribbelte mein ganzer Körper? Warum fühlten sich plötzlich alle meine Gliedmaßen taub an? Warum hatte ich das Gefühl, jeden Moment ohnmächtig zu werden, als Luke mich plötzlich entdeckte und selbst zu einer Salzsäule erstarrte?

Er schien, als konnte er seinen Augen nicht trauen. In Zeitlupe ließ er den Pinsel in seiner Hand sinken, die dickflüssige blaue Farbe tropfte langsam nach unten. Tropf. Tropf. Die Zeit schien stillzustehen. Ein paar

Sekunden ging das so, vielleicht waren es auch Minuten. Ich hatte keine Ahnung. Ich wusste nur, dass zwischen Luke und mir ein ganz eigenes Raum-Zeit-Kontinuum existierte, und es hatte uns komplett verschluckt in diesem Augenblick, in dem wir uns nach all den Jahren endlich wiedersahen.

Und dann war der Moment vorbei. Luke sprang ruckartig von der Leiter, warf den Pinsel ins Gras und baute sich vor mir auf. »Chloe? Was willst *du* denn hier?«

Das war er also. Der Beginn unseres ersten Gesprächs nach so langer Zeit. Lukes Stimme strotzte vor Feindseligkeit. Unsere Blicke begegneten sich nur für den Bruchteil einer Sekunde, dann hielt ich es nicht mehr aus und fixierte den Hühnerstall. Ich spürte, wie mir eine unmenschliche Hitze ins Gesicht stieg. Mein ganzer Körper schien in Flammen zu stehen. »Hallo, Luke.« Meine Stimme war nicht mehr als ein Krächzen. »Es tut mir leid, dass ich hier einfach so aufkreuze. Ich ...«

»Das sollte es dir auch!«, knurrte Luke und machte zwei Schritte auf mich zu. Er sah schon fast bedrohlich aus, als wollte er mich vertreiben. Wahrscheinlich war das auch sein Ziel. »Was zum Teufel *willst* du hier?«

Ich wich zurück. Jetzt sah ich ihn doch an. Sah in das schmerzerfüllte, leidvolle Gesicht. In seine wunderschönen blauen Augen. Die weichen Gesichtszüge waren jetzt hart und unnachgiebig. Er hatte sich verändert. Natürlich war er älter geworden, aber daran lag es nicht. Nicht nur. Seine Mutter hatte recht. Er strahlte etwas ganz anderes aus als früher. Vielleicht war es Verbitterung. Ich konnte es in diesem Moment nicht ganz greifen. »Ich bin wegen der Hochzeit von Abby hier«, stotterte ich und machte noch einen Schritt zurück, fast schon ängstlich. Luke bemerkte natürlich sofort, dass ich Angst hatte. Schließlich kannte er mich sehr gut. Seine aufdringliche Haltung änderte sich abrupt. Er wich ebenfalls zurück. Schien plötzlich zu realisieren, dass er mir sehr nah gekommen war und fast schon gebrüllt hatte. Etwas in seinen Zügen veränderte sich, vielleicht ließ das erste Adrenalin nach. Vielleicht setzte sein Verstand langsam wieder ein. Meiner tat es. »Wegen der Hochzeit von Abby«, wiederholte ich unsicher. »Sie schickt mich, weil sie keine Zeit hat, sich selbst um die Planung zu kümmern.«

»Deshalb schickt sie *dich*?« Jetzt wirkte Luke nur noch fassungslos. Seine aufgebäumte Haltung fiel in sich zusammen. Er ließ verzweifelt die Arme sinken.

»Ja, ich wohne wieder bei meinen Eltern, für ein paar Wochen ...« Ich senkte den Blick. Ich konnte ihm jetzt unmöglich die ganze Geschichte erzählen. Das war nicht der richtige Zeitpunkt. Und ich war mir sicher, dass Luke meine Geschichte auch gar nicht hören wollte. Denn er meinte, sie zu kennen. Er meinte, er wüsste genau, was für ein Mensch ich geworden war, seitdem ich ihn verlassen hatte. Egoistisch. Kalt. Karrieregeil. Oberflächlich. Aber nichts davon entsprach der Wahrheit.

»Nein.« Luke drehte sich unvermittelt um und

machte große Schritte zurück zum Hühnerstall. »Sag deiner Schwester, sie soll selbst kommen«, rief er mir über die Schulter hinweg zu. Jetzt klang er plötzlich sehr beherrscht. Gleichgültig. Gefühllos.

»Aber …« Perplex sah ich ihm hinterher, ging ihm sogar nach. »Aber sie hat mich darum gebeten! Ich soll die Planung für die Hochzeit mit dir besprechen!«

Luke hatte mir den Rücken zugedreht, aber ich hörte ein Schnauben, und konnte mir sogar vorstellen, dass er dieses eine Grinsen im Gesicht hatte. Dieses eine ganz bestimmte. Das fassungslose, das Luke aufsetzte, wenn er sich dachte: *Will mich eigentlich die ganze Welt verarschen?*

»Chloe, ich werde gar nichts mit dir besprechen«, hörte ich ihn ruhig sagen. Er bückte sich, um den Pinsel aufzuheben. »Du kannst ja meinetwegen so viel Hochzeitsplanerin spielen, wie du willst, aber nicht hier auf meinem Hof. Ich stelle deiner Schwester die Location, weil unsere Väter befreundet waren. Nicht mehr und nicht weniger. Wenn deine Schwester irgendwelche Fragen hat, kann sie sich bei mir melden. Und jetzt entschuldige mich bitte. Manche Menschen haben noch zu tun«, knurrte er, mir immer noch den Rücken zugewandt, und stieg wieder auf die Leiter.

Meine Wangen brannten vor Scham und Empörung. Der letzte Satz fühlte sich wie ein ganz persönlicher Seitenhieb an. Aber das war Schwachsinn, nicht wahr? Luke konnte nichts von meiner Kündigung ahnen. Er konnte nicht wissen, dass ich die nächsten Wochen bei meinen Eltern rumgammeln würde und nichts zu tun hatte. Oder hatte das in unserem Kaff etwa schon die Runde gemacht? Die Leute hier tratschten viel und gern. Sicher hatte Luke schon längst davon gehört. Sicher hatte er das nur gesagt, um mich zu verletzen ...

Tränen stiegen mir in die Augen und ich war kurz davor, mich einfach umzudrehen und wegzurennen. Aber ich hatte ja genau das Gegenteil beschlossen. Ich wollte nicht mehr wegrennen. Ich wollte mich Herausforderungen stellen. Also blieb ich stehen, atmete tief durch und sagte: »Luke, ich weiß, wir haben uns lange nicht mehr gesehen und unser Abschied war nicht gerade ... gut, aber ...«

Er drehte sich so ruckartig zu mir um, dass er fast von der Leiter fiel. Sein Blick strahlte eine solche Kälte aus, dass mir das Herz gefror. »Genau, Chloe«, spie er in meine Richtung aus. »Unser Abschied war nicht gerade gut, nicht wahr? Wenn ich mich richtig erinnere, hast du mit mir Schluss gemacht. Und deshalb würde es meiner Verlobten bestimmt nicht gefallen, wenn du hier jetzt rumtänzelst, um die *Hochzeit deiner Schwester* zu planen. Abby soll sich verdammt noch mal selbst an mich wenden. Klar?«

»Klar.«

Ich stolperte zurück. Tränenblind. Drehte mich um und schaffte es irgendwie wankend vom Grundstück.

Luke hatte eine Verlobte. Natürlich hatte er das. Wie

auch nicht? Es waren Jahre seit unserer Trennung vergangen. Jahre. Eine ganze Menge Zeit. Er hatte jetzt ein neues Leben, ein anderes Leben.

Warum fühlten sich meine Wunden dann an, als wären sie heute erst richtig aufgerissen?

Kapitel Sieben

»Und, Schatz, wie war es bei den Wilsons?«, wollte Mom mit prüfendem Blick wissen, als sie mir den Brotkorb reichte.

Ich hatte es geschafft, jegliches Gespräch mit meinen Eltern und Mike bis zum Abendessen hinauszuzögern. Eigentlich nur, weil ich nach meinem Zusammentreffen mit Luke noch einige Zeit durch Felder und Wiesen geirrt war und sehnlichst gehofft hatte, keiner Menschenseele zu begegnen. Danach sperrte ich mich in meinem Zimmer ein, mit der Ausrede, dass ich ein paar Bewerbungen schreiben wollte.

In Wahrheit saß ich die ganze Zeit nur da, mit dem Gefühl, dass ich jeden Moment weinen würde. Aber die Tränen kamen nicht. Auf meinem Weg über das Wilson-Grundstück hatte ich sie mit aller Kraft so heftig zurückgedrängt, dass sie nun zu tief vergraben zu sein schienen.

So sehr mir auch nach Weinen zumute war; ich konnte nur apathisch vor mich hinstarren und das Gedankenkarussell in meinem Kopf stumm ertragen.

»Nicht so gut«, gab ich zu und versuchte, meine Stimme so kraftvoll wie möglich klingen zu lassen. »Um ehrlich zu sein, hat Luke mich abgewiesen. Er möchte nicht, dass ich die Planung der Hochzeit übernehme.«

Mom und Dad wechselten einen für mich undefinierbaren Blick. Mike legte verwirrt den Kopf schief. »Warum das denn nicht?«

Ich atmete tief durch, setzte zu einer Antwort an, obwohl sich meine Brust schmerzhaft eng zusammenzog, da kam Dad mir zu Hilfe. »Weißt du, Mike ...« Er räusperte sich. »Chloe und Luke waren ziemlich lange ein Paar.«

Mike zog die Augenbrauen hoch. »Wirklich?«

»Und was für eins!«, schwärmte Mom, aber ein warnender Blick von Dad reichte, damit sie sich schnell wieder im Griff hatte. »Die beiden sind mehrere Jahre während der Highschool miteinander gegangen«, erklärte sie, jetzt wieder wesentlich sachlicher. »Bis Chloe nach Chicago gezogen ist.«

»Darüber ist der arme alte Luke nie hinweggekommen«, seufzte Dad und biss nachdenklich von seinem Brötchen ab.

»Das stimmt doch gar nicht!«, rief ich schrill. »Er hat eine Verlobte! Wusstet ihr das nicht? Er hat eine Verlobte!«

Für ein paar Sekunden war es still am Tisch. Dann seufzte Dad. »Hat er dem Webster-Mädchen also wirklich einen Antrag gemacht.«

Olivia. Es war Olivia. Ich hätte es wissen müssen. Den ganzen Tag hatte mich die Frage gequält, wer es sein könnte. Wieder und wieder war ich im Kopf jegliche potenzielle Kandidatin durchgegangen. Dabei hatte Dad mir die Antwort schon heute Morgen beim Frühstück geliefert.

»Aber ich dachte, sie ist für ein halbes Jahr in Mexiko«, warf Mom ein.

»Tja, dann hat er wohl vorher noch schnell um ihre Hand angehalten.« Dad fuhr sich über die Halbglatze. »Ohne es an die große Glocke zu hängen. So war er schon immer, nicht wahr? Ein feiner, bescheidener Kerl.«

»Sie ist in Mexiko?« Ich versuchte ganz ungezwungen zu klingen. Ich wusste nicht, ob es mir gelang.

»Ja, sie ist vor ungefähr drei Monaten gegangen.« Mom nickte. »Also ist schon ungefähr die Hälfte rum. Sie arbeitet dort als Lehrerin für ein soziales Projekt. Du wusstest doch, dass sie eigentlich Lehrerin hier an der Brown Elementary School ist?«

»Nein. Das wusste ich nicht.« Ich wusste nur, dass Olivia an einer Universität in der Nähe Grundschullehramt studiert hatte und danach in unserer Heimatstadt arbeiten wollte – und damit wohl die perfekte Ehefrau für Luke darstellte.

Mein Herz schien immer weiter zu zersplittern und

dabei wusste ich nicht einmal genau warum. »Tja. Dann heiraten sie wohl, sobald sie wieder da ist.«

»Also ist er zu sehr in seine eigenen Hochzeitsplanungen vertieft, um dir bei unserer zu helfen?«, witzelte Mike ungläubig.

»Nicht so ganz.« Ich seufzte. »Eigentlich hat er gesagt ... dass Olivia es nicht gut fände, wenn ich auf seinem Hof ... *rumtänzeln* würde.«

Mom zog die Augenbrauen hoch. »Das hat er gesagt?«

Ich nickte stumm.

Dad pickte nachdenklich ein paar Krümel mit seinen Fingern auf. »Nun, ich denke, das kann man schon ein bisschen nachvollziehen, oder? Abby fände es bestimmt auch nicht gut, wenn du, Mike, deine langjährige Exfreundin direkt vor der Nase hättest, während sie, sagen wir, ein halbes Jahr im Ausland ist ...«

Ich konnte nicht verhindern, dass ich rot wurde. Dad hatte ja keine Ahnung, wie sehr er, ohne es zu wissen, ins Schwarze getroffen hatte. Abby war vielleicht nicht im Ausland und ich nicht Mikes Exfreundin. Aber er hatte mich definitiv vor der Nase, während meine Schwester außer Sichtweite war.

»Ich finde, das ist völliger Quatsch«, ergriff da passenderweise Mike das Wort und lehnte sich mit verschränkten Armen zurück. »Was kann Chloe dafür, dass Luke eine Verlobte hat, die im Ausland ist? Sie ist schließlich nicht zu Luke gekommen, um sich ihm an den

Hals zu werfen. Sie möchte lediglich ein paar Sachen mit ihm besprechen, wegen Abbys und meiner Hochzeit. Und ich wette, dass dieser Luke heute nicht besonders höflich zu dir war, hab ich recht, Chloe?« Er sah mich mitfühlend an und ich konnte nur beschämt den Blick senken. »Ha, dachte ich's mir doch. Ich finde, das ist eine Unverschämtheit. Wir gehen da morgen gemeinsam hin, Chloe, und ich werde diesem Luke mal meine Meinung sagen. Wenn er unsere Hochzeitsvorbereitungen sabotiert, tja, dann sollten wir uns vielleicht überlegen, ob wir die Hochzeit woanders feiern.«

»Aber, Mike!«, rief ich perplex, »Abby wünscht sich, dass eure Feier auf dem Gutshof der Wilsons stattfindet. Bitte mach meinetwegen jetzt kein Fass auf. Ich werde Abby einfach sagen, was passiert ist, und vielleicht müsst ihr zwei das dann doch ohne mich regeln ...«

»Nein, Chloe, ich denke, Abby wünscht sich, dass *du* ihre Hochzeit organisierst. Das ist ihr viel wichtiger. Und wenn dieser Luke was dagegen hat, dann soll er uns vernünftig erklären, was sein Problem ist.« Mike zuckt mit den Schultern. »Denn das mit seiner Verlobten ist jawohl absoluter Kinderkram.«

Mom nickte. »Ich finde die Idee gut, dass ihr morgen noch mal zusammen hingeht. Wenn die Gemüter ein bisschen runtergekühlt sind. Für Luke war das heute bestimmt schwer, dich wiederzusehen, Chloe. Vielleicht hat er sich bis morgen beruhigt und noch mal über die ganze Sache geschlafen.«

Ja, vielleicht. Aber ich wusste, dass *ich* mich nicht beruhigt haben würde. Luke Wilson brachte meine Nerven gehörig durcheinander. Und mir war glasklar, dass die nächsten Wochen das größte Debakel meines Lebens werden könnten.

In dieser Nacht schlief ich schlecht. Wieder und wieder wälzte ich mich unruhig im Bett von der einen auf die andere Seite, in der Hoffnung, in einen traumlosen Schlaf zu fallen. Doch er war alles andere als traumlos. Das Gegenteil war eher der Fall. Ich träumte von Luke. Luke, Luke, immer wieder sein Gesicht, das mir schmerzerfüllt entgegenblickte. Kein körperlicher Schmerz, schlimmer; ein seelischer, alles verschlingender Schmerz. Die Szenen, die sich in meinem schlafenden Bewusstsein abspielten, waren wirr. Luke und ich mit sechzehn auf dem Hühnerstall; Luke und ich mit siebzehn knutschend in der letzten dunklen Reihe im Kino; Luke und ich mit achtzehn, als ich ihm das Herz breche. Wieder das schmerzerfüllte Gesicht. Der Anblick fraß sich so tief in mein schutzloses Herz, dass ich keuchend aufwachte. Meine Wangen waren tränennass. Hatte ich im Schlaf geweint?

Ich wollte mich gerade umdrehen und versuchen, weiterzuschlafen, als es an meiner Zimmertür klopfte.

Mein Blick fiel auf meinen Wecker. Vier Uhr nachts. Wer zum Teufel klopfte um diese Uhrzeit an?

»Herein?«, rief ich unsicher und verschlafen. Meine Stimme war kaum mehr als ein Hauchen. Die Person hinter der Tür schien es trotzdem vernommen zu haben, denn sie öffnete sich langsam. Flurlicht drang in den Raum und beleuchtete eine dunkle Gestalt im Türrahmen.

Hektisch griff ich nach der Nachttischlampe und schaltete sie ein. Sie tauchte mein Zimmer in ein dämmriges orangenes Licht und ich erkannte, wer sich Zutritt verschaffte.

Mike.

»Ist es okay, wenn ich kurz reinkomme?«, fragte er leise, schloss die Tür aber schon hinter sich, bevor ich irgendetwas erwidern konnte.

Perplex fuhr ich im Bett hoch und zerrte an meinem weißen Spaghettiträger-Top. Mein Herz schlug mir bis zum Hals. Was zur Hölle wollte Abbys Verlobter mitten in der Nacht in meinem Zimmer?

»Ähm ... klar«, krächzte ich verwirrt, lehnte mich gegen das Kopfteil und zog mir die weiße Bettdecke bis unter das Kinn.

Mike setzte sich auf das Bettende und schaute mich an. Er sah seltsamerweise gar nicht verschlafen aus, sondern hellwach. Er trug das gleiche graue T-Shirt wie gestern und seine Augen strahlten verschmitzt. Verschmitzt und wunderschön.

»Ich konnte nicht schlafen«, gab er zu und strich über die Bettdecke. Nur ein paar Zentimeter neben meinem Bein. Schnell winkelte ich es noch weiter an.

»Ich auch nicht«, gab ich zurück. Stimmte ja irgendwie. Gut geschlafen hatte ich zumindest nicht.

»Ich glaube, ich weiß, woran es liegt«, erwiderte Mike und sein Gesichtsausdruck wurde noch verschmitzter.

»Ach ja?«, fragte ich verwirrt. »Woran denn?«

»Ich glaube, ich liege die ganze Zeit wach, weil ich nur daran denken kann, dass du direkt im Zimmer nebenan bist«, seufzte Mike und ließ seine Hand wieder über die Decke gleiten. Dieses Mal erwischte er mein darunterliegendes Bein und ich war mir sicher, dass er auch genau das bezwecken wollte. Durch die Decke hindurch rieb er daran auf und ab. Ich zog es nicht wieder weg. Dafür fühlte es sich viel zu gut an.

»Ich kann auch nur daran denken, dass du direkt nebenan bist«, gab ich zu und konnte mir selbst nicht erklären, wo diese Worte herkamen. Aus meinem Mund?

Dem Mund, dem Mike sich gerade näherte, als er sich vorbeugte, um mich zu küssen?

»Chloe«, flüsterte er, »du bist wirklich wunderschön …«

Doch in allerletzter Sekunde, bevor unsere Lippen sich berühren konnten, schreckte ich ein zweites Mal aus einem Traum auf. Mein Herz raste jetzt noch viel mehr als nach meinem Albtraum mit Luke, aber aus ganz anderen Gründen. Mein ganzer Körper prickelte.

Ich brauchte einen Moment, bis mir klar wurde, wo ich war. In meinem Zimmer. In meinem Bett. Allein. Ohne Mike. Es war nur ein Traum gewesen.

Gott sei Dank, schoss es mir erleichtert durch den Kopf, aber ein winziger Teil in meinem Unterbewusstsein, der sich immer weiter an die Oberfläche drängte, war auch enttäuscht.

Wieder schaute ich auf den Wecker. Bald halb acht. Durch meine Rollos drang bereits Sonnenlicht und ich hörte meine Eltern unten in der Küche klappern.

Ich sollte aufstehen, entschied ich. Wer wusste schon, von welchen Katastrophen ich sonst als Nächstes träumen würde.

Kapitel Acht

Mike und meine Eltern ließen beim Frühstück nicht locker. Alle wollten, dass ich gemeinsam mit Mike noch einmal zu den Wilsons ging und Luke zur Rede stellte. Zuerst weigerte ich mich, doch als die drei anfingen, meine Weigerung damit begründen zu wollen, dass ich nicht über Luke hinweg sei – tja, da blieb mir nichts anderes übrig, als trotzig aufzuspringen, meine Gabel fallen zu lassen und zu rufen: »DANN GEHEN WIR EBEN ZU LUKE, OKAY?«

Daraufhin grinste Mike provokant amüsiert, Dad sagte: »Wunderbar«, Mom nahm nervös einen großen Schluck aus ihrer *»Keep calm and be a Mom«*-Teetasse und ich rannte auf mein Zimmer. Ich fühlte mich wie ein schmollender Teenager. Verdammt, ich *war* ein schmollender Teenager. Immerhin wohnte ich bei meinen Eltern und suchte mir ein Outfit raus, um meine Jugendliebe zu besuchen.

Die Entscheidung fiel auf einen weißen Rock und ein zartrosa Neckholder-Top, da es heute wieder verdammt heiß war. Da Luke oder Mike – um Gottes Willen, der noch weniger – auf keinen Fall denken sollten, dass ich mich für einen von ihnen schön machte, legte ich nur ein leichtes Make-up auf.

Auf dem Hinweg herrschte zwischen Mike und mir peinliche Stille. Hin und wieder holte einer von uns tief Luft, kurz davor, etwas zu sagen – aber dann ließen wir es sein. Die Stimmung war zu angespannt. Trotz dessen, dass wir uns im Gewusel zu Hause vormachen konnten, der Sex im Keller wäre nie passiert, war doch eines sonnenklar: Er *war* passiert. Und auch nicht mehr rückgängig zu machen.

Ich war so froh, als der Gutshof der Wilsons in Sicht kam. Nicht nur wegen der Anspannung zwischen Mike und mir, sondern auch, weil die Sonne vom Himmel brannte. Wann war es das letzte Mal im Juni so heiß gewesen?

Diesmal trafen wir nicht erst auf Debbie, sondern liefen Luke direkt in die Arme. Er war gerade mit einem großen Sack Futter auf dem Weg die Tiere zu füttern, als er uns auf der Schottereinfahrt entdeckte und wie angewurzelt stehen blieb. Wieder trug er abgeschnittene Jeans und dazu heute ein Tanktop, das seine Muskeln seltsamerweise noch mehr betonte als sein komplett nackter Oberkörper gestern.

Mir wurde noch heißer und jetzt lag es nicht mehr nur an den Temperaturen. Ich zwang mich, ruhig zu atmen und einen Schritt vor den anderen zu setzen. Mike neben mir hob dagegen lässig die Hand zum Gruß und rief Luke ein freundliches »Hi!« zu.

Luke setzte den großen Futterbeutel auf dem Boden ab und beäugte uns kritisch, bis wir direkt vor ihm zum Stehen kamen. Erst dann ließ er sich zu einem knurrenden »Hallo« herab. »Was kann ich für euch tun?«, setzte er noch kurz angebunden hinterher.

»Chloe und ich sind hier, um mit dir über die Hochzeitsvorbereitungen zu sprechen«, kam Mike direkt ohne Umschweife auf den Punkt. Er klang nicht unfreundlich, aber bestimmt.

»Ich habe Chloe gestern schon alles zu dem Thema gesagt«, erwiderte Luke und machte keinen Hehl aus seiner Genervtheit.

»Eben.« Mike legte betont verwundert den Kopf schief. »Chloe kam gestern etwas bestürzt nach Hause, weil du dich weigerst, mit ihr bei der Hochzeitsplanung zu kooperieren?«

Ich lief rot an, fühlte mich wie ein Schulmädchen, das mit ihren Eltern bei einem Mitschüler antanzte, der sie geärgert hatte. Mike musste nicht für mich das Sprechen übernehmen, das war endpeinlich. Ich war doch kein Kind mehr. Aber trotzdem bekam ich den Mund nicht auf.

»Ganz richtig.« Luke verschränkte die Arme. »Ich habe hier auf dem Hof alle Hände voll zu tun und spiele nicht für euch den Eventmanager. Ich stelle dir und deiner Verlobten den Hof als Location zur Verfügung, weil unsere Familien befreundet sind, aber das heißt nicht, dass Chloe hier die nächsten Wochen rumspringen und mich mit jeder Kleinigkeit belästigen darf.«

»Ich würde dich niemals *belästigen*!«, rief ich trotzig. Jetzt konnte ich mich doch nicht mehr halten. »Ganz ehrlich, Luke, es ist ja wirklich nett, dass du Abby den Gutshof für ihre Hochzeit zur Verfügung stellst, aber dann musst du auch akzeptieren, dass wir nicht einfach am Hochzeitstag hier antanzen und ohne jegliche Planung einfach eine Hochzeitsfeier ausrichten können. Es müssen Dinge organisiert werden. Wo sollen wir das Festzelt aufbauen? Wo die Tafel, an der die Gäste sitzen werden? Wo das Buffet? Wo kommen der DJ und die Tanzfläche hin? Mal ganz zu schweigen von den ganzen Kleinigkeiten wie Blumen, Tischdeko, Parkmöglichkeiten ...«

»Ganz genau«, bestätigte mich Mike. »Wenn dir das zu viel ist, Luke, dann sag es uns offen und ehrlich. Das ist kein Problem. Es wird Abby zwar das Herz brechen, dass wir die Hochzeit dann nach hinten verschieben müssen, weil wir so schnell sicher keine andere Location finden würden, aber das kriegen wir schon irgendwie hin …«

Luke seufzte, tief und grollend. Ich wusste, dass er niemals sagen würde: *Okay. Dann richtet die Feier woanders aus.* Luke hatte ein gutes Herz. Ich war schließlich nicht ohne Grund mehrere Jahre mit ihm zusammen gewesen. Er liebte meine Familie fast so sehr wie seine eigene und auch Abby lag ihm am Herzen. Er würde sie niemals verletzen wollen. Selbst wenn das bedeutete, dass ich, seine Exfreundin, hier wochenlang vor seiner Nase rumtanzen würde. Außerdem schien er den Schock von gestern, mich plötzlich wiederzusehen, wirklich ein wenig verdaut und sich beruhigt zu haben. Vielleicht kam er wirklich zur Vernunft und sah ein, dass ich keine Bedrohung für seine Verlobte darstellen würde, nur weil ich mit ihm zusammen die Hochzeit meiner Schwester planen wollte.

»Also gut«, sagte er dann tatsächlich, sehr ruhig und beherrscht. »Chloe, ich werde dir bei den wichtigsten Sachen helfen. Aber erwarte bloß nicht, dass wir Kaffeekränzchen machen und gemeinsam Tischdeko basteln. Ich habe alle Hände voll zu tun und werde mit Sicherheit nicht …«

»Schon gut, schon gut!«, rief ich eilig und konnte mir ein Kichern kaum verkneifen bei der Vorstellung, wie Luke und ich gemeinsam in der großen Altbauküche der

Wilsons saßen und Wimpel bastelten. »Es geht vor allem um die Dinge, die ich eben aufgezählt habe. Außerdem bin ich zeitlich flexibel und kann mich nach dir richten.«

Luke sah mich zwar immer noch zweifelnd und prüfend an, dann nickte er aber. »Okay. Dann komm morgen Nachmittag vorbei. Gegen vier.«

Mein Herz machte einen Freudensprung. Wir redeten wie normale Menschen miteinander und hatten eine Verabredung! Quasi rein geschäftlich natürlich. Aber trotzdem! Am liebsten wäre ich vor Freude auf und ab gehüpft, aber ich bedankte mich nur förmlich. Dann verabschiedeten Mike und ich uns und traten den Heimweg an.

Erst jetzt, wo die ganze Anspannung von mir abfiel, konnte ich das herrliche Sommerwetter richtig genießen. Wir entschieden uns, den Spaziergang nach Hause zu verlängern, und schlenderten über das goldgelbe Feld. Ich hielt mein Gesicht in die Sonne und konnte mir ein Grinsen kaum verkneifen.

Auch Mike hatte gute Laune. »Na, siehst du. Hat doch alles super geklappt. Abby wird sich freuen.«

»Ja.« Ich nickte. »Dank dir, schätze ich.«

»Ach Quatsch.« Mike knuffte mir in die Seite und obwohl es so eine unschuldige Geste war, durchzog ein starkes Zucken meinen Körper. »Du hast ihm doch selbst ganz klar deine Meinung gesagt und es hat geholfen. Wollen wir uns da kurz hinsetzen?« Er zeigte auf eine Bank. Ein weiterer Stich durchzog meinen

Körper, diesmal jedoch aus einem ganz anderen Grund.

Auf dieser Bank hatte ich in meiner Jugend so oft mit Luke gesessen, auf die endlos wirkenden Felder geschaut, seine Hand gehalten, ihn geküsst und ihm gesagt, dass ich für immer mit ihm zusammenbleiben wollte.

Obwohl mir nicht danach war, nickte ich und setzte mich. Ich konnte nicht ewig all diese Orte meiden. Es waren wunderschöne Stellen in meiner kleinen Heimatstadt und ich wollte sie weiterhin genießen können.

Mike ließ sich neben mir nieder und verschränkte die Arme hinter dem Kopf. »Es ist wirklich toll hier.«

»Ja, nicht?« Verträumt strich ich über das dunkle Holz der Bank, das die Witterung schon sehr mitgenommen hatte. Kein Wunder. Die Bank stand hier schon, seit ich denken konnte.

»Ich kann mir gar nicht vorstellen, dass du mit dem Typen zusammen warst«, unterbrach Mike meine Träumereien.

Erschrocken sah ich auf. »Mit Luke?«

»Ja. Das ist unvorstellbar für mich.«

»Warum?«, fragte ich verblüfft.

»Na ja, er ist so ...« Mike suchte nach den richtigen Worten. »Ich will nicht abwertend klingen, aber er wirkt so ... rustikal. Schroff. Ein wenig derb, könnte man vielleicht auch sagen.«

Ich lachte. »Das klingt schon sehr abwertend«, gab ich zu.

»Hey, ich habe das Wort *hinterwäldlerisch* vermieden«, erwiderte Mike munter und ich wollte schon protestieren, dass Luke kein bisschen hinterwäldlerisch war, aber da fuhr Mike fort: »Du wirkst einfach ganz anders als er.«

Ich legte den Kopf schief. »Wie meinst du das jetzt?«

Mike sah mir direkt in die Augen, während ich redete, und mir lief ein Schauer über den Rücken. »Na ja, du kommst direkt aus Chicago, und das merkt man dir an. Die Art, wie du redest. Wie du gestikulierst. Du bist irgendwie spritzig, aufregend, das blühende Leben. Ein Großstadt-Mädchen halt.«

»Hey, im Grunde genommen bin ich das gar nicht«, erinnerte ich ihn und versuchte zu ignorieren, dass er mich *aufregend* genannt hatte. »Ich komme immerhin aus diesem kleinen Kaff.«

»Ja, aber du hast es hinter dir gelassen.« Mikes Augen blitzten. »Ich finde das ziemlich cool. Zum Beispiel dieses Outfit, das du bei dem Geburtstag deines Vaters getragen hast …«

Die Röte stieg mir ins Gesicht. Wie konnte er es wagen, den Geburtstag meines Vaters anzusprechen? Den Abend, an dem das passiert war, was ich seitdem still und heimlich nur noch *Die Katastrophe* nenne?

»Ich weiß gar nicht mehr, was ich anhatte«, log ich, um schnell das Thema zu wechseln, doch das war ein Fehler. Das wurde mir klar, als Mike begann, das ziemlich genau zu beschreiben. Mit ziemlich versonnenem Gesichtsausdruck, wie ich feststellen musste.

»Oh, du hattest diese Bluse an«, erinnerte er mich mit rauer Stimme. »Mit dem Rückenausschnitt.« Der Rückenausschnitt, in dem seine Hände gesteckt hatten, richtig. Ich wagte es nicht mehr, ihn anzusehen. »Und diesen weit ausgestellten Rock.« Der, unter dem er mich ... »Das sah wirklich hip aus. Wirklich ... sehr interessant.«

Okay. Themawechsel. Themawechsel!

Das Erste, das mir einfiel, war doch allen Ernstes nichts Besseres als: »Hier haben Luke und ich unsere Initialen reingeritzt.« Und ich zeigte hektisch auf das kleine Herz auf der Lehne, über dem die Buchstaben *C* und *L* eingeritzt waren.

»Wow.« Mike lachte und strich darüber. »Wie romantisch. Und kitschig.«

»Wir waren sechzehn«, verteidigte ich mich. »Ich fand es *unfassbar* romantisch.«

»War er dein erster Freund?«, erkundigte sich Mike.

»Ja«, erwiderte ich und seufzte. »Er war mein erster Freund. Mein erster Kuss. Mein erster Alles.«

»Aber du hattest nach ihm noch andere Partner, richtig?« Mike sagte es nicht, aber so, wie er den Satz betonte, klang er wie: *Eine wie du ist doch nicht lange single.* Oder überinterpretierte ich seine Worte inzwischen total? Versuchte er nur Small Talk zu führen? Freundlich zu sein? Wahrscheinlich. *Wahrscheinlich will er einfach nur ein gutes Verhältnis zu seiner Schwägerin haben, verdammt.*

»Nur einen. Er heißt Jamie und hat erst vor ein paar Wochen mit mir Schluss gemacht.« Ich nahm an, dass Mike aus Höflichkeit nicht weiter nachfragen würde.

Doch stattdessen folgte eine Frage, die mich völlig aus den Socken haute.

»Hast du ihn geliebt?«

Ich wirbelte zu Mike herum. »Wie bitte?«

»Ob du ihn geliebt hast?«

»Natürlich habe ich ihn geliebt«, erwiderte ich pikiert. »Wir waren drei Jahre in einer Beziehung.«

Mike zuckte mit den Schultern. »Das muss nichts heißen.«

Mit hochgezogenen Augenbrauen fragte ich: »Wie lange bist du eigentlich schon mit Abby zusammen?« Mir fiel jetzt erst auf, dass ich das überhaupt nicht wusste.

»Seit einem halben Jahr.«

»Wow.« Ich lehnte mich zurück. »Ihr habt echt keine Zeit verloren mit der Verlobung.«

»Wenn es passt, passt es halt.« Jetzt war es Mike, der ein wenig pikiert klang.

Ich erhob mich von der Bank. »Wir sollten weitergehen.«

Mike nickte, stand ebenfalls auf und ging einen Schritt schneller als ich. Das Gespräch war beendet, doch eine Frage brannte mir auf den Lippen, die ich ihm jedoch niemals stellen würde.

Liebst du sie?

Denn wie konnte man eine Frau lieben und zeitgleich im Keller mit einer anderen, völlig fremden Frau schlafen?

Kapitel Neun

Am nächsten Tag war ich für alles gewappnet. Egal, was heute mit Luke passieren würde, ich war bereit.

Das Einzige, was mir nicht so gut gefiel, war die Tatsache, dass unser Treffen erst um sechzehn Uhr stattfinden würde. Denn auch, wenn ich mir einredete, dass ich kein bisschen nervös war, zog sich der Vormittag wie Kaugummi und meine Nerven lagen blank. Ich scrollte halbherzig durch Stellenanzeigen und war kurz davor, Dad und Mike wirklich bei der Gartenlaube zu helfen, um mich abzulenken, als mein Telefon klingelte. Jenna. Gott sei Dank. Endlich konnte ich mal wieder mit einem Wesen aus meinem Chicago-Leben sprechen.

»Du glaubst nicht, was passiert ist«, keuchte Jenna ins Telefon, ohne besonders viel Zeit in ein paar Grußworte zu investieren.

»Was denn?« Ich ließ mich rücklings auf die Matratze plumpsen, bereit für ein bisschen entspannenden Gossip aus dem Chicago-Uni-Leben, in das ich in ein paar Wochen hoffentlich zurückkehren würde.

Darauf, dass Jenna fragen würde, wie es mir ging, konnte ich nicht hoffen. Sie war zwar meine beste Freundin, seit wir an diesem verregneten Oktobertag vor sechs Jahren zusammengezogen waren, aber sie war keine besonders fürsorgliche Person. Ich schätzte ihre quirlige, bubbly Persönlichkeit wirklich sehr, mit ihr konnte man eine ganze Menge Spaß haben und Abenteuer erleben. Aber wenn es einem schlecht ging, wenn man Rat brauchte, war Jenna nicht unbedingt die richtige Ansprechperson.

Vielleicht bin ich auch deswegen nach Hause geflüchtet, schlich sich die Erkenntnis langsam in mein Unterbewusstsein. Vielleicht ging es mir gar nicht so sehr darum, ein oder zwei Monatsmieten zu sparen. Sondern um den emotionalen Support, den mir meine Familie so viel besser geben konnte als meine Mitbewohnerin.

»Jamie hat mich nach einem Date gefragt«, rief Jenna schrill in den Hörer und ihre Stimme sprudelte über vor Aufregung und Tatendrang.

»Wie bitte?!« Fassungslos stand ich jetzt fast senkrecht im Bett.

Mein Exfreund hatte *was*?!

»Jamie hat mich nach einem Date gefragt«, erwiderte Jenna und prustete lauthals los. »Er hat mich vor fünf

Minuten angerufen und gesagt, dass er sich gern heute Abend mit mir im *Beaver's* treffen würde, wenn ich Lust habe.«

Mir brummte der Schädel, ich hatte Probleme, die Informationen zu verdauen. Jenna war meine beste Freundin. Jamie wusste das. Herrgott, natürlich wusste Jamie das! Wir waren drei Jahre zusammen gewesen und während dieser Zeit hatten wir oft genug zu dritt in unserer WG auf der Couch herumgelungert, Margarithas getrunken und Filme geguckt. Manchmal war Jamie auch bei mir geblieben, wenn ich in der Uni oder bei der Arbeit gewesen war, und natürlich hatten Jenna und er auch das ein oder andere Mal währenddessen zusammen abgehangen. Einmal war ich von einer Vorlesung gekommen und sie standen zusammen in der Küche und machten Pancakes.

Damals hatte ich mir keine Gedanken darum gemacht. War es nicht normal, dass der eigene Freund sich gut mit der Mitbewohnerin verstand? Jenna hatte in den letzten Jahren auch die ein oder andere Beziehung gehabt und natürlich war ich immer freundlich zu ihren Lovern gewesen. Nichts anderes hatte ich mir von ihr gewünscht.

Und nun rief Jamie sie ein paar Wochen, nachdem er mit mir Schluss gemacht hatte, an und bat um ein Date?

»Ich verstehe nicht«, stammelte ich. »Ich dachte, er geht jetzt mit der Blonden aus seiner Lerngruppe aus.«

»Scheinbar nicht«, erwiderte Jenna aufgebracht. »Ich

habe auch gesagt: *Sag mal spinnst du eigentlich, Jamie? Du brichst meiner besten Freundin das Herz und dann soll ich mit dir ausgehen*?«

Ich spürte, wie mein Herz einen erleichterten Satz machte. Keine Ahnung, was ich erwartet hatte. Dass Jenna Ja sagte und mit ihm ausging? Meine beste Freundin? Wohl kaum. Trotzdem freute es mich natürlich, ihre Reaktion zu hören.

»Er ist ein Arsch«, erwiderte ich ruhig. »Sag ihm, wenn er dich noch mal belästigt, komme ich bei ihm vorbei und ziehe ihm eins mit dem Baseballschläger meines Dads über.«

»Er ist wirklich *so* ein Arsch ...«, seufzte Jenna, »dass ich überlegt habe, heute Abend wirklich im *Beaver's* aufzutauchen und ihm ein bisschen die Hölle heißzumachen.«

Ich lachte. »Nein, Jenna. Das musst du wirklich nicht. Ignorier ihn einfach. Das stört ihn am meisten.«

»Nein, wirklich, ich glaube, ich werde mich mit ihm treffen«, flötete Jenna gut gelaunt. »Bevor er heute einen netten Abend mit irgendeinem anderen Mädchen hat, spiele ich lieber ein bisschen mit ihm.«

Mir rutschte das Herz in die Hose. »Du *spielst* mit ihm?«

»Ja, ich mache ihn ein bisschen verrückt«, kicherte Jenna. »Und dann schicke ich ihn nach Hause. Ganz allein. *Buhu,* der arme Jamie ...«

Mir gefiel die Richtung, in die sich dieses Gespräch

entwickelte, ganz und gar nicht. Vor meinem inneren Auge sah ich Jenna, wie sie in ihrem kürzesten Cocktailkleid im *Beaver's* auftauchte und Jamie aus dem Sabbern nicht mehr herauskam. Dann würden sie ein paar Bier zusammen trinken und Jenna würde ihn mit ihrer Schlagfertigkeit, ihrem Sarkasmus und ihren fiesen Sprüchen nur noch schärfer auf sich machen. Und dann? Jamie würde vielleicht versuchen, sie zu küssen, und Jenna würde ... Jenna würde *was*? Ich wusste es nicht. Mir war mehr als mulmig zumute.

»Jenna, ich finde nicht, dass das eine gute Idee ist«, antwortete ich und versuchte, ruhig zu bleiben. »Jamie kann wirklich aufdringlich werden. Und wenn du ein paar Drinks zu viel hattest, bist du echt schlecht darin, Anmachversuche zu erkennen und abzuwehren ...«

Jenna atmete am anderen Ende der Leitung scharf ein. »Und dann? Was denkst du denn, Chloe? Dass ich mit deinem Exfreund ins Bett gehe, oder was?«

»Nein, nein«, versuchte ich schnell zurückzurudern, »aber es könnte wirklich unangenehm werden, wenn Jamie dann ...«

»Ich bin eine starke Frau und weiß mich zu wehren«, erklärte Jenna mir spitz. »Und wenn ich denke, dass jemand eine kleine Racheaktion verdient hat, dann bekommt er die auch. *Karma is a bitch.* Dein kleiner Jamie ist heute fällig.«

Bevor ich weiter protestieren konnte, hatte sie schon aufgelegt. Ich starrte auf mein Smartphone und versuchte zu ignorieren, dass sich der Knoten in meinem Magen immer weiter zusammenzog.

Meine beste Freundin hatte also heute Abend ein Date mit meinem Exfreund.

Konnte der Tag noch schlimmer werden?

Er konnte.

Denn als ich pünktlich um vier bei Luke auf der Matte stand, ließ er mich erst einmal eine halbe Stunde in der Küche warten, und das ohne mir etwas zu trinken anzubieten. Nicht mal mit Debbie konnte ich mich in der Zeit ein bisschen unterhalten, von ihr war weit und breit nichts zu sehen.

Also blieb mir nichts anderes übrig, als am Küchentresen zu lehnen und Däumchen zu drehen, bis Luke nach über dreißig Minuten endlich durch die Küchentür kam, seine verschwitzte Cap abnahm und knurrte: »Dann wollen wir mal losplanen, hm?«

Ich konnte meinen Ärger nicht verbergen, stieß mich von der Anrichte ab und baute mich vor ihm auf. »Wie wäre es mit einem *Danke, dass du gewartet hast*?«

Luke zog amüsiert die Augenbrauen hoch. »*Danke, dass du gewartet hast*«, äffte er mich mit hoher Stimme nach. »*Das ist wirklich sehr nachsichtig von dir, angesichts der Tatsache, dass ich dir ja gestern erklärt habe, wie viel ich zu tun habe. Und wie wenig Zeit ich für Hochzeitsplanungen habe.«*

»*Danke, dass du es mir erklärst*«, brummte ich zurück und ließ meine Stimme extra tief klingen, um Luke nachzumachen. »*Das ist wirklich sehr nachsichtig von dir, angesichts der Tatsache, dass ich dir ja gestern erklärt habe; wenn man eine Partylocation stellt, muss man auch eine Party planen.*«

Auf Lukes Gesicht machte sich der Anflug eines Lächelns breit, aber im letzten Moment wandte er sich von mir ab, griff nach einer Wasserflasche, schenkte sich ein Glas ein und nahm einen großen Schluck.

Ich konnte die Dreistigkeit kaum fassen.

Wieso behandelte mich in letzter Zeit eigentlich jeder wie den letzten Dreck?

»Oh, nein, ich habe keinen Durst«, knurrte ich. »Danke der Nachfrage.«

Luke sah mich ein paar Sekunden lang an, dann nahm er wortlos ein sauberes Glas aus dem Hängeschrank über sich, füllte es ebenfalls mit Wasser und stellte es mir hin. »Wow, welche Laus ist dir über die Leber gelaufen?«

Ohne dass ich es verhindern konnte, kam mir die Wahrheit über die Lippen. »Meine beste Freundin hat heute Abend ein Date mit meinem Exfreund.«

Und Luke schien seinen Mund ebenfalls nicht unter Kontrolle zu haben, denn ihm rutschte ein scherzhaftes: »Mit mir?« heraus.

Der Lachanfall, der uns dann überkam, war so heftig, dass ich mich an meinem Wasser verschluckte und gleichzeitig so sehr husten und lachen musste, dass ich keine Luft mehr bekam und mir Tränen in die Augen stiegen. Luke, der ebenfalls lachte, klopfte mir dabei auf den Rücken. Keine Ahnung, ob das gegen das Verschlucken half – ich wusste nur, dass er mich gerade das erste Mal nach all den Jahren wieder berührt hatte.

Und er bemerkte es auch.

Als wir verstummten und ich mir die Tränen aus den Augen wischte, wurde er wieder ernst und eine peinliche Anspannung machte sich in der Küche breit.

Luke zog sich einen Küchenstuhl heran und auch ich setzte mich. »Wer ist dein Exfreund?« Er klang ganz nüchtern, so als wäre es ihm völlig egal, doch ich kannte ihn. Der Blick in seinen Augen schrie etwas völlig anderes.

Ich fuhr mit meiner Hand über das dunkle Eichenholz des Tisches. »Er heißt Jamie und wohnt in Chicago.«

»Natürlich tut er das«, erwiderte Luke trocken. *Dahin bist du ja schließlich abgehauen, als du mich verlassen hast,* schien er im Stillen hinzuzufügen. »Wie lange wart ihr zusammen?«

»Drei Jahre.«

»Wow.« Er ballte seine Hand zu einer Faust. »Länger als wir.«

Tatsächlich. So hatte ich das noch gar nicht gesehen. Und trotzdem hatte sich die Verbindung zu Jamie niemals so tief angefühlt wie meine Jugendliebe zu Luke.

»Ja, aber wir haben uns vor ein paar Wochen getrennt.« Ich zuckte mit den Schultern. »Es hat wohl einfach nicht gepasst.«

»Bist du deswegen hier?«, fragte Luke und zum ersten Mal schlich sich so etwas wie Freundlichkeit in seine Stimme.

»Ja, aber nicht nur. Ich wurde auch noch gefeuert«, lachte ich bitter.

»Oh. Das tut mir leid.« Er klang aufrichtig.

»Mir nicht.« Ich schnaubte. »Die Arbeitsbedingungen waren sowieso furchtbar. Außerdem genieße ich es, mal wieder hier zu sein. Es ist wirklich schön, das vergisst man schnell.«

Ich bereute meine Worte sofort, als Luke verletzt aus dem Fenster blickte. Wie konnte ich nur so was sagen, nach dem, was er bei unserer Trennung zu mir gesagt hatte? Nämlich, dass ich in Chicago vergessen würde, wie gut mein Leben und die Menschen hier waren und wie schön unsere Heimat war. Dass ich den Blick dafür verlieren würde, dass ich mich verändern würde.

Vielleicht hatte ich das.

Aber die letzten Tage fühlten sich an, als würde ich langsam wieder zu mir zurückfinden. Und zu diesem Ort.

Ich räusperte mich. »Und was ist mit dir? Und mit Olivia? Wann wollt ihr heiraten?«

Lukes Miene wurde undurchdringbar und er schwieg

einen langen Moment. Als ich schon keine Antwort mehr erwartete, bekam ich sie doch. »Wenn sie aus Mexiko zurück ist.« Mehr nicht.

Ich nickte. »Es freut mich wirklich, dass ihr glücklich zusammen seid«, rang ich mir ab. »Und ich will, dass sie weiß, dass ich keine schlechten Absichten habe. Ich habe Olivia zwar lange nicht mehr gesehen, aber wir haben uns ja früher immer gut verstanden, und ich …«

»Schon klar«, unterbrach Luke mich schroff. »Du bist nur hier, um die Hochzeit deiner Schwester zu planen, und dann gehst du wieder nach Chicago.«

Jegliche Freundlichkeit war wieder aus seiner Stimme und aus seinen Zügen gewichen. Ich konnte nur verunsichert nicken. Es stimmte ja. Genau das war der Plan.

»Dann lass es uns hinter uns bringen«, brummte Luke und beschrieb mir, wo auf seinem Gutshof der beste Platz wäre, um ein Festzelt aufzubauen.

Ich holte meinen Laptop aus meiner Tasche, machte mir Notizen und versuchte zu ignorieren, wie sehr ich mir wünschte, dass Luke und ich irgendwann wieder Freunde sein könnten.

Kapitel Zehn

So langsam gewöhnte ich mich an den Alltag zu Hause.

Ich liebte es, in meiner alten Bettwäsche aufzuwachen und das Gezwitscher der Vögel zu hören, die in dem Apfelbaum vor meinem Zimmerfenster saßen. Ich liebte es, dass Dad am Frühstückstisch saß und Zeitung las, wenn ich die Treppe runterkam. Ich liebte es, dass Mom mich fragte, was sie mir vom Einkaufen mitbringen sollte.

Dass ich jeden Tag aufpassen musste, nicht dem frisch geduschten Mike auf dem Flur zu begegnen, der sich nach wie vor gern nur ein Handtuch um die Hüfte schlang, war ein Übel, mit dem ich leben musste. Oder, dass er manchmal unvermittelt in mein Zimmer platzte, um mich irgendwelche *wichtigen* Sachen zu fragen, die Mom ihm aufgetragen hatte. Ich wartete nur auf den

Moment, in dem er mich beim Umziehen erwischen würde. Mir gefiel es nicht, dass es sich irgendwie anfühlte, als wären Mike und ich ein Paar, wenn wir zu viert am Esstisch saßen und uns unterhielten. Und noch weniger mochte ich es, dass ständig Luke dabei Thema war.

Ebenso wie an diesem Mittag. Er und mein gestriges Treffen mit ihm. Mom wollte so gut wie jede Kleinigkeit wissen, die Luke und ich besprochen hatten, und irgendwann platzte mir der Schädel.

»Sag mal, Mike«, wechselte ich erschöpft das Thema. »Ich habe dich das noch gar nicht gefragt. Was arbeitest du eigentlich?«

»Ich bin Unternehmensberater«, erwiderte Mike und Dad lachte.

»Er berät die ganz dicken Haie!«

»Wow.« Ich nickte anerkennend. »Und du wechselst gerade das Unternehmen, oder?«

Mike nickte, aber irgendwas an seinem Blick sagte mir, dass er eigentlich keine Lust hatte, darüber zu reden. »Ja, ich fange bei einer neuen Beratungsfirma an.«

»Hat es einen Grund, warum du wechselst?«, konnte ich mir nicht verkneifen zu fragen.

»Ich habe einfach ein besseres Angebot bekommen«, erwiderte Mike kurz angebunden.

»Miki verdient bei der neuen Firma *noch* besser«, schwärmte Mom. Schon allein ihr Spitzname für ihn machte deutlich, wie sehr sie Mike als Schwiegersohn liebte.

Plötzlich fragte ich mich, wie viel ich hier zu Hause eigentlich verpasst hatte, während ich monatelang nur in Chicago gewesen war und mich nie gemeldet hatte. Meine Eltern und Abbys Verlobter mussten mächtig zusammengewachsen sein. Das erkannte man schon allein an der Tatsache, dass Mike die freie Zeit zwischen seinen Jobs dafür nutzte, mit Dad diese dämliche Gartenlaube zu bauen.

»Und Abbys Gehalt ist ja auch nicht ohne«, schwärmte Mom weiter und ich war mir sicher, dass sie mich damit nicht absichtlich verletzte, dass sie nicht einmal daran dachte, wie ich mich angesichts dieser Worte fühlen könnte. Ich, die Arbeitslose, die Langzeitstudentin, die Loserin.

»O ja, ihr verdient ja beide ziemlich gut«, stieg jetzt auch noch Dad mit ein. »Ihr solltet bald darüber nachdenken, ob ihr bauen oder kaufen wollt. Im Moment sind die Immobilienpreise ziemlich klasse. Und gleich mehrere unserer Bekannten in der Nähe spielen mit dem Gedanken, ihr Haus zu verkaufen.«

Ein scharfer Stich durchzog mein Herz. Hatte ich es nicht an meinem ersten Abend hier geahnt? Abby würde sich hier irgendwo in der Nähe meiner Eltern niederlassen. Sie hatte schon immer das bessere Verhältnis zu ihnen gehabt. Und so würde es auch bleiben, vor allem, wenn ich bald wieder zurück nach Chicago ging.

Will ich das überhaupt?, schoss es mir urplötzlich durch den Kopf.

Huch, wo kam das denn jetzt her?

Ich zweifelte doch nicht an meinen Zukunftsplänen. Es war doch sonnenklar, dass ich meinen Master beenden wollte und dann irgendwo ein Volontariat bei einer Zeitung in Chicago machte. Je größer der Zeitungsverlag, desto besser. Und vor allem: zurück zu Jenna ziehen. Zu meiner heiß geliebten Freundin, in meine heiß geliebte Wohnung.

Liebst du denn wirklich beides so heiß und innig?, fragte die fiese kleine Stimme in meinem Kopf. *Liebst du deine Familie nicht viel mehr?*

»Ich habe auch schon mit Abby darüber geredet«, erwiderte Mike. »Wir fänden es wunderbar, näher bei euch zu wohnen.«

»Aber wie soll das denn funktionieren?«, fragte ich eine Spur zu hektisch. »Abby hat doch ihren Job. Die Fahrt wäre doch viel zu weit.«

»Abby kann hoffentlich bald auf Home Office umsteigen«, erklärte Mom mir, so als wäre das alles schon in Stein gemeißelt. Und noch etwas anderes schwang in ihren Worten mit: die Aussicht, dass Abby ja vielleicht sowieso nicht mehr so viel arbeiten würde, wenn sie erst mal verheiratet war. Wenn sie erst mal Kinder hatte.

Erstens fand ich diese Vorstellung super altmodisch. Wenn Abby ihr Job Spaß machte, sollte sie sich bloß nicht von Mike und unseren Eltern gedrängt fühlen, weniger zu arbeiten. Aber da war noch ein *Zweitens,* das ich nicht richtig deuten konnte. Irgendetwas anderes störte mich noch an dieser Vorstellung, wenn ich Mike so ansah. Und das geschah viel zu oft, dass ich ihn verstohlen und heimlich anschaute. Das wusste ich.

Nach dem gemeinsamen Mittagessen fühlte ich mich niedergeschlagen und antriebslos. Ich wusste, dass ich mich langsam ernsthaft nach Stellenausschreibungen umsehen sollte, doch ich hatte einfach nicht die Energie dazu. Als meine Mutter mich fragte, ob ich mit auf einen Basar in der Nähe wollte, kam mir das also nur gelegen.

Der Nachmittag mit ihr tat mir gut. Nur meine Mom und ich und ein paar witzige Stände von Künstlern aus der Umgebung. Kein Gerede über Hochzeiten, Jobs oder Häuser. Ich erstand eine hübsche dunkelgrüne Vase mit ein paar kleinen aufgemalten Enten. Jenna würde sie lieben. Mom kaufte sich eine riesige handgewebte Decke und ich konnte es kaum erwarten, mich abends vor dem Fernseher mit ihr darunter zu kuscheln. Heute Abend würden meine Eltern allerdings ausgehen, mit Freunden ins Theater. Sie hatten Mike und mich zwar gefragt, ob wir auch mitwollten, aber Mike hatte vor, sich um seine Steuern zu kümmern, und ich wollte mir einen gemütlichen Solo-Fernsehabend machen.

Ich trug bereits einen meiner Satin-Pyjamas von Victoria's Secret und war bereit fürs Sofa, als mein Handy klingelte. Jennas Name tauchte auf dem Display auf.

Ich schmiss mich aufs Bett und nahm den Anruf entgegen, in der Hoffnung, dass sie vielleicht heute ein paar Minuten länger Zeit hatte und ich auch mal zu Wort kommen würde.

Doch Jenna redete bereits wieder ganz atemlos los.

»Chloe, du ahnst nicht, was passiert ist«, hechelte sie ins Telefon und klang wirklich völlig durch den Wind.

»Schieß los«, erwiderte ich träge. Nach der Sache gestern war ich irgendwie immer noch verstimmt.

Und meine Laune wurde nicht gerade besser, als Jenna weiterredete.

»Ich war gestern doch im *Beaver's,* hatte ich ja erzählt.«

»Ja.« Meine Begeisterung hielt sich in Grenzen. Ich fürchtete mich regelrecht davor, was als Nächstes kam. »Und? Hast du Jamie richtig verrückt gemacht?«, fragte ich sarkastisch.

»Yes, Baby.« Jenna lachte lauthals am anderen Ende der Leitung. »Aber so was von. Der fährt total auf mich ab, Chloe. Den haben wir im Sack. Ich treffe mich noch ein paarmal mit ihm und dann lasse ich ihn fallen wie eine heiße Kartoffel, genauso wie er dich fallen…«

»Moment mal«, unterbrach ich sie. Mein Herz pochte. »Du willst dich *noch mal* mit ihm treffen?«

»Na klar.« Wieder lachte Jenna, aber diesmal klang es ein wenig angestrengt. »Er muss doch richtig *leiden,* Chloe. Er leidet viel mehr, wenn ich ihn nach zwei oder drei Mal abserviere.«

»Nach zwei oder drei Mal *was*?!« Ich hielt den Atem an. Sie meinte doch nicht ernsthaft … Sie hatte doch wohl nicht …

Am anderen Ende der Leitung entstand eine Pause. Dann sagte Jenna zögerlich: »Ich musste mit ihm ins Bett, Chloe. Das weißt du. Sonst kann ich ihm nicht das Herz brechen. Und das hat er verdammt noch mal verdient.«

Der Raum begann sich um mich herum zu drehen. Jenna hatte … Jenna hatte … Jenna hatte mit Jamie geschlafen. Mit meinem Exfreund Jamie. Mit dem ich drei Jahre zusammen gewesen war. Meine allerbeste Freundin und Jamie. Letzte Nacht. Nach einem Date im *Beaver's*.

Ich wollte das Kopfkino stoppen, aber es ging nicht. Vor meinem inneren Auge türmten sich Bilder auf, die ich um jeden Preis verscheuchen wollte, aber sie waren so hartnäckig, dass mir schlecht wurde. Alles in mir schrie: *Jamie und Jenna, Jamie und Jenna, Jamie und Jenna …* Ihre Namen passten so gut zueinander. *Sie* passten gut zueinander, wenn ich es mir recht überlegte. Beide waren laut, redeten viel, standen gern im Mittelpunkt. Beide hatten immer einen witzigen Spruch auf den Lippen und immer eine wilde Idee, was man anstellen könnte. Zeit mit ihnen zu verbringen, war kurzweilig – aber gefährlich, denn man konnte sich in ihrer Gegenwart genauso einsam fühlen, wie wenn man alleine war.

Ironischerweise merkte ich das jetzt erst, seit ich wieder im Kreis meiner Familie war. Wo ich Menschen hatte, die sich *wirklich* dafür interessierten, wie es mir ging. Erst jetzt traf mich die Erkenntnis, dass Jamie und Jenna das nie wirklich getan hatten.

Bei Jamie war mir das schon kurz nach unserer Trennung aufgefallen. Aber bei Jenna jetzt gerade in diesem Moment, in dem sie mir erzählte, dass sie mit meinem Exfreund geschlafen hatte.

Jenna interessierte sich nicht dafür, wie es mir dabei ging, das hatte sie noch nie getan. Sonst wäre sie nicht mit Jamie ins Bett gegangen.

»Sagst du denn gar nichts dazu?«, fragte Jenna ungeduldig. Das war noch das Beste an der ganzen Geschichte. Sie klang ungeduldig. Als hätte *sie* einen Grund, sauer auf *mich* zu sein. »Ich tue das für dich«, fügte sie hinzu und erdreistete es sich doch tatsächlich, auch noch verletzlich zu klingen.

»Nein«, erwiderte ich nüchtern. »Du tust es für dich.«

Jenna schnaubte perplex. »Wie bitte, Chloe? Du spinnst wohl. Ich halte Jamie für einen genau so großen Penner wie du.«

»Mag sein.« Ich fühlte mich gefühlskalt, als wären mir alle Emotionen rausgesaugt worden. »Aber attraktiv fandest du ihn schon immer. Das hast du mir doch sogar häufig erzählt, wenn du einen Margaritha zu viel intus hattest. *Wow, du hast so Glück. Jamie ist so heiß*«, machte ich sie nach.

»Du hast einen Knall«, zischte Jenna. »Komm mal

wieder auf den Boden der Tatsachen zurück. Ich bin deine beste Freundin und ich will, dass du Rache nimmst dafür, wie kaltherzig Jamie dich abserviert hat …«

»Oh, sicher.« Ich lachte sarkastisch. »Damit *ich* Rache an meinem Exfreund nehmen kann, musst *du* mit ihm ins Bett.« Ich konnte nicht fassen, dass ich diese Person meine beste Freundin nannte. Ich konnte nicht fassen, wie blind ich gewesen war. Jenna wollte trotzige Widerworte geben, doch ich hob ungeduldig die Hand, obwohl sie das natürlich nicht sehen konnte. »Nein, spar's dir, Jenna. Ich habe dich durchschaut. Ich weiß genau, was du hier tust. Du warst schon die ganze Zeit scharf auf Jamie und jetzt suchst du nach einem Weg, wie du beides haben kannst: Jamie und mich weiterhin als deine beste Freundin. Du dachtest, wenn du dir diese nette kleine Geschichte mit der Racheaktion ausdenkst, wäre ich so blöd und würde drauf reinfallen, dass du das alles nur für mich machst. In Wahrheit wolltest du ihm schon die ganze Zeit an die Wäsche und hast nur auf die Trennung *gewartet*. Du dachtest, ich würde dir schon verzeihen, wenn es so weit ist. Aber weißt du was, Jenna? Das tue ich *nicht*. Diesmal *nicht*. Ich habe dir schon so viel Scheiße verziehen … Aber jetzt ist es vorbei. Es ist vorbei mit unserer Freundschaft.«

Jenna schien am anderen Ende der Leitung in einen Art Schockstarre verfallen zu sein und keine Ahnung zu haben, wie sie darauf reagieren sollte. Ich machte mich auf alles Mögliche gefasst. Wüste Beleidigungen oder vielleicht sogar eine Entschuldigung. Aber was dann wirklich kam – damit hatte ich im Traum nicht gerechnet.

»Oh, du hast unrecht, Chloe«, sagte sie zuckersüß. »Ich habe nicht bis zur Trennung gewartet.«

Meine Hände zitterten um das Telefon und ich musste aufpassen, es nicht fallen zu lassen. In diesem Moment wurde mir eines klar: Jenna wollte nicht nur nicht das Beste für mich, sie wollte mich zerstören.

Und damit hatte sie Erfolg.

»Du warst wirklich so lange so blind, Chloe, ich freue mich, dass es dir endlich wie Schuppen von den Augen fällt. Gern geschehen.« Sie lachte fast schon diabolisch. »Das mit Jamie und mir geht schon seit Monaten, oder sind es jetzt schon Jahre? Keine Ahnung, ich habe da wirklich keinen zeitlichen Überblick mehr. Und er hat sich auch nicht wegen der Blonden aus der Lerngruppe getrennt, sondern meinetwegen, du Idiotin.«

Ich überlegte einfach aufzulegen, bevor es noch schlimmer werden konnte, aber andererseits: *Konnte* es noch schlimmer werden?

»Du bist wirklich ein undankbares kleines Miststück«, zischte Jenna. »Wir haben uns diese nette kleine Geschichte überlegt, um es dir leichter zu machen. Weil wir dich gernhatten, weißt du? Jamie hätte dich schon so viel früher in den Wind schießen können. Aber wir wollten dir unnötiges Leid ersparen und deswegen haben wir unsere Beziehung auch so lange geheim gehalten.

Aus *Rücksicht* auf dich.« Sie schnaufte. »Du hättest einfach fair sein und dich für uns freuen können. Stattdessen muss ich mir jetzt hier so einen Blödsinn von dir anhören.« Jenna schnalzte missbilligend mit der Zunge. »Also. Jamie und ich sind jetzt zusammen. Ruf mich an, wenn du dich damit abgefunden hast.«

Und damit legte Jenna auf.

Sie legte auf. Nicht ich.

Und somit war ich mir sicher, dass mein Selbstwertgefühl nicht nur zerhackt und zerstört wurde, sondern es unwiderruflich verloren war.

Kapitel Elf

Ein paar Minuten saß ich reglos auf meinem Bett und starrte vor mich hin, dann kamen die Tränen. Ich konnte sie einfach nicht zurückhalten, genauso wenig wie das Schluchzen. Alles platzte aus mir raus und es gelang mir nicht einmal, einigermaßen leise zu sein.

Dafür war es einfach viel zu schmerzhaft.

Es war nicht nur der Verrat von Jenna und Jamie. Eigentlich war diese Sache sogar nur die Spitze des Eisbergs.

Die Vase mit den aufgemalten Enten, die ich Jenna stolz hatte präsentieren und in unserer Wohnung aufstellen wollen, schien mich aus der Ecke meines Zimmers zu verhöhnen. Ich würde sie ihr niemals zeigen und sie würde auch nicht in *unserer* Wohnung stehen, denn ich werde nicht dorthin zurückkehren. Aber das war ein Punkt, über den ich jetzt am allerwenigsten nachdenken wollte. Doch das Gefäß schien sich auch aus einem anderen Grund über mich lustig zu machen: Auf diesem dummen Basar hatte ich mich so erfolgreich von meinem erbärmlichen kleinen Leben abgelenkt, dass ich jetzt nur verzweifelt darüber den Kopf schütteln konnte.

Während ich mit meiner Mom auf Trödelmärkten rumlungerte, um irgendwie den Nachmittag als Arbeitslose rumzubekommen und mein sowieso schon knappes Geld für so einen Schrott aus dem Fenster zu werfen, arbeitete meine Schwester in einer schicken Agentur und hatte wahrscheinlich nie vor neunzehn Uhr Feierabend.

Aber bald muss sie ja weniger arbeiten, wenn sie erst mal mit dem super verdienenden Mike verheiratet ist, Kinder kriegt und Home Office in ihrem hübschen Neubau macht.

Das alles prügelte fast noch mehr auf mein Selbstwertgefühl ein, als Jenna und Jamie es jemals könnten. Gesprächsfetzen von unserer Unterhaltung beim Mittagessen und dem Telefonat mit Jenna schwirrten mir durch den Kopf, vermischten sich und wurden zu einem zähflüssigen Brei, in dem ich zu ertrinken drohte.

Ich war einfach nicht in der Lage, die Tränen zurückzuhalten. Meine Schluchzer waren inzwischen so heftig, dass ich fast hyperventilierte. Mein Leben zog vor meinem inneren Auge wie ein schlechter Film an mir vorbei. Ein wirklich sehr schlechter Film.

Anscheinend weinte ich so laut, dass Mike mich

gehört haben musste. Denn plötzlich flog meine Zimmertür auf und der Verlobte meiner Schwester platzte mit einem gewaltigen »Chloe, was ist los?!« herein. Er klang sogar regelrecht panisch. Als er mich wie ein Häufchen Elend auf meinem Bett sah, das vor lauter heulen kaum Luft holen konnte, stürzte er sofort zu mir rüber, setzte sich und schlang einen Arm um mich. »Schh, schh, ist schon gut. Beruhige dich erst mal und erzähl mir, was los ist.«

Ich kann mich nicht beruhigen!, wollte ich wütend rufen, doch ich kam gar nicht dazu. Atmen war wirklich erst mal oberste Priorität, wenn man dabei war zu hyperventilieren. Also schnappte ich nur hilflos nach Luft.

»Einatmen, ausatmen«, versuchte Mike mir mit ruhiger, fester Stimme zu helfen. »Ganz langsam. So ist gut.« Er strich mir sogar beschwichtigend über den Kopf und langsam, ganz langsam, begann ich tatsächlich mich zu beruhigen.

Erschöpft legte ich meinen Kopf auf seine Schulter und atmete sein verführerisch riechendes Parfum ein. War das *Baccarat Rouge*? Auf jeden Fall war es etwas verdammt Teures und Edles.

Der Gedanke, welches Parfum Mike wohl trug, lenkte mich zumindest schon einmal so weit ab, dass ich wieder regelmäßig ein- und ausatmen konnte und nicht länger schnaufende Geräusche von mir gab, die auch von einer Seekuh auf Crack stammen könnten. Ob es unter manchen Tieren wohl wirklich Fälle von Drogenmissbrauch gab? Das musste ich unbedingt mal recherchieren. Am liebsten hätte ich bei dem Gedanken hysterisch gekichert, aber dann hätte ich wohl vollends wahnsinnig auf Mike gewirkt, deshalb verkniff ich mir das.

»Willst du mir jetzt erklären, was los ist?«, fragte Mike sanft und strich mir eine tränenverklebte Haarsträhne aus dem Gesicht, während er mir ein Taschentuch reichte.

Die Geste war so liebevoll, so intim, dass ich direkt am ganzen Körper Gänsehaut bekam. »M… Meine b… beste Freundin i… ist m… mit meinem Ex zusammen«, brachte ich stotternd hervor, immer wieder unterbrochen von ein paar Schniefern. Eine weitere Träne kullerte mir die Wange runter. Es laut auszusprechen, zerbrach etwas in meinem Inneren.

Es tat mir nicht um Jamie leid. Dass er ein Arschloch war, hatte ich schon längst erkannt. Nein, es war der Verlust meiner allerbesten Freundin, der mich so schmerzte, dass es sich anfühlte, als würde mein Herz jeden Moment in zwei Teile zerfallen. Oder in drei. Oder dreihundert. Mit dem Taschentuch wischte ich die Tränen von den Wangen und putzte mir die Nase.

»Wow.« Mike hielt einen Moment inne, bevor er beschloss, mich noch fester an sich zu ziehen. Ich ließ es wehrlos mit mir machen und hing jetzt quasi auf seinem Schoß. »Das ist echt übel.«

Meine Atmung wurde wieder hektischer. »J… Ja, das ist w… wirklich übel. D… Das heißt, ich b… bin jetzt auch obdachlos, w… weil sie w… war auch meine M… Mitbewohnerin.«

»Oje«, stöhnte Mike. »Chloe, das tut mir wirklich leid.« Er fuhr mir in kraulenden Bewegungen über den Kopf, die Schulter, den Rücken. Es fühlte sich so gut an und war genau das, wonach man sich in solchen Situationen sehnte. Tröstende, beruhigende Berührungen. »Wie hast du es erfahren?«

»S… Sie hat es mir am T… Telefon gesagt«, schniefte ich. »S… Sie hat auch gesagt, d… dass die beiden schon l… lange eine Affäre hatten.« Jetzt brach ich wieder vollständig in Tränen aus. Ich konnte es einfach nicht verhindern. »S… Sie haben mich b… beide monatelang betrogen.« Die Tränen liefen mir über das Gesicht und mein ganzer Körper wurde unkontrolliert durch trockene Schluchzer geschüttelt. Augenblicklich hielt Mike mich noch fester, wenn das überhaupt noch möglich war. Er presste mich sowieso schon so sehr an seinen Körper, dass zwischen uns nicht mal mehr ein Taschentuch gepasst hätte. Ich klammerte mich mit den Händen an seine Brust und krallte mich in sein T-Shirt. Es war super egoistisch, aber in diesem Moment wollte ich auf keinen Fall, dass er mich losließ. Ich wollte gehalten werden. Ich wollte nicht mit meinen selbstzerstörerischen Gefühlen allein sein.

»Oh, Chloe.« Jetzt wanderte seine Hand tiefer, kam auf meinem Oberschenkel zum Liegen und machte auch dort einlullende kreisende Bewegungen. »Das hast du nicht verdient.«

»Vielleicht ja doch«, rief ich aufgebracht. »Vielleicht habe ich ja genau das verdient. Ich bin so naiv. Nie hab ich Erfolg. Keine Talente. Ich bin nicht begehrenswert, kein Wunder, dass er lieber Jenna ...«

»*Hey*!«, ermahnte Mike mich streng, ließ mein Bein los und nahm stattdessen mein Gesicht in beide Hände. So konnte ich nicht anders, als ihm in die Augen zu sehen. In diese verführerischen, funkelnden Iriden. »Bist du irre, Chloe?« Jetzt klang er regelrecht sauer. »Du und nicht begehrenswert? Du willst mich wohl auf den Arm nehmen! Weißt du eigentlich, wie verrückt du mich machst, seit du mir in diesem verdammten Keller in die Arme gelaufen bist?« Mit der linken Hand hielt er noch immer mein Kinn fest umschlossen, mit der rechten wischte er mir sanft die Tränen von den Wangen. In seinem Blick stand so viel Nachdruck, so viel Entschlossenheit, dass mir ein heißkalter Schauer den Rücken hinablief. »Wenn dein Idiot von Exfreund das nicht erkannt hat, dann ist das ganz allein sein Problem. Aber du, Chloe ...« Sein Daumen fuhr tiefer zu meinen Lippen, meinem Kinn, meinem Hals und schließlich meinem Schlüsselbein. »Du bist begehrenswert. Sehr begehrenswert.« Und dann, bevor ich es verhindern konnte, lagen Mikes Lippen auf meinen. Mein Gesicht lag weiterhin in dem festen Druck seiner linken Hand und hielt mich in genau der richtigen Position für den

Kuss. Oder besser gesagt *die* Küsse. Denn Mikes Mund und meiner verschmolzen förmlich miteinander. Und ich genoss es. Verdammt, ich genoss es sehr. Es war genau das, was ich gerade brauchte. Nicht nachdenken, die Kontrolle abgeben. Begehrt werden, in starken Armen liegen, mich jemandem hingeben. Doch als Mikes Hände unter das Top meines Pyjamas fuhren, durchzuckte mich ein so scharfes Gefühl, dass mir schlecht wurde.

Eine Erinnerung an das, was im Keller passiert war. An Mikes Hände unter meiner Bluse, unter meinem Rock, unsere Körper, die sich aneinanderpressten und verschmolzen. Eine Erinnerung, die mich nachts mit bebendem Körper aufwachen ließ, weil sie sich manchmal so heiß und prickelnd anfühlte, obwohl ich mit aller Macht dagegen ankämpfte.

Jetzt tat sie einfach nur weh. Weil sie mir wieder in den Schädel hämmerte, was ich Abby angetan hatte. Was ich ihr gerade *erneut* antat. Indem ich Mike küsste, indem ich zuließ, dass er mich anfasste.

Also machte ich das einzig Richtige.

Ich stieß ihn von mir. Mit all meiner Kraft, sowohl meiner Willenskraft als auch meiner physischen. Denn es bedurfte einer großen Portion Selbstbeherrschung, mich nicht meinem Verlangen nach Mike hinzugeben. Meine Schuldgefühle gegenüber Abby waren stärker.

»Fass mich nicht an!« Ich verschränkte abwehrend die Arme vor meinem Körper, so als müsste ich mich vor Mike schützen. Dabei wusste ich natürlich, dass er mich nicht gegen meinen Willen berühren würde. Alles, was bisher zwischen uns geschehen war, geschah einvernehmlich. Ich konnte die Verantwortung nicht auf ihn abwälzen, so gern ich das auch getan hatte.

Mike fuhr sich mit der Hand über die Lippen, als hätte er sich verbrannt. Sein Blick war erschrocken und gequält. Gequält vor Verlangen nach mir, dem er nicht weiter nachgehen durfte, oder gequält vor Schuldgefühlen gegenüber Abby – ich wusste es nicht. Ich wusste nur, dass ich es schon wieder getan hatte. Ich hatte meine Schwester hintergangen. Und dieses Gefühl ertrug ich nicht mehr.

»Raus!«, brüllte ich Mike an und zeigte auf meine Zimmertür. »Hau verdammt noch mal ab, Mike!«

Und das tat er. Mit zitternden Bewegungen erhob er sich und verließ den Raum, somit blieb ich allein zurück. Allein und verzweifelt.

Kapitel Zwölf

Es war mitten in der Nacht, als ich aufwachte. Ich versuchte, mich aus einem abstrusen Traum zu befreien, in dem mich eine Horde Bienen verfolgte, während ich eine große Vase töpfern musste, die ziemlich verdächtig wie die aussah, die ich gestern auf dem Trödelmarkt erstanden hatte. Zuerst dachte ich, ich wäre in Jennas und meiner WG, wie es jahrelang der Fall gewesen war. Doch nach und nach dämmerte mir, wo ich mich befand. Und was passiert war.

Und dann setzte der Schock ein.

Mein Herz begann zu rasen und meine Handflächen wurden schweißnass.

Mein erster Gedanke war, mich aus meinem Zimmerfenster zu stürzen, aber das schien mir ehrlich gesagt ein bisschen feige. Ich würde mich sicherlich nicht von meiner armen Familie wie Kaugummi von der Veranda kratzen lassen, weil ich mit dem Verlobten meiner Schwester im Bett gewesen war. Oder na ja, besser gesagt im Keller. Wobei – das Bett zählte jetzt auch zu den Orten, an denen wir Abby hintergangen hatten, nachdem er mich gestern Abend hier geküsst hatte.

Meine brennenden heißen Wangen verrieten mir, dass ich hochrot im Gesicht war. Die Scham und das schlechte Gewissen fraßen sich langsam und schleichend durch meinen ganzen Körper. Die Ausmaße unserer Tat sickerten in mein Gehirn.

Vor einigen Stunden hatte ich einen absoluten Mental Breakdown gehabt, weil mein Ex-Freund mich mit meiner besten Freundin betrogen hatte. Und daraufhin dafür gesorgt, dass der Verlobte meiner Schwester sie mit mir betrog. Erneut.

Fakt ist, dass ich ein Monster war, und das nicht verleugnen konnte. Das Einzige, was ich zu meiner Verteidigung vorbringen könnte, war die Tatsache, dass ich offensichtlich *aufgrund* meines Zustandes zugelassen hatte, dass Mike mich küsste. Weil ich absolut schwach und verletzlich gewesen war. Weil ich nach der Nähe eines anderen Menschen gelechzt hatte wie ein verdurstender Hund. Anscheinend brauchte ich die Bestätigung eines anderen Mannes, um mein mickriges Selbstwertgefühl vom Boden zu kratzen. Und ich hatte sie bekommen. Und *wie*.

Wäre nicht alles so furchtbar verwerflich und die

größte Katastrophe meines Lebens, würde ich mich gedanklich am liebsten voll und ganz den unglaublichen Erinnerungen hingeben. Mikes Hände und Lippen ... Es war Jahre her, dass ich etwas Derartiges erlebt habe. Mit Jamie war es niemals so gewesen, nicht mal ansatzweise. *Vielleicht war es ja so heiß, weil du tief in deinem Inneren wusstest, wie verboten es war*, ächzte eine zynische Stimme in meinem Kopf.

Am liebsten wäre ich sofort wieder in einen hysterischen Heulkrampf ausgebrochen, aber ich schaffte es, mich zusammenzureißen. Ich sollte sofort Abby anrufen und ihr alles erzählen und ihr sagen, dass ich es verstehen würde, wenn sie nie wieder ein Wort mit mir redete. Meinen Eltern sollte ich es ebenfalls erzählen und ihnen sagen, dass ich es verstehen könnte, wenn sie mich enterben würden.

Doch die Wahrheit war: Ich würde es Abby nicht erzählen. Diese Entscheidung hatte ich bereits nach Dads Geburtstag getroffen. Auch Mikes und mein Kuss gestern Abend würde nichts daran ändern, das wusste ich instinktiv. Vielleicht würde ich auswandern und meine Familie nie wiedersehen, mein Geheimnis sozusagen mit in die Welt nehmen, ganz weit weg von Abby. Aber ich würde definitiv nicht ihr Glück zerstören.

Am nächsten Morgen hatte ich einen Entschluss gefasst. Ich würde Abby die beste Hochzeit dieser Welt organisieren und mich danach aus ihrem und Mikes Leben zurückziehen. Ich würde aus der Ferne beobachten, wie die beiden zusammen glücklich wurden, ein Haus bauten, Kinder bekamen. Abby würde unter dem Kontaktabbruch leiden, aber mich irgendwann als kalt und egoistisch abstempeln, und ich würde für immer mit der selbstaufgelegten Strafe leben, meine Familie für ein dummes Vergehen verloren zu haben. Das war die Bestrafung, die ich verdiente. Denn für mich gab es keine Alternative.

Mike würde ich nicht auf den Kuss ansprechen, vielleicht würde ich sogar nie wieder mit ihm reden. Ich wollte nicht hören, was seine Ausrede für diese furchtbare Tat war. Ich konnte es mir schon denken. Zwischen uns bestand eine so starke Anziehungskraft, dass wir uns ihr nicht entziehen konnten. Nicht in schwachen Momenten. War uns dafür ein Vorwurf zu machen? Ja. Aus meiner Sicht definitiv ja.

Ich ging nicht zum Frühstück mit meiner Familie runter, sondern klemmte mich hinter meinen Laptop und schickte wahllos Bewerbungen auf jede freie Stelle raus, die halbwegs meinen Qualifikationen entsprach. Ich musste hier weg. Sofort.

Als ich durch das Badezimmerfenster sah und bemerkte, dass Mike und Dad mit dem Bau der Gartenlaube beschäftigt waren und Mom auch im Garten arbeitete, schmiss ich mich in ein wahllos zusammen gewürfeltes Outfit, rannte die Treppe runter, klaute mir ein kaltes Sandwich vom Küchentresen, das irgendwer für mich gemacht haben musste – bei dem Anblick kamen mir fast die Tränen. Meine Familie war die beste der Welt und ich hinterging sie so unmenschlich und wollte den Rest meines Lebens ohne sie verbringen? –, und joggte aus der Haustür über die Straße. Mir fiel nur ein einziger Ort ein, an dem ich auf andere Gedanken kommen würde, weil die Existenz eines bestimmten Menschen so schmerzhaft war, dass sie anderen Schmerz sehr gut überdecken konnte.

»Luke.«

Atemlos kam ich vor ihm zum Stehen, während Luke gerade am Rasenmähen war. Er hatte das Gerät aber bereits ausgeschaltet, noch bevor ich ihn begrüßen konnte.

»Chloe.« Er fuhr sich durch das schweißnasse Haar. Die Hitze heute war wirklich unerträglich. Dabei auch noch schwere körperliche Aktivitäten zu vollziehen, musste einen an den Rand des Schmelzens bringen. Aber wahrscheinlich lenkte es auch ziemlich gut ab.

Vielleicht war das die Lösung.

»Ich wusste nicht, dass wir heute zur Partyplanung verabredet sind«, sagte Luke schroff und sprach das Wort *Partyplanung* so abfällig wie möglich aus.

»Sind wir auch nicht«, stellte ich klar und atmete tief durch. »Ich will dir helfen.«

Luke sah mich an, als hätte ich sie nicht mehr alle. »Helfen? Wobei?«

»Bei …« Ich machte eine vage Handbewegung. »Egal. Alles, was hier so anfällt. Saubermachen, Tiere füttern …«

Luke lachte freudlos auf. »Warum das denn?«

Aber mein flehender Blick schien ihm zu verraten, dass ich es ihm im Moment nicht erklären konnte. Dass es dringend war. Dass ich diejenige war, die Hilfe brauchte.

Also seufzte er nur und schüttelte fassungslos den Kopf. »Na gut, wenn du unbedingt willst, sage ich bestimmt nicht Nein. Schnapp dir ’ne Heckenschere und fang bei den Buchsbäumen an. Schön rund schneiden, klar? Ich will nicht, dass sie aussehen wie gerupfte Hühner.«

»*Du* siehst aus wie ein gerupftes Huhn«, konnte ich mir nicht verkneifen und deutete schmunzelnd auf Lukes verwuscheltes, verschwitztes Haar. Bevor er es sich noch mal anders überlegen konnte, lief ich zum Geräteschuppen. Ich wusste ganz genau, wo die Heckenschere war und auch, welche Buchsbäume er meinte. Das hier war mein zweites Zuhause. Ein Ort, um zur Ruhe zu kommen.

Kapitel Dreizehn

Nach drei Stunden Arbeit war ich ausgelaugt wie nie zuvor, fühlte mich gleichzeitig aber auch so gut wie lange nicht. Ich hatte keine Zeit über meine missliche Lage nachzudenken, während ich Hecken und Bäume geschnitten, Unkraut gejätet und die Schweine gefüttert hatte. Bei körperlicher Anstrengung und fast dreißig Grad schaltet sich das Gehirn sowieso irgendwann aus und man nimmt nur noch die Hitze und das Schwitzen wahr. Und das genoss ich sehr.

Jetzt saß ich völlig erschöpft im Schatten eines Apfelbaums und ließ meine zitternden Beine im Gras ruhen. Wieder einmal fiel mir auf, wie wunderschön und idyllisch der Gutshof der Wilsons doch war. Er erstreckte sich über mehrere Hektar Land und man konnte sich auf dem Gebiet schnell verlaufen, zumindest, wenn man sich nicht so gut auskannte wie ich.

Luke bewirtschaftete mehrere Felder und ich suhlte mich förmlich in den Erinnerungen an unbeschwerte Sommer, in denen wir als Jugendliche kichernd und gackernd durch diese gerannt waren, im Kopf nichts als Flausen und das Bedürfnis nach unvergesslichen Erlebnissen.

»Hier, für dich.«

Ich schreckte aus meinen Erinnerungen hoch, als Luke plötzlich vor mir stand und mir ein Trinkpäckchen hinhielt.

»Hey, die haben wir früher immer getrunken«, rief ich freudig und nahm es dankend entgegen. »Ich hatte keine Ahnung, dass es die noch gibt.« Begeistert steckte ich sofort meinen Strohhalm in mein *Yuppie-Getränk* mit der Geschmacksrichtung Blutorange. Das war schon immer meine Lieblingssorte gewesen. Dass Luke das noch wusste und die Sorte sogar *dahatte*, bescherte mir ein Prickeln. Obwohl es natürlich auch völliger Zufall sein könnte.

»Klar gibt es die noch.« Luke ließ sich neben mir ins Gras fallen. Er wirkte nicht mal halb so erschöpft wie ich – was ja auch kein Wunder war, angesichts der Tatsache, dass er tagein, tagaus diese Aufgaben verrichtete. »Die kann man immer noch unten an der Tankstelle vom alten Loui kaufen.«

»Den alten Loui gibt es *auch* noch?«, quietschte ich vergnügt.

»O ja.« Jetzt lachte Luke selbst. »Steht immer noch

unerbittlich hinter diesem Tresen bei Wind und Wetter wie ein Fels in der Brandung.«

»Wow.« Ich nahm gierig riesige Schlucke und versuchte, diesen Moment so gut auszukosten, wie ich konnte. Dieses traumhafte Sommerwetter, die laue Brise, die jetzt gerade aufzog und die Blätter des Apfelbaums über uns sanft rascheln ließ. Luke und ich nebeneinander auf dieser Wiese, ungezwungen plaudernd wie zwei alte Freunde, und unser in die wunderschöne Landschaft gerichteter Blick.

»Danke«, unterbrach Luke die friedliche Stille.

Ich sah ihn überrascht an. »Wofür?«

»Äh ...« Er lachte höhnisch. »Vielleicht dafür, dass du mir gerade drei Stunden bei einer Affenhitze bei meiner elendigen Arbeit geholfen hast?«

»Sie ist nicht elendig!«, hielt ich dagegen und meinte es auch so. »Sie ist sehr sinnvoll und tut einem richtig gut. Gern geschehen«, fügte ich trotzdem hinzu. »Wo ist eigentlich deine Mom? Ich habe sie in den drei Stunden kein einziges Mal gesehen.«

Luke senkte den Blick und ich spürte, dass ich etwas Falsches gesagt hatte. Nein, vielleicht nichts Falsches – aber etwas, das bei ihm starke Gefühle hervorrief. Leider keine guten.

»Es geht ihr im Moment nicht gut«, erwiderte Luke leise. »Sie ist drinnen und ruht sich aus.«

Mein Herz wurde ganz schwer. Ich hatte es ja schon vermutet, als ich Debbie vor ein paar Tagen wiedergesehen hatte. Sie machte definitiv keinen guten Eindruck auf mich. Ich überlegte eilig, was ich sagen könnte, das möglichst mitfühlend und unaufdringlich klang, doch Luke schien so wenig über das Thema reden zu wollen, dass er sofort mit etwas anderem anfing.

»Jetzt erklär *du* mir lieber mal, warum du nichts Besseres zu tun hast, als mir bei meinem Kram zu helfen.« Er hob abwehrend die Hand, als ich zu meiner Erklärung ansetzen wollte. »Und jetzt komm mir nicht mit der Arbeitslosen-Geschichte. Das weiß ich längst. Und ich weiß auch, dass dein Dad und der Verlobte deiner Schwester eine riesige Gartenlaube bauen. Da könntest du helfen, wenn dir so *langweilig* ist.«

Ich seufzte und malte mit dem Fuß Kreise ins Gras. Irgendwie hatte ich plötzlich das Bedürfnis, Luke die Wahrheit zu sagen. Vielleicht, weil er zu mir bezüglich seiner Mutter gerade auch ehrlich war. Er hätte ja auch einfach lügen und sagen können, dass sie mit anderen Dingen beschäftigt ist. Aber er hat sich entschieden, sich mir gegenüber verletzlich zu zeigen. Also würde ich nun das Gleiche tun. »Ich hatte dir doch erzählt, dass meine beste Freundin ein Date mit meinem Ex hatte, oder?«

Luke zog die Augenbrauen hoch. »Ja, du hattest mir von dieser absolut geschmacklosen Tatsache berichtet.«

Ich atmete tief durch. »Tja, sie hat mir gestern Abend am Telefon mitgeteilt, dass die beiden schon seit Monaten heimlich eine Affäre hatten. Schon als ich noch mit Jamie zusammen war. Sie haben mich beide hintergangen.« Erneut brannten Tränen in meinen Augen.

Luke atmete ebenfalls sehr scharf aus. In seinem Blick lag echtes Mitgefühl. »Wow«, sagte er nach einer Weile. »Das tut mir leid.«

»Danke.« Meine Kehle war wie zugeschnürt. »Mir tut es leid, dass ich mit diesem Arschloch zusammen gewesen bin. Und dieses Miststück meine beste Freundin genannt habe.«

»Das sollte es dir auch, aber solche Dinge kann man ja leider nicht rückgängig machen.« Luke nahm einen am Boden liegenden Ast und begann damit im Rasen herumzustochern. Ich fragte mich, ob er auch Dinge im Kopf hatte, die er gerne rückgängig machen würde. »Ich hoffe, du hast dieses Biest am Telefon so fertiggemacht, wie es das verdient hat.«

Ich senkte beschämt den Blick.

Luke schnappte nach Luft. »Chloe!«

»Sie hat einfach aufgelegt!«, verteidigte ich mich. »Ich hatte gar nicht die Gelegenheit, etwas zu sagen!«

»Du hattest keine Gelegenheit, sie als hinterhältig, durchtrieben, respektlos, fies, skrupellos, kaltblütig und niederträchtig zu bezeichnen?«

Ich musste trotz der Bitterkeit der Situation lachen. »Nein. Im Gegenteil. *Sie* hat auch noch *mich* beleidigt.« Jetzt fielen mir ihre Worte wieder ein und ich prustete umso mehr vor Unglaube und Fassungslosigkeit. »Wenn ich mich richtig erinnere, dann hat *sie* mich undankbares kleines Miststück genannt.«

Luke sprang auf und klopfte sich die Hose ab. »Steh auf, Chloe.«

»Warum?«, fragte ich verblüfft.

»Weil du dir das nicht bieten lässt.« Er hielt mir die Hand hin, um mir aufzuhelfen, und ich glaubte, wir dachten in diesem Moment beide nicht großartig über die Geste nach, weil wir einfach so in das Gespräch und die Empörung vertieft waren. Aber wenn ich seine Hand nicht sofort ergriffen hätte, hätte ich vielleicht darüber nachgedacht, dass das unsere erste richtige Berührung seit unserer Trennung war. Und sie sandte Tausend Stromstöße durch meinen Körper.

Auch Luke wirkte für einen Moment aus der Bahn geworfen. Aber dann stand ich auch schon auf meinen zwei Beinen und er ließ meine Hand wieder los. Der Moment war vorbei.

»Komm.«

Er setzte sich bereits in Bewegung.

»Was haben wir vor?«, fragte ich überrascht und folgte ihm. »Wo gehen wir hin?«

»Wir geigen deiner kleinen Freundin unsere Meinung«, erwiderte Luke nüchtern. Sein Schritt war schnell. Mir entging nicht, dass er *unsere* Meinung sagte. Als wären wir ein Team. Vielleicht waren wir das auch.

»Wie bitte?«, keuchte ich und hatte Mühe, bei seinem Tempo mitzuhalten. »Luke … Jenna wohnt in Chicago!«

»Dann fahren wir nach Chicago.«

Ich packte ihn am Arm und zwang ihn anzuhalten. Luke blickte mir entschlossen in die Augen. Ich bekam Gänsehaut.

»Luke, Chicago ist vier Stunden entfernt!« Ich lachte. »Ich finde das ja total nett von dir, aber ...«

»Chloe.« Luke packte mich an den Schultern. »Du warst schon immer so. Gutmütig. Wolltest keiner Fliege was zuleide tun. Wolltest für jeden nur das Beste. Das sind tolle Eigenschaften. Aber die Kehrseite davon ist, dass du dich manchmal von anderen Menschen behandeln lässt wie Dreck, ohne dich zu wehren. Das habe ich zugelassen, während wir zusammen waren, und das bereue ich bis heute. Wir fahren jetzt nach Chicago und du sagst dieser Jenna, was sie verdient hat zu hören. Und deinem Wichser von Exfreund ebenfalls.«

Ich strauchelte mit meinen nächsten Wörtern. Erstens verwendete Luke selten solche Kraftausdrücke. Zweitens rührte es mich, wie positiv er von mir dachte, aber hatte ich das überhaupt verdient? Ich hatte mit dem Verlobten meiner Schwester geschlafen, offensichtlich wollte ich *nicht* für jeden nur das Beste. Drittens fragte ich mich, welche Situationen er meinte, in denen ich mich von Menschen wie Dreck hatte behandeln lassen. Und viertens: Luke und ich nach Chicago? Jetzt? War er verrückt geworden?

»Ich bin nicht verrückt geworden«, schien Luke meine Gedanken zu erraten. »Aber mir ist vor ein paar

Wochen etwas klar geworden. Ich funktioniere in letzter Zeit viel zu oft nur wie ein Roboter. Mache Tag für Tag meine Aufgaben, aber fühle dabei nicht mehr wirklich irgendwas. Jetzt fühle ich etwas. Ich habe das starke Bedürfnis, Gerechtigkeit herzustellen. Und das werden wir jetzt.« Er hielt mir wieder die Hand hin und erneut nahm ich sie ohne zu zögern. Diesmal umschloss ich sie fester, damit er sie mir nicht direkt wieder entziehen konnte.

»Also dann.«

»Auf nach Chicago.«

»Auf nach Chicago.«

Kapitel Vierzehn

Ich ging zwar kurz nach Hause, um zu duschen und mir etwas Frisches anzuziehen, aber keine halbe Stunde später saßen Luke und ich tatsächlich in seinem alten Ford F150 und befanden uns auf der Fahrt nach Chicago.

Je länger ich über diesen Zustand nachdachte, desto sinnvoller erschien er mir. Für mich war inzwischen sonnenklar, dass ich nicht wieder in die WG mit Jenna zurückziehen würde. Von daher könnte ich heute direkt meine restlichen Sachen mitnehmen, zumindest die, die in Lukes Auto passten. Die Möbel hatte ich sowieso größtenteils von der Vormieterin übernommen und würde sie meiner Nachmieterin dalassen. Sie waren eh allesamt hässlich und abgewrackt. Dann müsste ich wenigstens nie wieder zurückkehren, nachdem ich Jenna heute die Meinung gegeigt haben würde.

»Was ist das für schreckliche Musik?«, kicherte ich, als Luke einen Country-Radiosender einstellte.

»Das ist keine schreckliche Musik, das ist Willie Nelson, du Kulturbanause«, rügte Luke mich scherzhaft. »Einer der besten Country-Sänger der Welt.« Und er sang sogar den Text mit: *»And when the yards broke off they said that I got killed, but I am living still …«*

Ich schnaufte. »Ich weiß, wer Willie Nelson ist, heißen Dank auch. Aber das ist trotzdem schreckliche Musik, wenn du mich fragst.« Insgeheim genoss ich die musikalische Untermalung unseres Roadtrips, die dafür genau passend zu sein schien. Aber das würde ich Luke gegenüber niemals zugeben. Unser unterschiedlicher Musikgeschmack war schon während unserer Beziehung ein kleines Streitthema gewesen, mit dem wir uns gegenseitig gern geneckt und aufgezogen hatten. »Hast du nichts Besseres? Wenn wir uns in deinem alten Ford schon mit Radio und CDs begnügen müssen, dann vielleicht etwas Peppigeres?«, fragte ich frech und begann, in Lukes Handschuhfach zu wühlen. »Ein paar *Shakira*-CDs oder so? Oder wie wäre es mit …« Ich öffnete eine Justin-Timberlake-CD-Hülle und erwartete sein legendäres *Justified*-Album, doch herausfiel etwas ganz anderes.

Etwas sehr Unerwartetes.

Es war eine schon leicht zerkratzte CD, auf die jemand mit schwarzem Edding *Lukes 17. Geburtstag* geschrieben und ein Herz gemalt hatte.

Dieser jemand war ich gewesen.

»Mach an, was du willst«, schmunzelte Luke, dessen Blick auf die Straße gerichtet war und der noch nicht gesehen hatte, was ich in den Händen hielt.

Mein Herz klopfte stark. Er besaß diese CD immer noch? Diese CD, die mit einer Liebeserklärung gleichzusetzen war. Die ich ihm eigenhändig gebrannt hatte. Auf die ich fast zwanzig Liebessongs gepackt hatte, die in irgendeiner Form mit Lukes und meiner Beziehung zu tun hatten. Mit unserem Kennenlernen. Unseren Sommern. Unseren ersten Küssen, ersten Berührungen. Unseren Nächten auf dem Dach des Hühnerstalls unter freiem Sternenhimmel.

Meine Hände zitterten, als ich die CD in den CD-Schlitz schob. Ich wusste nicht warum. Vielleicht wollte ich Lukes Reaktion sehen. Ihn testen.

Ein paar Sekunden später klang meine Stimme aus dem Autolautsprecher. Oder besser gesagt die Stimme meines siebzehnjährigen Ichs. »*Hey, Luke*«, zwitscherte die jüngere Chloe und man hörte an ihrer hohen Stimme, wie absolut verliebt sie in den Jungen gewesen war, für den sie diese CD gebrannt hatte. *Bei diesen Songs muss ich immer an dich denken. Alles Gute zum Geburtstag. Ich liebe dich.* Dann erklangen die ersten Töne von Ne-Yos *Closer*.

Lukes Kopf fuhr nicht zu mir herum, im Gegenteil. Er starrte beherrscht geradeaus, seine Hände umgriffen das Lenkrad so fest, dass ich Angst hatte, es könnte unter seinem Griff zerbersten. Lukes Kiefermuskeln waren dieser Gefahr offensichtlich ebenfalls ausgesetzt. »Warum, Chloe?«, war alles, was er zwischen seinen zusammengebissenen Zähnen hervorbrachte.

Ich kaute auf meiner Unterlippe. Was meinte er? Warum ich damals Schluss gemacht hatte? Das wusste er doch. Ich hatte es ihm damals so eindringlich wie möglich versucht zu erklären und es hätte keinen Sinn, es ihm noch mal auszuführen. Er hatte es schon damals nicht verstanden. Er wollte es nicht verstehen.

Luke wartete nicht auf meine Antwort. »Warum machst du diese Scheiß-CD an?«, konkretisierte er seine Frage und riss die CD aus dem Player, warf sie achtlos in den Fußraum und drückte aggressiv wieder auf den Radio-Knopf.

»Warum *hast* du diese CD noch?«, konterte ich. »CDs sind zum Anhören da. Wenn du nicht willst, dass sie abgespielt wird, dann schmeiß sie doch weg.« Mir war flau im Magen. Ich klang überzeugter, als ich mich fühlte.

»Du hast recht, das hätte ich längst tun sollen«, schnauzte Luke mich an und ich hatte das Bedürfnis, mich ganz klein in meinem Sitz zu machen. Luke seufzte, ließ die Schultern hängen. »Hör mal zu, Chloe. Ich weiß, ich habe keinen Grund, dich wegen so was anzuschnauzen. Aber wir beide sind jetzt als Freunde unterwegs. Wie du dir wahrscheinlich selbst denken kannst, ist diese Freundschaft für mich mehr als fragil. Und da hilft es nicht gerade, wenn du solche ... Artefakte unserer

Vergangenheit ins Spiel bringst. Ich möchte nicht daran erinnert werden, was damals passiert ist, und ich möchte auch nicht darüber reden.«

Meine Anspannung wandelte sich in Aufregung. Luke betrachtete uns wieder als Freunde? Das ließ mein Herz springen. Aber wieso war es für ihn so schlimm, darüber zu reden, was zwischen uns vorgefallen war? Hasste er mich immer noch so sehr dafür? Wäre es nicht viel gesünder für unsere neu entstehende Freundschaft, uns einmal richtig auszusprechen?

Aber ich wusste, es würde nichts bringen, das zu verlangen. Luke würde vielleicht direkt wieder umkehren und sagen, die Idee mit Chicago wäre ein Fehler. Die Idee, sich wieder mit mir anfreunden zu wollen, wäre ein Fehler.

Also sagte ich nur: »Es tut mir leid.« Ich meinte alles, was ich ihm jemals angetan hatte. Aber ich tat so, als meinte ich nur das Anmachen dieser blöden CD. Und dann wechselte ich das Thema. Wir redeten über alles Mögliche: Country-Musik, Lukes nervige Mitarbeiter auf dem Gutshof, die Hochzeit mit Abby. Nur über nichts, was direkt mit uns zu tun hatte.

Irgendwie tat es weh. Aber trotzdem war es sehr viel erträglicher, als Luke gar nicht mehr in meinem Leben zu wissen.

Ich musste irgendwann eingenickt sein – höchstwahrscheinlich wegen des Schlafmangels der letzten Nacht, an die ich mich nicht erinnern wollte –, denn als ich aufwachte, waren wir vor der Stadtgrenze von Chicago.

»Du hast geschnarcht«, neckte Luke mich, aber ich wusste, dass das nicht stimmte.

»Musst du gerade sagen, der Oberschnarcher schlechthin.« Ich schmiss eine Nuss nach ihm. Wir hatten uns jede Menge Studentenfutter zur Verpflegung mitgenommen. Ich gähnte und reckte mich in meinem Sitz. Mittlerweile war es früher Abend und in meinem Kopf kam die Frage auf, ob wir heute überhaupt noch zurück nach Hause fahren würden. Das könnte ziemlich spät werden. Aber wo sollten wir sonst schlafen? In einem Hotel? Luke gab nicht gerne Geld für so was aus. Günstiger wäre es, wenn wir uns ein Zimmer teilen würden … »Warst du eigentlich schon mal in Chicago?«

»Nein.« Luke sah hart geradeaus. »Ich hatte auch nie das Bedürfnis, hinzufahren.«

»Was findest du eigentlich so schrecklich an dieser Stadt?«

Lukes Fingerknöchel traten weiß hervor. »*Diese Stadt* hat mir zufälligerweise einen Menschen weggenommen, den ich sehr mochte. Und das solltest du eigentlich wissen, Chloe.«

Er hatte recht. Es war eine dumme Frage gewesen und Luke hatte mir noch vor ein paar Stunden unmissverständlich klargemacht, dass er über nichts reden wollte, was auch nur annähernd mit unserer damaligen Beziehung zu tun hatte. Also hielt ich den Mund.

Luke scherzte darüber, wie unglaublich hässlich Chicago doch wäre, als wir durch die Vororte fuhren. Aber ich merkte ihm an, dass er nicht ganz so stark an seiner Meinung festhalten konnte, wie er es gern getan hätte, als wir über den Chicago River fuhren. Und er die grünen Parks und hübschen Häuser sah. Er gab nicht zu, dass die Stadt sehr schöne Ecken hatte, aber er lästerte auch nicht weiter.

Ich navigierte ihn zu meiner Wohnung oder sollte ich besser sagen Jennas Wohnung? Als *meine* betrachtete ich sie bereits nicht mehr, das hatte ich längst festgestellt. Ich konnte es kaum erwarten, mir meine sieben Sachen zu greifen und für immer Adios zu sagen. Aber davor musste ich noch Jenna gegenübertreten und ihr das sagen, was sie verdient hatte zu hören. Selbst wenn ich es nur für Luke tat.

Weil ich meiner Untermieterin meinen Haustürschlüssel überlassen hatte, musste ich klingeln. Obwohl ich nicht nervös sein wollte – das kam mir erbärmlich vor –, schlug mir mein Herz ziemlich heftig bis zum Hals. Es tat gut zu wissen, dass Luke direkt hinter mir stand, ich konnte die Wärme seines Körpers spüren, obwohl zwischen uns ein halber Meter Abstand Platz war. Oder war das nur die Sommerhitze zwischen den hohen Häusern hier in Chicago? Die Stadt kam mir plötzlich enger vor, grauer, erdrückender. Vor meiner überstürzten Flucht von hier, war ich so lange nicht zu Hause gewesen, dass ich vergessen hatte, wie schön es dort war. Wie weitläufig die Felder waren, wie grün und saftig, wie frisch und sauber die Luft, wie laut die Vögel zwitscherten und wie nett die Nachbarn grüßten. Hier grüßte niemand niemanden. Alle hetzten durch die Stadt, waren auf ihrer eigenen kleinen Mission, hatten nur Kopf für ihre eigenen Dinge. Manchmal dachte ich, in Chicago könnte ich auf offener Straße kollabieren und niemand würde anhalten, um mir zu helfen. Niemand wollte zu spät zur Arbeit kommen. Dagegen würde halb West Village aus seinen Häusern strömen und Erste Hilfe leisten, wenn ich mir nur einen Fingernagel abbrach.

»Oh, wen haben wir denn da?«

Die Tür hatte sich geöffnet und Jamies spöttisch und etwas überrascht dreinblickende Miene hatte sich durch den Türspalt geschoben. Sein Blick war allerdings nicht mehr ganz so spöttisch, sondern noch deutlich überraschter, als er auf Luke hinter mir fiel. Ich wusste, dass Luke mit verschränkten Armen und einem gefährlichen Gesichtsausdruck hinter mir stand. Diese Haltung nahm er nicht oft ein, aber wenn, dann konnte er Respekt einflößend wirken. Zumindest auf andere Menschen, die nicht wussten, dass Luke der fürsorglichste Mensch auf diesem Planeten war.

Für mich war es keine Überraschung, dass Jamie mir

die Tür öffnete und nicht Jenna. Zumindest nicht mehr nach allem, was ich erfahren hatte.

»Lass mich rein, Jamie.« Ich drängte mich unsanft an ihm vorbei in den Hausflur. »Ich will nur meine Sachen holen.«

Auch Luke betrat das Haus und schob Jamie dafür sehr unsanft aus dem Weg. Man könnte auch sagen, er rempelte ihn so stark an, dass mein Exfreund gegen den Türrahmen schepperte.

»Hast du deinen Neuen mitgebracht?«, flötete Jamie eine Spur konfus, aber betont gehässig. »Schön, dass wir uns kennenlernen.«

Luke und ich erwiderten nichts, sondern stiegen mit festen Schritten die Treppe zum ersten Stock hoch, auf dem sich unsere Wohnung befand. Die Wohnungstür stand offen und der Geruch nach gebratenem Fleisch stieg in meine Nase.

»Ist es das Paket, auf das du gewartet hast?«, hörte ich jemanden aus der Küche flöten und im nächsten Moment erschien Jenna in der offenen Küchentür. Sie hielt eine Bratpfanne in der Hand und war nur mit schwarzer Spitzenunterwäsche bekleidet. Ich wollte den Blick abwenden, aber ich konnte nicht anders, als sie fassungslos anzuglotzen. Es war so seltsam, sie zu sehen. Meine beste Freundin, die diesen Titel längst nicht mehr trug. Mit der ich durch dick und dünn gegangen war und die mich anschließend so hintergangen hatte.

»Oh.« Jenna sah genauso fassungslos aus, auf ihren

vollen Lippen zeichnete sich ein süffisantes Lächeln ab. Offensichtlich fand sie es amüsant, dass ich sie wie ein Auto anstarrte. »Chloe. Hi.« Doch dann legte sich ihre Aufmerksamkeit auf Luke, und jetzt war sie es, die glotzte wie ein Auto. Klar. Sie hatte vermutlich schon damit gerechnet, dass ich irgendwann hier aufkreuzen würde, um meine Sachen zu holen, aber nicht, dass ich einen Mann im Schlepptau haben würde, der aussah wie ein Schauspieler. »Oh, wen haben wir denn da? Deinen neuen Freund?« Ihre Stimme war hoch und sollte wohl spöttisch klingen, aber ich hörte, dass sie beeindruckt und fassungslos war. Dafür kannte ich sie einfach zu gut.

Luke holte tief Luft, doch ich war schneller. »Er ist nicht *mein* Freund. Er ist *ein* Freund. Ein besserer Freund, als du es je warst.«

»Ach, Chloe.« Jenna verdrehte lachend die Augen und machte keine Anstalten, sich etwas überzuziehen. Sie schien den Blick von Luke auf sich sichtlich zu genießen. Ihre Kurven waren schon immer ein Thema gewesen, das sie mir gegenüber gern angeschnitten hatte. *Wenn du ein bisschen mehr trainieren würdest, könntest du auch so einen Po haben, Chloe. Oder ... vielleicht auch nicht. Man muss einfach Glück mit den Genen haben.* »Bist du immer noch nicht darüber hinweg?«

»Doch. Und deswegen habe ich mich dazu entschieden, ganz auszuziehen. Ich hole jetzt meine Sachen.« Ich drehte mich um und verschwand in mein Zimmer. Meine Untermieterin schien nicht da zu sein. Sie hatte sich aber bereits häuslich eingerichtet. Klamotten von ihr lagen überall im Zimmer verstreut und auf meinem Schreibtisch standen mehrere leere Teller. Na ja, mir konnte es ja herzlich egal sein, ob sie hier Chaos anrichtete oder nicht. Ich gönnte Jenna von ganzem Herzen eine möglichst chaotische Mitbewohnerin, die ihr Leben richtig schön durcheinanderbrachte.

Ich riss den Kleiderschrank auf und holte die große Reisetasche hervor, die ich vollgepackt mit meiner Winterkleidung hiergelassen hatte. Es war mir selbstverständlich erschienen, dass meine Untermieterin nicht an meine privaten Sachen gehen würde, was sie offensichtlich auch nicht getan hatte. Auch in meiner Kommode befanden sich ein paar Gegenstände, die ich im Vertrauen hiergelassen hatte und nun einsammelte.

Luke lehnte im Türrahmen und ließ seinen Blick über das Zimmer schweifen. »Hier warst du also all die Jahre.«

»Hast du es dir so vorgestellt?«, fragte ich gedankenverloren, während ich versuchte, ein paar verknotete Ladekabel zu entwirren. Ich wusste nicht einmal, für welche Geräte die alle waren. Ob ich sie einfach hierlassen sollte, sodass Jenna den Elektroschrott entsorgen musste?

»Wieso denkst du, dass ich mir deine Wohnung vorgestellt habe?«, gab Luke provozierend zurück.

»Ach, komm schon, Luke. Natürlich hast du dir mein Leben in Chicago vorgestellt. Genauso wie ich mir immer wieder ausgemalt habe, wie es dir in West Village geht.« Dieser verdammte Kabelsalat ließ sich einfach nicht entwirren. Ich wurde immer gereizter und ließ mich resigniert auf den Boden plumpsen.

Luke schloss meine Zimmertür, weil wir aus der Küche das schreckliche Gesinge von Jenna hören konnten. Sie sang *immer*. Früher hatte mich das nie gestört, jetzt wünschte ich mir, dass ihr jedes Wort im Hals stecken blieb, aber ich maßregelte mich sofort, selbst bei diesen ganzen negativen Gedanken über Jenna. Ich sollte ihr gar nichts mehr wünschen. Das war pure Gehirnschmalzverschwendung. Ich sollte sie einfach aus meinem Gedächtnis streichen, sobald ich die Schwelle dieser Haustür übertreten hatte. Außerdem begab ich mich auf ihr Niveau herab, indem ich selbst boshafte Gedanken hegte.

Luke setzte sich neben mich auf den Boden und streckte die Hand aus. »Darf ich?«

Ich seufzte und übergab ihm den riesigen Kabelball. »Gerne. Viel Vergnügen.«

Luke war wesentlich geschickter im Entwirren. Nach wenigen Sekunden hatte er zumindest schon mal ein Kabel gelöst. Ich lehnte mich zurück an mein Bett und ließ meinen Blick durch den Raum schweifen. Das würde das letzte Mal sein, dass ich hier war. Ich konnte einfach nicht fassen, dass ich dieses Mal ausgerechnet mit Luke erlebte. Mit Luke hier in Chicago war, in der Stadt, die uns auseinandergebracht hatte. Die er so hasste. Ich wusste, dass er sie hasste. Um meinetwillen.

Für eine Weile herrschte Schweigen, während ich versuchte, mit diesem Kapitel in meinem Leben abzuschließen und Luke immer noch mit dem Entknoten beschäftigt war. Aber irgendwann fragte er: »Wie hast du dir denn mein Leben in West Village vorgestellt?« Es klang neutral und wertfrei. So als wäre jede Antwort in Ordnung für ihn. Also versuchte ich möglichst ehrlich zu sein.

»Ich habe gehofft, dass du glücklich bist.« Ich starrte auf meine Finger herab. »Das habe ich wirklich von ganzem Herzen gehofft. Ich habe gehofft, dass euer Hof gut läuft und dass es deiner Familie gut geht. Das habe ich mir vorgestellt. Dass dein Leben geregelt und in Ordnung ist und so, wie du es dir gewünscht hast.«

Luke löste den letzten Knoten. »Deine Vorstellung entsprach leider nicht der Wahrheit.«

»Ich weiß.« Langsam griff ich nach den Kabeln, die er mir hinhielt, meine Hand zitterte dabei leicht. »Es tut mir so leid, dass dein Vater gestorben ist, Luke. Ich wünschte, ich hätte mich bei dir gemeldet, als es passiert ist.«

Luke wich meinem Blick nicht aus, obwohl ich das erwartet hatte. So ehrlich, wie er jetzt gerade war, hatte ich ihn seit unserer Trennung nicht mehr erlebt. »Ja. Das wünschte ich mir auch.«

Der Schmerz in meinem Herzen saß tief. Und er

grub sich gerade noch viel tiefer. »Du hättest gerne mit mir gesprochen?«

Er zuckte mit den Schultern und verschränkte die Arme. »Ich schätze, ich hätte einfach gerne mit jemandem geredet, der alles versteht. Alles, was ich für ihn empfunden habe. Dass die Beziehung zu meinem Vater nicht immer einfach war, aber ich ihn trotzdem geliebt habe. Dass sein Tod deshalb umso schlimmer für mich war. Weil zusammen mit ihm so viel Unausgesprochenes gestorben ist, dass ich ihm nie sagen konnte.«

In meinen Augen sammelten sich Tränen, aber ich schluckte sie herunter. Das hier war nicht mein Moment, um schwach zu sein. Es war Lukes. »Luke, es tut mir so leid«, erwiderte ich vorsichtig und überlegte, ob ich zu ihm herüber robben sollte, doch entschied mich dann dagegen. »Ich ... ich hätte nicht gedacht, dass du gerne mit mir reden würdest. Sondern eher, dass ich die letzte Person gewesen wäre, die du hättest sehen wollen.«

»Warum hätte das so sein sollen?«, fragte Luke und in seinen Augen lag ehrliche Verwunderung.

»Weil ...« Ich senkte den Blick. »Ehrlich gesagt ... Irgendwie dachte ich, du würdest mich hassen.«

Luke schluckte hörbar. »Ich dich hassen?«

»Ja.« Ich malte mit meinem Fuß Kreise in den Teppich. »Ich dachte, du hättest mir nie verziehen, dass ich dich damals verlassen habe, um nach Chicago zu ziehen.«

»Doch, Chloe. Das habe ich.« Lukes Stimme war

ruhig, gefestigt. Ich war mir sicher, dass er jedes Wort vollkommen ernst meinte. »Natürlich habe ich das. Tief in meinem Inneren habe ich es doch auch verstanden. Es war dein Traum, in Chicago zu studieren. Wir waren achtzehn. Ich hätte es *mir* nie verziehen, wenn du meinetwegen in West Village geblieben wärst. Natürlich wollte ich das damals nicht zugeben und nicht wahrhaben. Mir war das erste Mal das Herz gebrochen worden.« Auf seinen Lippen zeichnete sich der schwache Anflug eines Lächelns, der sich aber sofort wieder verflüchtigte, als Luke weiterredete. Jetzt war seine Miene ernst. »Aber was ich dir tatsächlich nicht verziehen habe, ist, dass du nicht auf der Beerdigung meines Vaters warst.«

Der Knoten in meinem Magen zog sich unentrinnbar fest zusammen. Aber ich musste das jetzt aushalten. Ich hatte es verdient. Ich konnte Luke nicht ansehen. Es tat viel zu sehr weh.

»Weißt du, ich habe mich auf dieser verdammten Beerdigung in dieser Kapelle immer wieder nach dir umgesehen. Ich war mir so sicher, dass du durch die Tür kommen würdest. Dass du ein schickes schwarzes Kleid tragen würdest, die Haare hochgesteckt, so wie früher auch immer zu wichtigen Anlässen. Dass du diesen schmerzverzerrten Gesichtsausdruck hättest, den du gerade auch trägst. Dass du dich möglichst unauffällig in die letzte Reihe setzen würdest, versuchen würdest, dich nicht in den Vordergrund zu spielen. Aber, dass ich deinen Blick finden würde, wenn ich nach der Beerdigung hinter diesem verfickten Sarg laufen muss. Dass du mich ansehen würdest und damit zumindest für einen kurzen Moment wieder alles gut sein würde. Aber du warst nicht da.«

Jetzt konnte ich die Tränen kaum noch zurückhalten, aber ich schaffte es dennoch irgendwie.

»Ich kann dir nicht erklären, warum ich nicht da war«, presste ich hervor. »Ich verstehe es selbst nicht.« Das war die Wahrheit. Etwas, das ich nicht genau definieren konnte, hatte mich damals mit aller Kraft davon abgehalten, zu dieser Beerdigung zu gehen. Es waren diffuse, starke Gefühle gewesen, die sich nicht hatten kontrollieren lassen. Ich konnte sie einfach nicht beschreiben und schon gar nicht erklären.

»Das musst du auch nicht, du bist mir keine Erklärung schuldig.« Luke schüttelte grübelnd den Kopf. »Es ist unfair von mir, dir zwei Jahre später solche Vorwürfe zu machen. Du warst und bist mir nichts schuldig. Wahrscheinlich suche ich einfach nur einen Schuldigen für diese unbändige Wut, die ich mit mir rumtrage.«

»Wut?«, fragte ich vorsichtig.

Luke seufzte. »Zumindest hat es sich mal angefühlt wie Wut. Wut auf alles, was zwischen Dad und mir schiefgelaufen ist. Inzwischen fühle ich eigentlich gar nichts mehr. Das ist mein Problem. Ich fühle mich wie betäubt. Tag für Tag.«

»Wahrscheinlich lässt du seit dem Tod deines Vaters gar keine Gefühle mehr zu«, erwiderte ich fast tonlos.

Luke erhob sich plötzlich und ich wusste, dass der Moment vorbei war. Dass Luke jetzt emotional wieder eine Wand zwischen uns hochzog und sich wunderte, dass er mich überhaupt in seinen Kopf gelassen hatte. Und in sein Herz. Denn jetzt lehnte er sich ungeduldig an die Tür, um mir zu verstehen zu geben, dass er langsam wieder loswollte. »Kann sein. Keine Ahnung. Ich weiß auch nicht, warum ich überhaupt mit dir darüber rede. Im Auto habe ich dir noch gesagt, dass ich unsere Vergangenheit Vergangenheit sein lassen will.« Er lachte freudlos.

Ich stand ebenfalls auf und sah ihm fest in die Augen. »Aber du hast auch gesagt, dass wir jetzt Freunde sind«, erwiderte ich mutig. »Und Freunde reden miteinander über ihre Gefühle.«

Luke zog die Augenbrauen hoch und klopfte mit seinen Handknöcheln gegen die Tür. »Ja, und Freunde geben einander gut gemeinte Ratschläge. Deswegen erinnere ich dich jetzt daran, dass du diesem Miststück in der Küche noch deine Meinung geigen wolltest, und empfehle dir, das in den nächsten zehn Minuten zu tun. Deshalb sind wir schließlich hergefahren.«

Jetzt lachte ich ebenfalls schnaufend, obwohl mir nach unserem emotionalen Gespräch eigentlich gar nicht danach zumute war. »Wie findest du sie denn? Findest du sie heiß?«, neckte ich ihn. Immerhin hatte er sie in diesen Dessous gesehen.

»Leider kann ich keine Frauen als attraktiv betrachten, von denen ich weiß, wie hässlich sie innerlich sind.«

Ich warf grinsend meinen alten Stoffteddy nach ihm. Den hatte Jamie mir mal bei einer Kirmes geschossen – jap, den würde ich definitiv hierlassen. »Ach komm schon, Luke. Sei doch nicht immer so verdammt korrekt. Natürlich findest du sie heiß. Wie läuft denn eigentlich so dein Liebesleben? Reißt du viele …« Meine Wangen liefen dunkelrot an.

Olivia.

Luke war verlobt.

Wieso blendete ich diesen Fakt die ganze Zeit über so erfolgreich aus?

Vielleicht, weil du ihn auch bei dem Verlobten deiner Schwester erfolgreich ausblendest?

Ich wollte mir am liebsten eine Ohrfeige verpassen. Auf keinen Fall an das Chaos denken, das ich in West Village zurückgelassen hatte.

Bevor Luke irgendetwas erwidern konnte, rappelte ich mich auf und schritt hinüber zur Tür. »Du hast recht. Ich sollte sie fertigmachen. Jetzt.«

Kapitel Fünfzehn

Wann war es passiert, dass ich in meinem Leben buchstäblich nur noch von einem Chaos ins andere stolperte?

Als ich ohne anzuklopfen in Jennas Zimmer stürmte – ja, ich gebe es zu, ein weiterer Fehler, der bewies, dass mein Verstand nicht mehr richtig funktionierte –, lag sie gerade auf ihrer lila Samtcouch und machte hingebungsvoll mit Jamie rum. Er trug kein T-Shirt mehr und seine angespannten Bauchmuskeln – die im Vergleich zu Lukes übrigens absolut lachhaft waren – fielen mir unfreiwillig ins Auge. Jenna hatte ja sowieso seit unserer Ankunft hier nichts außer ihrem aufreizenden Lingerie-Set getragen und mein Exfreund war gerade dabei, ihr auch diesen letzten Fetzen Kleidung stürmisch vom Körper zu reißen.

Aber dann bemerkten sie mich, die, die wie festgefroren in Jennas Zimmertür stand.

Die beiden so zu sehen, in flagranti, war noch mal etwas ganz anderes, als nur von Jenna am Telefon von ihrem Verhältnis zu hören. Es fühlte sich an, als würde ich es jetzt gerade, in diesem Moment, erst erfahren. Als hätte ich sie auf frischer Tat ertappt, dabei konnte von einer *frischen Tat* jawohl wirklich keine Rede mehr sein. Es war eine faulige, abgestandene, längst bekannte Tat.

Und ich ärgerte mich so sehr, dass ich schon wieder die Dumme war. Die dumme Chloe, die wie angewurzelt im Türrahmen stand und kein Wort herausbekam, sondern nur starren konnte. Die sich aber auch nicht einfach umdrehen und weggehen konnte. Nichts ging mehr.

»Oh mein Gott, du schon wieder.« Jenna rollte mit den Augen und sich selbst halbherzig von Jamie hinab. »Wolltest du nicht nur deine Sachen holen und endlich von hier verschwinden? Was willst du schon wieder, bist du so besessen von uns, oder was?« Sie machte keine Anstalten, sich weiter von Jamie zu entfernen als nötig.

»Oder willst du etwa mitmachen?«, fragte Jamie frech und Jenna warf den Kopf in den Nacken und lachte.

Hinter mir erklang ein aufgebrachtes Räuspern. Meinen Körper überfuhr eine Gänsehaut. Ich hatte in meiner Schockstarre nicht mitbekommen, dass sich Luke hinter mir aufgebaut hatte, aber jetzt spürte ich seine Präsenz mit aller Deutlichkeit. Mein Rücken berührte fast seinen Oberkörper. Zwischen uns passte nur noch ein dünnes Blatt Papier, mehr nicht.

»Chloe ist noch hier, weil sie euch etwas sagen will«, knurrte Luke und berührte mich plötzlich sogar ganz sanft im Rücken. Die Berührung sandte Stromstöße durch meinen Körper. Am liebsten wäre ich herumgewirbelt und hätte ihn angeschaut, hätte mich in seinen blauen Augen verfangen und alles andere ausgeblendet. Aber ich musste jetzt das tun, was die Situation verlangte. Und das war definitiv nicht, Lukes hübsches Gesicht zu bewundern.

Wir waren hergefahren, damit ich meiner fiesen Exfreundin und meinem noch fieseren Exfreund – oder wer von beiden war fieser? An diesem Punkt konnte ich es wirklich nicht mehr mit Gewissheit sagen – die Meinung geigte. Dafür hatten wir die ganze Fahrt aus Chicago auf uns genommen. Luke hätte das wirklich nicht tun müssen. Ich wollte ihn nicht enttäuschen.

Also holte ich tief Luft, bereit, endlich für mich selbst einzustehen – aber Jamie unterbrach meine Kampfvorbereitungen mit einem erneuten schnaubenden Lachen, das diesmal an Luke gerichtet war.

»Oh Mann, das ist so typisch Chloe. Wieder mal muss jemand den Betreuer für dieses unfähige kleine Ding spielen.« Er legte lässig seinen Arm um Jenna, sein Blick wurde noch gehässiger. »Bumst sie denn wenigstens gut, sodass sich der Aufwand auch lohnt? Ich fand sie immer eher mittelmäßig.«

Ich konnte mich nicht erinnern, dass Luke Wilson mich jemals unsanft weggeschubst hatte. Aber jetzt war der Moment gekommen. Er drängte mich zur Seite, sodass er freie Bahn durch die Tür hatte, stürmte in den Raum, war mit drei Schritten bei Jenna sowie Jamie und packte meinen Exfreund mit einer Hand im Nacken. Mit zwei weiteren Handgriffen hatte er ihn zu Boden geschmissen und mit einem dritten verpasste er ihm einen harten Kinnhaken.

Jenna kreischte, ich kreischte und Jamie kreischte – dieser in der höchsten Tonlage von uns dreien, und dann versuchte er sich auf die Füße zu rappeln, was ihm nicht gelang, weil Luke ihn wieder zu Boden warf. Jamies Lippe war aufgeplatzt und aus seiner Nase strömte Blut. Luke hielt seine Schultern mit beiden Händen fest und drückte ihn zu Boden. »Nimm Chloes Namen noch einmal in den Mund und deine hässliche Visage wird nicht mehr wiederzuerkennen sein, verstanden?«

»Luke!«, schrie ich, machte einen Satz nach vorn und packte meinen Exfreund bei den Schultern – den guten Exfreund, nicht den bösen Exfreund. Ich zog ihn zu mir, wollte ihn davon abhalten, weitere Dummheiten zu begehen, die er später bereuen würde. Doch damit beging ich einen Fehler. Denn dadurch drehte ich Luke mit meiner Umklammerung zu mir, sodass er Jamie den Rücken zugewandt hatte.

Dieser rappelte sich endlich auf, stieß einen ekelhaften Brülllaut aus und holte mit der Faust aus. Er erwischte Luke an der Schläfe. Dessen Haut platzte auf und er blutete nun ebenfalls im Gesicht.

»Jamie!«, brüllte nun auch Jenna und hatte sich ebenfalls auf ihren Lover gestürzt. Die erste intelligente Aktion seit Langem von ihr. Notdürftig hielten wir die beiden fest, die kurz davor waren, erneut aufeinander einzuprügeln.

»Hört auf!«, rief ich panisch, versuchte Luke zu mir zu drehen, ihn dazu zu zwingen, runterzukommen. »Sieh mich an, Luke, sieh mich an. Sieh mich an, okay?« Er tat es, wenn auch sehr widerwillig. Pure Wut und Aggression standen ihm ins Gesicht geschrieben. Diesen Gesichtsausdruck hatte ich noch nie in meinem Leben bei ihm gesehen. »Er ist es nicht wert, okay? Er ist es nicht wert, dass du seinetwegen Probleme bekommst und dich verletzt. Er ist mir egal. Sie sind mir beide egal. Lass uns gehen. *Lass uns gehen.*«

Jenna redete ähnlich auf Jamie ein und ohne dass wir vier uns noch einmal auch nur annähernd in die Augen sahen, schleifte ich Luke aus dieser verdammten Wohnung. Ich wollte nie wieder in meinem Leben einen Fuß über diese Schwelle setzen.

»Verdammt, was sollte das?«, keuchte ich, als wir ein paar Minuten später in Lukes Ford saßen und er notdürftig einen Lappen an seine aufgeplatzte Schläfe drückte. »Sollen wir dich ins Krankenhaus bringen?«

»Doch nicht wegen so einer Kleinigkeit«, schnaufte Luke. »Der Wichser hat mich kaum erwischt.«

»Der Wichser hat dich *total* erwischt«, hielt ich dagegen und konnte nicht verhindern, dass meine Stimme panisch und besorgt klang. »Bist du verrückt geworden, Luke? Du warst noch nie aggressiv oder gewalttätig. In unserem ganzen Leben nicht.« Ich sagte nicht absichtlich *unser Leben.* Es rutschte mir einfach so raus. Es klang, als würden wir es immer noch teilen. Vielleicht taten wir das gerade auch.

»Mir sind die Sicherungen durchgebrannt, als dieser Mistkerl dich beleidigt hat«, gab Luke zu und warf einen skeptischen Blick auf das blutgetränkte Tuch. »Hast du noch Taschentücher?«

»Wir sollten dich ins Krankenhaus bringen«, stammelte ich hektisch. »Luke, lass mich bitte ...«

»Chloe, jetzt bleib ruhig.« Er legte mir eine Hand auf den Oberschenkel. Hätte ich mich nicht vor Schock gefühlt wie in Watte gepackt, hätte die Berührung vermutlich ein starkes Prickeln in mir ausgelöst. Ehrlich gesagt tat sie das sogar, trotz der Umstände. »Ich verletze mich andauernd auf der Farm. Vor ein paar Wochen hatte ich eine noch viel größere Platzwunde an der Stirn, weil ich gegen eine verdammte Leiter gelaufen bin. Ich muss nicht ins Krankenhaus, okay?«

Ich atmete tief durch. »So fährst du uns aber nicht vier Stunden nach Hause. Wenn, dann fahre ich ...«

Luke lachte bitter. »Wer sagt, dass wir jetzt nach Hause fahren? Ich weiß nicht, wie es dir geht, aber *ich* brauche jetzt einen Schnaps. Einen starken. Ich vermute, du kennst dich hier aus. Bring uns in eine Kneipe. Eine gute. Und zwar schnell.«

Ich wählte das *Hadrian's* aus, eine nicht allzu hippe Bar. Man konnte sie eher als rustikal und altmodisch bezeichnen mit den dunklen Holzbalken, die überall im Lokal vom Boden zur Decke verliefen. Zusammen mit den rot karierten Tischdecken und den Hirschgeweihen, die teilweise an der Wand hingen, dachte ich, dass das Ambiente Luke gefallen könnte. Doch er zog nur die Augenbrauen hoch, als wir uns an die Theke anlehnten und er sich umsah.

»Hast du extra für mich eine Bar mit dem Thema *Landei* ausgewählt?«, fragte er belustigt und bestellte für sich selbst einen Whisky, für mich eine Piña colada.

Er wusste noch, dass es mein Lieblingscocktail war. Natürlich.

»Gefällt's dir nicht?«, erwiderte ich und knabberte besorgt an meiner Unterlippe. Ich konnte meinen Blick einfach nicht von der Platzwunde an seiner Schläfe abwenden, die zum Glück aufgehört hatte zu bluten. Doch auch sein Auge schien etwas abbekommen zu haben, denn es schwoll langsam aber sicher zu.

»Doch, aber ich hatte gehofft, dass du mir etwas von *deiner* Welt zeigst.« Luke nahm seinen Whisky entgegen und schob mir meinen Cocktail rüber. »Nicht irgendwas, von dem du hoffst, dass es *mir* gefällt.«

»Oh, das *Hadrian's* ist Teil meiner Welt«, flötete ich. »Ich war früher oft hier, mit Jenna und …« Ich senkte den Blick. »Jamie.«

»Nimm den Namen dieses Idioten bitte nie wieder in den Mund«, ereiferte sich Luke.

»Nur wenn du mir versprichst, nie wieder einem Kerl meinetwegen eine reinzuhauen«, protestierte ich. »Du siehst echt schlimm aus.«

»Du solltest den anderen sehen«, scherzte Luke. Der Witz enthielt einen Kern Wahrheit. Jamie war mit sehr hoher Wahrscheinlichkeit noch viel übler zugerichtet. Wäre die Rauferei nicht durch Jenna und mich beendet worden, hätte er keine Chance gegen Luke gehabt. Er war ihm körperlich eindeutig unterlegen. Luke war einfach topfit wegen seiner schweren Arbeit auf der Farm, während Jamie immer nur an seinem Schreibtisch hockte.

»Ich meine es ernst, Luke.« Ich schüttelte den Kopf und nippte an meiner Piña colada. Sie war zu süß. »Ich habe dich noch nie so erlebt. Du hattest dich ja gar nicht unter Kontrolle.«

Luke senkte seinen Blick und spielte mit einem Bierdeckel. »Ich bin einfach allergisch gegen Respektlosigkeit. Vor allem gegenüber Frauen.«

Das wusste ich und es hatte mit Sicherheit auch damit zu tun, dass Lukes Vater nicht immer gut mit seiner

Mutter umgegangen war. »Das ändert aber nichts daran, dass Gewalt nie die Lösung ist. Außerdem sollte ich mich selbst gegen verbale Angriffe verteidigen.«

»Ich weiß und es gefällt mir auch nicht, dass du mich so gesehen hast, glaub mir«, seufzte Luke. »Aber das ist es, was ich meine. Wenn ich noch Emotionen verspüre, dann sind es negative, aber dann in absolut geballter Form. Sie überwältigen mich. Meistens Wut.«

»Die unbändige Wut wegen deines Vaters«, wiederholte ich seine Aussage unseres Gesprächs in meinem Zimmer.

»Es ist nicht nur seinetwegen, es ist ... Ach, verdammt.« Luke zerriss seinen Bierdeckel, leerte dann sein Glas fast in einem Zug und stand auf. »Egal, Chloe. Wir sind zum Trinken hier, nicht zum Jammern. Ich werde jetzt auf Toilette gehen und du bestellst uns ein paar Shots? Übrigens hat der Typ neben dir ein Auge auf dich geworfen«, raunte er mir zu und verschwand Richtung Toilette.

Ich drehte mich möglichst unauffällig zur Seite, aber das funktionierte nicht besonders gut, denn ich sah dem Typen neben mir damit mitten in die Augen. Und er nahm den Augenkontakt als Einladung, einen Platz an der Bar aufzurutschen, sodass er genau neben mir saß. »Hey.« Er grinste mich an. Er sah nicht schlecht aus. Schokobraunes Haar, warme Augen. Er war möglicherweise ein paar Jahre älter als ich und hatte einen ziemlich guten Klamottenstil. »Ist das dein Freund, der gerade verschwunden ist?«

»Nein.« Mir war es zu blöd, Anmachen in Bars und Clubs immer mit diesem *Ich-habe-einen-Freund*-Tenor aus dem Weg zu gehen. Frauen sollten keinen männlichen Schutzschild brauchen. »Nein, er ist nicht mein Freund.«

»Dann hab ich ja Glück.« Der Fremde lächelte und hielt mir seine Hand hin. »Ich bin George.«

»Chloe.« Ich schüttelte sie, allerdings nur kurz. Sein Händedruck war fest, trocken und angenehm.

Er hatte wirklich schöne Augen. Und weiche Gesichtszüge. Normalerweise sprachen mich Männer mit so schönen Augen nicht an. Wenn wir hier oder in anderen Bars waren, war es eigentlich immer Jenna gewesen, die angesprochen wurde. Ich meine, ich hatte ja Jamie gehabt, aber trotzdem. Es schmeichelte einem ja auch ein wenig und meinem Selbstbewusstsein hatte es immer einen ziemlichen Dämpfer verpasst, wenn Männer mich nur angesprochen hatten, weil sie *die Nummer meiner sexy Freundin* haben wollten. Nach der Trennung von Jamie hatte ich beim Ausgehen immer insgeheim die Hoffnung, mich mit einem anderen Mann über ihn hinwegtrösten zu können, doch ich wurde nie von gut aussehenden Kerlen angemacht.

Warum ausgerechnet jetzt, wo ich mit Luke hier war?

»Darf ich dir noch was zu trinken ausgeben?«, wollte George wissen und sah auf meine halb leere Piña colada herab. Ich hatte wirklich schnell getrunken. Noch zehn Minuten und mir würde der Alkohol ganz schön zu Kopf steigen.

»Oh, ähm …« Warum eigentlich nicht? Luke war hier, also konnte dieser George nicht allzu aufdringlich werden. Und so sparten wir ja immerhin auch Geld. »Okay. Einen Caipirinha, bitte.«

»Gute Wahl.« George lächelte und bestellte sich ebenfalls einen. Ich dachte an die Schnäpse, die ich für Luke und mich bestellen sollte, und sah mich nach ihm um. Tatsächlich entdeckte ich ihn bei der Tür zu den Toiletten. Er stand dort und telefonierte, sah nicht gerade glücklich aus.

Ob Olivia am Telefon war?

Mein Magen krampfte sich zusammen. Bei dem ganzen Chaos aktuell blendete ich total aus, dass die Männer, mit denen ich mich in letzter Zeit umgab – Mike und Luke – beide eine Verlobte hatten. Und meine verworrenen Gefühle entwickelten sich in keine guten Richtungen. Ich meine, wie konnte es auch eine gute Abzweigung nehmen, wenn man mit dem Verlobten seiner Schwester geschlafen hatte?!

Ich sah George wieder genau in die warmen Augen, als er mir meinen Caipi rüberschob. Vielleicht war ein anderer, ein dritter Mann, meine einzige Chance, zu Mike und Luke ein normales, freundschaftliches Verhältnis zu bewahren.

George fragte mich, was ich in Chicago machte,

erkundigte sich nach meinem Studium und erzählte mir, dass er auch in Chicago wohnte. Er hatte hier eine Baufirma. Luke telefonierte noch immer.

Ich nahm große Schlucke meines Cocktails und dachte, während George mir von seinem Leben in Chicago erzählte, dass auch ich bald hierher zurückkehren, mir auf irgendeine Art und Weise ein neues Leben aufbauen musste. Neuer Job, neue Wohnung, neue beste Freundin – neuer Freund.

George war witzig. Ich musste mehrmals so sehr lachen, dass mir mein Caipirinha fast aus der Nase rauskam.

»Ich möchte eine rauchen, willst du kurz mit rauskommen?«, fragte er, stand auf und klopfte seine dunkle Lederjacke nach Zigaretten ab.

Zögerlich sah ich zu Luke. Er telefonierte jetzt bereits eine Viertelstunde und kein Ende war in Sicht. Mein Bauchgefühl sagte mir, dass es wirklich Olivia war. Also warum sollte ich nicht kurz mit George rausgehen, anstatt alleine an der Theke sitzen zu bleiben?

»Klar.« Ich rutschte von meinem Barhocker, gab Luke ein Zeichen, dass ich in fünf Minuten wieder da wäre – er sah verwundert aus, aber konzentrierte sich weiterhin auf sein Gespräch – und folgte George nach draußen. Wir nahmen nicht den Hauptausgang, der auf die Straße führte, sondern eine andere Tür, durch die ich noch nie gegangen war. Sie brachte uns in einen Innenhof, anscheinend die *Raucher Lounge* der Bar.

Wir waren die Einzigen dort.

George lehnte an der Hauswand, rauchte und sah einfach umwerfend aus. »Gib mir deine Nummer und ich führe dich mal in das beste Restaurant dieser Stadt aus.«

»Ich kenne *einige* gute Spots in der Stadt, ich weiß nicht, ob du das wirklich toppen kannst«, erwiderte ich neckisch, holte aber mein Handy raus und ließ ihn seine Nummer eintippen.

»Am liebsten würde ich dich jetzt gleich mitnehmen und dir einen Tiramisu bei meinem geheimen Lieblingsitaliener servieren lassen«, seufzte George, als er mir mein Handy zurückgab. »Aber ich schätze, das würde deinem Nicht-Freund nicht gefallen.«

»Ja, es wäre unhöflich, einfach zu verschwinden«, stimmte ich ihm zu. Ich fragte mich, ob ich mit ihm diese Bar verlassen hätte, wäre ich nicht mit Luke hier. Mit einem Wildfremden? Aber einem verdammt heißen Wildfremden.

»Na ja, aber es wäre nicht unhöflich, das hier zu tun, oder?«, fragte George und während er mit der einen Hand seine glimmende Zigarette hielt, legte er mir die andere an die Wange, zog mich sanft an sich heran und drückte seine Lippen langsam auf meine. So langsam, dass ich hätte ausweichen können, aber ich tat es nicht. In diesem Moment war ich mir sicher, dass ich George auf der Stelle geheiratet hätte, wenn sich dadurch meine Probleme mit Mike lösen ließen.

George schmeckte nach Zigarettenrauch und Caipirinha. Ziemlich gut. Er schnipste seine Zigarette auf den Boden, um meinen Kopf auch noch mit der anderen Hand zu umfassen, und zog mich noch näher an sich. Ich legte meine Hände auf seiner Brust ab, fühlte über das kalte Leder seiner Jacke, schob es zur Seite, sodass meine Hände auf seinem T-Shirt zum Liegen kamen. Darunter ertastete ich definierte Bauchmuskeln. Bestimmt nicht so definiert wie Lukes, aber schon ziemlich fest.

»Und es wäre auch nicht unhöflich, das hier zu tun, oder?«, raunte George in mein Ohr, wodurch mir ein heißer Schauer den Rücken hinunterlief, und drückte mich gegen die raue Wand der Bar. Er küsste mich forschend meinen Hals hinab bis zu meinem Schlüsselbein und fuhr mit seinen Händen unter mein Top. Gerade, als sie sich unter meinen schlichten weißen BH schieben wollten – kein Vergleich zu Jennas aufreizender Spitzenunterwäsche –, zuckten wir beide heftig zusammen, weil sich jemand lautstark räusperte.

»Doch, das wäre sehr wohl unhöflich.«

Es war Luke.

Ich schob George reflexartig von mir, um nicht mehr zwischen ihm und der Wand eingeklemmt zu sein, und hatte dadurch freien Blick auf meinen Exfreund, der in der Tür stand, aus der George und ich auch erst vor ein paar Minuten getreten waren.

Luke starrte uns mit einer Mischung aus Unglaube

und Missachtung an. Und er machte keine Anstalten, wieder zu gehen.

»Hey, Alter.« George hob abwehrend die Hände. »Schlechtes Timing, Mann.«

Ich mochte seine Art zu reden nicht. Wieso fiel mir das erst jetzt auf? Seine Stimme klang lallend, derb, als hätte er schon zu viel getrunken. Vielleicht war es in der Bar einfach zu laut gewesen. Vielleicht hatte ich es deswegen nicht wahrgenommen.

»Ja. Wirklich schlechtes Timing«, erwiderte Luke und sah mich an. Ich hatte das Gefühl, dass der Satz ziemlich speziell mir galt. »Los, Chloe. Wir gehen.«

»Du hast ihr gar nichts zu sagen, Mann«, grölte George und versuchte, mir einen Arm um die Schulter zu legen. Ich wich allerdings aus und machte einen Schritt auf Luke zu. »Ich dachte, du wärst nich' ihr Freund. Sie hat mir gesagt, du wärst nich' ihr Freund.«

»Aber ich bin ihr *ein* Freund«, erwiderte Luke und streckte die Hand nach mir aus. Ich ergriff sie. Meine Wangen waren hochrot. Die ganze Situation war mir maximal unangenehm.

Luke bezahlte unsere Cocktails und ein paar Minuten später traten wir aus dem anderen Ausgang auf die Hauptstraße. Inzwischen war es draußen richtig kühl. Und es war spät. Fast Mitternacht. Lukes Auto hatten wir etwas abseits in einer Nebenstraße geparkt und wir schwiegen fast den ganzen Weg dorthin. Ich war angetrunken, suchte in meinem nebligen Hirn nach den richtigen Worten, aber fand sie nicht. Kurz vorm Auto platzte es aus Luke heraus.

»Verdammt, Chloe, was soll denn das?«

»Was denn?«, fragte ich überflüssigerweise.

»Ich lasse dich zehn Minuten allein und du verschwindest mit einem schmierigen Typen in einen Hinterhof? Der dich befummelt und begrapscht? Wer weiß, was passiert wäre, wenn ich nicht …«

»Wer sagt, dass ich es nicht genossen habe?«, fragte ich spitz. Ich war es leid, dass alle immer so taten, als wären Frauen die wehrlosen Opfer der Gier der Männer. »Wer sagt, dass ich ihn nicht auch befummelt und begrapscht habe? Wer sagt, dass ich ihn nicht liebend gern in diesem Hinterhof gebumst hätte und du mir einen Strich durch die Rechnung gemacht hast?«

»Komm schon, Chloe, ich kenne dich«, knurrte Luke durch zusammengebissene Zähne. »Ich kenne dich. So eine bist du nicht. Du willst es allen recht machen und deshalb kannst du nicht Nein sagen …«

Ich war kurz vorm Explodieren. »So eine bin ich nicht? Was ist das denn für eine sexistische Scheiße, Luke? Niemand ist *so eine.* Frauen können in Hinterhöfen mit Typen rummachen, so viel sie wollen, und kein Kerl hat das Recht, sie deshalb als *so eine* zu bezeichnen, klar? Außerdem kennst du mich überhaupt nicht mehr. Du hast keine Ahnung, wozu ich imstande bin.« *Ich war mit Mike im Bett.* Ich war kurz davor, es ihm entgegenzuschleudern. Ich wollte es in die Welt herausbrüllen.

Wollte, dass es jeder wusste und ich meine gerechte Strafe erhielt.

»Du willst mir also erzählen, dass du mit diesem Typen in diesem Innenhof Sex gehabt hättest, wenn ich euch nicht unterbrochen hätte?«, fuhr Luke mich an und seine Stimme triefte vor Unglaube und Fassungslosigkeit.

»Weißt du was, vielleicht hätte ich das, ja!«, schrie ich zurück, obwohl ich meine Aussage stark bezweifelte. »Was würde es dich angehen?!«

»Vielleicht, dass du mit mir zusammen in dieser Bar warst?«, knurrte Luke mich an und klang wütend. Wirklich richtig wütend. »Und man nicht einfach verschwindet, ohne seiner Begleitung Bescheid zu sagen? Vor allem nicht, um mit irgendeinem ekligen Typen zu vögeln! So was lasse ich dich nun mal nicht machen, wenn du mit mir zusammen irgendwo bist, sorry! Vielleicht bin ich dafür ja einfach ein zu guter Freund!«

»So ein guter Freund? Du hast mir doch auch nicht Bescheid gesagt, bevor du dich eine halbe Stunde zurückgezogen hast, um zu telefonieren!«, keifte ich zurück und war den Tränen nah. Keine Ahnung, ob es wirklich eine halbe Stunde gewesen war, aber es kam mir wie eine Ewigkeit vor. »Du hättest Olivia doch auch sagen können, dass es gerade nicht passt! Dass du beschäftigt bist! Du hast mich doch auch alleine da sitzen lassen!«

»*Olivia*?!«, fauchte Luke.

»Ja, deine verdammte Verlobte!«, zischte ich und wandte mein Gesicht ab. Inzwischen waren wir an seinem

Wagen angekommen. »Sie war es doch am Telefon, stimmt's?« Es war klar, dass ich mich unfair verhielt. Luke hatte natürlich jedes Recht, mit seiner Verlobten zu sprechen. Aber mich durchfuhr bei dem Gedanken ein tiefer Stich. Ich wusste nicht genau warum. Oder vielleicht wusste ich es doch, aber wollte es mir nicht eingestehen.

»O ja.« Luke schnaufte. »Ja, genau. Ich habe mit meiner Verlobten telefoniert.«

»Und?«, fragte ich scharf. »Hast du ihr schöne Grüße ausgerichtet?«

»Klar.« Er umkrallte seinen Schlüsselbund. »Und ich habe ihr gesagt, wie sehr ich sie liebe. Und wie sehr ich sie vermisse und mich freue, sie wiederzusehen.«

»Das glaube ich«, gab ich zurück. »Weißt du was, Luke? Vielleicht solltest du dann keine Städtetrips mit deinen Exfreundinnen machen, wenn du deine Verlobte so sehr liebst.«

»Genau.« Luke klang sarkastisch. »Und vielleicht solltest *du deine* Städtetrips alleine machen, wenn du wildfremde Männer in Hinterhöfen ficken willst.«

»Genau.«

»Genau.«

Wir stierten uns an wie ein altes Ehepaar. Stur. Wütend. Verletzt. Letztendlich war es Luke, der sich aus dieser Kampfhaltung löste.

»Steig ein, wir fahren nach Hause.«

»Spinnst du, Luke? Du hast dir heute eine üble Kopfverletzung zugezogen. Du fährst heute nirgendwo mehr hin. Vor allem nicht vier Stunden«, motzte ich ihn fassungslos an.

»Super, dann fahr du.«

»Falls du es noch nicht bemerkt hast, ich bin betrunken«, fauchte ich. »Ich hatte zwei Cocktails. Und Schnaps.«

»Ach ja, der feine Herr hat dir ja einen ausgegeben«, schnauzte Luke aggressiv. »Na, dann schlafen wir heute Nacht wohl im Auto.«

Ich lachte verbittert auf. »Du hast sie wohl nicht mehr alle. Wir werden wohl irgendein Scheißhotel finden.«

»Klar.« Luke sperrte den Wagen auf und klappte bereits die Sitze um. »Wenn du es dir leisten kannst, mach das gerne. Oder klingle doch mal bei deinen Freunden Jenna und Jamie. Vielleicht lassen die dich bei sich übernachten.«

Ich war kurz davor, mich einfach umzudrehen und zu gehen, konnte aber zum Glück noch logisch denken. Mein Konto war überzogen. Eine Nacht in irgendeinem Hotel in Chicago war das Letzte, das ich gerade gebrauchen konnte. Und Luke faltete bereits eine Wolldecke auseinander, die er anscheinend im Kofferraum liegen gehabt hatte. »Komm schon, Chloe«, seufzte er. »Ich hab sogar ein Kissen für dich.« Er hielt mir ein kleines orangenes Kissen hin, das offensichtlich schon mal bessere

Tage gesehen hatte. Trotzdem nahm ich es zögerlich entgegen.

»Und was ist mit dir? Du brauchst auch ein Kissen.«

»Ich lege mich auf meinen Pullover.« Luke nahm einen Hoodie aus dem Kofferraum und knüllte ihn zusammen. »Komm. Rein mit dir.«

Ich kletterte auf die Rückbank oder besser gesagt unser *Bett*. Gut, dass Lukes Ford so riesig war. Mit den umgeklappten Rücksitzen konnten wir beide mehr oder weniger bequem liegen. Okay, Luke musste seine Füße einziehen, aber trotzdem.

»Ist es denn sicher hier am Straßenrand?«, fragte ich zögerlich in die Auto-Stille hinein, als Luke und ich nebeneinander lagen, unter der gleichen Wolldecke. Ich war froh, dass ich Leggins trug, die einigermaßen gemütlich waren. Und wünschte mir, ich hätte eine Zahnbürste mitgenommen.

»Das solltest du doch besser wissen, ob es hier sicher ist, Miss Chicago«, flüsterte Luke zurück, immer noch wütend. Er hatte ja recht.

Wir lagen Rücken an Rücken, beide dem Autofenster zugewandt und starrten in die Dunkelheit. Vielleicht hatte Luke auch die Augen geschlossen, aber ich kannte Luke Wilson. Ich wusste, dass er gerade genauso wie ich nachdenklich in die Sterne blickte.

»Das hier ist nicht gerade die beste Gegend«, seufzte ich und zog mir die Decke bis unter das Kinn.

»Ich glaube, ich habe heute bewiesen, dass ich dich

beschützen kann«, raunte Luke zurück. Ob er seine Prügelei mit Jamie meinte oder mein Stelldichein mit George, erwähnte er nicht. Sein bissiger Tonfall signalisierte aber, dass auch beides zusammen gemeint sein könnte.

»Ich habe dich nicht darum gebeten«, gab ich zurück. Ich konnte es mir einfach nicht verkneifen. Ich hatte genug Probleme am Hals. Ich würde Luke nicht um Verzeihung bitten für Dinge, auf die er gar nicht wütend zu sein hatte.

»Richtig. Bitte mich am besten nie wieder um etwas«, knurrte Luke. »Diese dumme Hochzeit für deine Schwester ist der letzte Gefallen, den ich dir tue.«

»Macht mir nichts aus.« Mir war klar, dass das, was ich als Nächstes sagen würde, Luke und mir wehtat. Aber ich konnte nicht anders. »Wir werden danach sowieso nichts mehr miteinander zu tun haben. Ich gehe wieder nach Chicago. Ich wüsste nicht, wieso ich dann Kontakt zu dir halten sollte.«

»Genau.« Lukes Stimme wurde immer leiser. »Wieso solltest du danach noch Kontakt zu mir halten.«

Tränen brannten in meinen Augen, als ich weiterhin angestrengt versuchte, durch das schmutzige Autoglas die Sterne am Nachthimmel zu beobachteten und mich einfach nur noch in die schläfrige Dunkelheit hinabbegeben wollte. Ich tat mein Bestes, mich so wenig wie möglich zu bewegen, um Luke auf der kleinen Rückbank auf keinen Fall zu berühren. Die Cocktails halfen mir dabei, stillzuhalten und auf den Schlaf zu warten. Der Alkohol vernebelte mein Gehirn und irgendwann schlief ich tatsächlich ein.

Doch ich wurde geweckt.

Keine Ahnung, wie lange ich weggetreten gewesen war, aber erstickte Atemgeräusche weckten mich auf. Im ersten Moment musste ich mich in der fremden Umgebung orientieren. Dann realisierte ich, dass ich in Lukes Auto lag, zusammen mit ihm. Und er ergo derjenige sein musste, der diese Geräusche von sich gab.

Es klang fast so ... als würde er weinen.

Luke Wilson weinte.

Das hatte er noch nie in meiner Anwesenheit getan. Es kam mir so vor, als hätte er noch nie in seinem *Leben* geweint. Doch die leisen Laute, das Schnaufen, das Zittern, das unterdrückte Schluchzen.

Mein Herz drohte in Einzelteile zu zerbrechen. Wenn es einen Menschen auf dieser Welt gab, den ich nicht weinen sehen wollte, war das Luke. Er war immer so stark. Ein Fels in der Brandung. Jemand, der alles unter Kontrolle hatte, wenn die Dinge aus dem Ruder liefen. Irgendwie hatte mir dieses Wissen immer geholfen. Egal, was passierte – Luke war da und er regelte die Dinge.

Aber jetzt schien er ein anderer Mensch zu sein. Ein gebrochener. Warum auch immer er in dieser Nacht in Chicago in seinem Auto weinte, während ich mich neben ihm befand, es war nicht wegen unseres Streits. Das wäre lächerlich gewesen. Nein, Luke hatte Dämonen und ich wusste, wie sich das anfühlte. Meine mochten vielleicht nicht die finstersten sein und vielleicht machte ich mir eine Menge meiner Probleme selbst – aber das änderte nichts daran, dass ich dieses Gefühl, innerlich zu zerbrechen, genau kannte. Und so sollte sich niemand fühlen müssen. Vor allem nicht Luke.

Ganz vorsichtig, zögerlich drehte ich mich um und robbte ein paar Zentimeter auf Luke zu. Sofort verstummten seine Geräusche, als er bemerkte, dass ich wach war. Aber mir konnte er nichts vormachen. Ich hörte den schweren, zitternden Atem.

Da nicht gerade viel Platz zwischen uns gewesen war, erreichte ich ihn schnell. Er lag stocksteif da, mit dem Rücken zu mir, und schien nicht zu wissen, wie er mit der Situation umgehen sollte. Aber das musste er auch nicht. Ich würde es für ihn übernehmen. Indem ich meinen Arm ausstreckte und ihn um Luke legte. Ich zögerte nicht. Ich hörte einfach auf meine Intuition.

Ich zog ihn eng an mich heran, bis Luke und ich uns ganz nah waren. Mit einem Mal versetzte es mich wieder sechs Jahre zurück, so als wäre keine Zeit vergangen. Unsere Körper aneinandergeschmiegt ... es fühlte sich einfach richtig an. Es fühlte sich an wie ... nach Hause kommen.

Luke ließ es geschehen, dass ich mein Gesicht an seinen Nacken schmiegte und mein Arm auf seinem Bauch ruhte. Erst hatte ich den Eindruck, dass er sich nicht rühren würde und einfach so verharren, sich schlafend stellen. Doch dann drehte er sich um und jetzt war ich es, die regungslos dalag. Ich spielte noch mit dem Gedanken, mich auch wieder umzudrehen, andernfalls würden wir Gesicht an Gesicht liegen – aber da zog Luke mich bereits an seine Brust und umschlang mich mit beiden Armen. Und wir lagen einfach nur da. Mein Ohr auf seiner Brust. Ich hörte seinem pochenden Herzschlag zu, der sich langsam beruhigte. Luke atmete jetzt ruhiger, nicht mehr so flach, nicht mehr so schnaufend. Seine Hand in meinem Haar, die kleine Kreise zog. Gern hätte ich Luke über sein tränennasses Gesicht gestrichen, doch keiner von uns wollte sich jetzt mehr rühren, riskieren, dass uns etwas auseinandertrieb.

»Luke«, flüsterte ich. »Was ist los?«

Er antwortete eine ganze Weile nicht und ich war mir sicher, dass er bereits eingeschlafen war. Doch dann sagte er doch etwas. »Kennst du das, wenn du mit aller Kraft versuchst, nicht an etwas zu denken?«

Natürlich kannte ich das. Das versuchte ich jetzt schon seit einer ganzen Woche. Seit meinem Techtelmechtel mit Mike im Keller. Seit ich diese Sache getan hatte, die mein Leben zerstören würde, versuchte ich sie zu verdrängen. Doch ich musste mich gegenüber Luke nicht erklären. Er spürte, dass ich seine Frage bejahte, und redete weiter.

»Es ist wie ein schlafendes Monster in meinem Kopf. Und es erwacht zu den unpassendsten Zeiten. Meistens, wenn ich selbst schlafen will. Dann muss ich diese Erinnerungen in meinem Kopf bekämpfen, aber ich habe noch nie gegen dieses Monster gewonnen.«

Mein Herz klopfte heftig. Ich wusste nicht, dass Luke in der Lage war, seine Gefühle so gut zu beschreiben. Normalerweise tat er gerne so, als hätte er gar keine, oder zumindest keine negativen. Das war schon früher während unserer Beziehung so gewesen. Ich hatte mein Herz auf der Zunge getragen, aber Luke war sehr schweigsam mit den Dingen umgegangen, die ihn belasteten. Und auch jetzt musste es einen ungewöhnlichen Grund dafür geben, dass er sich mir einfach so anvertraute. War es der Whisky? Oder vielleicht sogar seine Kopfverletzung? Lag es einfach daran, dass wir so vertraut und innig in seinem Auto lagen, das uns wie einen schützenden Kokon umgab, während die reale Welt vor den Fenstern des Wagens gar nicht mehr zu existieren schien?

Oder waren die Dämonen in seinem Kopf so zerstörerisch, dass er es einfach nicht mehr aushielt, nicht darüber zu reden?

»Was für Erinnerungen, Luke?«, fragte ich vorsichtig.

»An meinen Vater.« Diesmal zögerte er nicht. Er schien sich dazu entschieden zu haben, zu reden, und nun tat er es. »Immer wieder muss ich an unser letztes Gespräch denken. Unser letztes Gespräch, bevor er …« Lukes Atmung beschleunigte sich wieder und ich fuhr beruhigend mit meiner Hand seinen Arm auf und ab.

»Worum ging es in diesem Gespräch?« Ich redete so sanft und einfühlsam wie möglich.

»Er ... er hat mir vorgeworfen, nicht genug für den Hof zu tun. Nicht hart genug zu arbeiten. Das hat mich fast zur Weißglut getrieben.«

Das konnte ich mir vorstellen und ich spürte bei diesen Worten ebenfalls einen Schwall Wut in mir aufsteigen. Luke arbeitete härter als jede andere Person, die ich kannte. Er opferte sich für die Farm auf. Allein der Fakt, dass er nie auch nur eine andere Zukunft für sich selbst in Erwägung gezogen hatte, sprach Bände.

»Das ist so unfair«, flüsterte ich.

»Das fand ich auch. Ich war so wütend, dass mir schwindelig wurde. Dann habe ich ihm Sachen vorgeworfen, die ich nicht gemeint habe. In dem Moment der Wut ist dir das egal. Du hast das Gefühl, du könntest alles sagen, die schlimmsten Dinge, und nichts wäre drastisch genug, um deine Gefühle auszudrücken. Ich wurde so gemein, Chloe, ich wurde richtig fies.«

»Ich kann es verstehen.«

»Nein, kannst du nicht.« Luke sagte das nicht böse. Aber er sagte es bestimmt, und ich wusste, dass er recht hatte.

Ich konnte es nicht verstehen. Ich hatte immer ein unglaublich gutes Verhältnis zu meinen Eltern gehabt, sie hatten mir nie Unrecht getan. Wenn überhaupt, dann war ich diejenige, die sich ihnen gegenüber falsch verhalten hatte. Aber bei Luke war es anders. Ich wusste, wie sein Vater gewesen war, ich hatte ihn ja während unserer Beziehung oft genug erlebt. Kalt und unnahbar, auch wenn unter seiner harten Schale irgendwo ein guter Kern geschlummert hatte. Man sah es an seinem Blick, wenn er mit Luke und Debbie gesprochen hatte. Seine Worte waren streng gewesen, wenn nicht sogar eisern, doch in seinen Augen erkannte man, wie sehr er die beiden geliebt hatte.

»In diesem Moment ist es einem egal«, fuhr Luke fort. »Es ist einem egal, wie verletzend die Dinge sind, die man sagt. Aber schon eine Stunde später, wenn man im Bett liegt und im Dunkeln an die Decke starrt, ist es das nicht mehr. Schon dann kommt das schlechte Gewissen, die Reue. Und ab diesem Zeitpunkt wird sie zunehmend schlimmer, man weiß, dass man niemals vergessen wird, was man gesagt hat, dass man sich immer dafür schämen wird. Dass man irgendwie versuchen wird, es wiedergutzumachen. Und weißt du, was dann passiert ist?«

Ein kaltes Gefühl kroch über meine Arme.

»Dann ist er gestorben«, beantwortete Luke seine Frage selbst. »Noch in derselben Nacht hatte er einen Herzinfarkt. Und ich habe niemals die Chance bekommen, es wiedergutzumachen. Es auch nur zu versuchen. Meine Worte zurückzunehmen. Sie waren das Letzte, das mein Vater von mir gehört hat.«

Das zu erfahren schmerzte so sehr, dass ich am liebsten selbst geweint hätte. Doch es stand mir nicht zu. Das hier war Lukes Geschichte und er war derjenige, der weinen durfte, während ich die sein wollte, die ihn tröstete. Die für ihn da war.

Genau vor dem, was Luke erzählte, hatte ich als Kind immer Angst gehabt. Ein Streit, keine Verabschiedung und dann geschah etwas Schlimmes und man bekam keine Gelegenheit mehr, sich wieder zu vertragen. Bei Luke war es so geschehen. Und ich hatte keine Ahnung davon gehabt. Hätte er es mir erzählt, wäre ich zur Beerdigung seines Vaters gekommen? Vermutlich nicht. Aber er hätte gewusst, dass es mir nicht egal war, was seinem Vater zugestoßen war.

»Luke, du bist nicht schuld am Tod deines Vaters.« Ich wusste, dass er sich das einredete. Dazu musste er diesen Gedanken nicht laut aussprechen. Ein schlimmer Streit und dann ein Herzinfarkt. Eine selbstzerstörerische Verknüpfung herzustellen war so leicht. »Und dein Dad wusste, dass du ihn geliebt hast. Glaub mir, das wusste er. Zu jeder Zeit.«

»Ich habe es ihm nie gesagt«, flüsterte Luke mit erstickter Stimme. »Und er mir auch nicht.«

»Aber er hat dich auch geliebt.« Ich nahm Lukes Hand und drückte sie. Jetzt standen auch mir die Tränen in den Augen, ich konnte nichts dagegen tun. »Glaub mir, das hat er. Ich habe es an seinem Blick gesehen, jedes Mal, wenn er mit dir geredet hat.«

Luke legte eine Hand um mein Gesicht und drückte meinen Kopf sanft näher an sich. Ich spürte die heißen Tränen auf seinen Wangen. Sie benetzten auch meine

Haut. In meinem ganzen Körper breitete sich bei dieser intimen Geste ein überwältigendes Gefühl aus. Ich konnte es nicht definieren. Es fühlte sich an wie eine warme Welle der Geborgenheit. Eine warme Welle, die sich in etwas Heißes verwandelte, als Lukes Finger erst über meine Wange, dann über meinen Hals und über mein Schlüsselbein strichen.

»Niemand kennt meine Geschichte so gut wie du, Chloe.« Lukes Lippen waren so nah an meinem Ohr, als er das flüsterte, dass sich auf meinem ganzen Körper eine Gänsehaut ausbreitete. Er sagte es nicht schmeichelnd, so als wollte er mir ein Kompliment machen, sondern eher resignierend, als wäre es eine unumstößliche Wahrheit, die sich nicht ändern ließ.

Und ich hätte am liebsten geantwortet: Niemand kennt mich so wie du, Luke. Doch ich tat es nicht.

Mein Bedürfnis, nicht mit meiner Stimme, sondern mit Berührungen auf seine Worte zu antworten, war stärker. Ich fuhr mit meiner Hand Lukes Brust hinab, über sein T-Shirt, und schließlich darunter. Über seine weiche Haut und seine harten Bauchmuskeln. Ich konnte nicht anders, ich musste ihm jetzt nah sein, ihn spüren. Luke schien es genauso zu gehen. Die emotionale Nähe, die gerade noch zwischen uns geherrscht hatte, verwandelte sich in eine körperliche. Die Stimmung schlug um, von tragisch in sinnlich.

Ich glaube, wir verstanden beide nicht ganz, was wir da taten. Wir wussten anscheinend nicht mehr, was richtig und was falsch war, nur, was sich richtig anfühlte. Das hier. Das hier fühlte sich definitiv richtig an.

Im Auto breitete sich eine fast unerträgliche Hitze aus, als Luke mir meine Klamotten vom Körper gestreift hatte und ich ihm seine. Es war genau wie damals: Luke wusste, was er tun musste, und ich, wie ich es genoss. Er nahm sich Zeit. Seine Hände und seine Zunge fuhren über meinen gesamten Körper, ließen keinen Winkel aus. Ich hatte währenddessen ebenfalls das starke Bedürfnis, Luke zu berühren; mit meinen Händen, meinem Mund, mit jedem Zentimeter meines Körpers, doch Luke umfasste mit seinen Fingern mühelos meine beiden Handgelenke und hielt sie über meinem Kopf fest, so wie ich es schon damals geliebt hatte. Es steigerte meine Erregung ins Unermessliche und ich warf ungeduldig meinen Kopf hin und her, denn alles passierte mit einer fast schon schwindelerregenden Langsamkeit, der ich einfach ausgeliefert war, doch genau das war es, was Luke mir geben wollte. Ein Gefühl von unendlicher Lust, so als wüssten wir, dass wir nicht gestört werden würden. Dass wir diesen Moment für uns hatten, während die Welt um uns herum einfach aufgehört hatte sich zu drehen. Kein einziges Mal, während Luke mich küsste, mit seinen Händen meinen Körper entlangfuhr und immer wieder in mein Ohr flüsterte, wie sehr er mich vermisst hatte, kam bei mir der Gedanke auf, dass wir gerade irgendetwas Falsches oder Verwerfliches taten. Ich konnte gar nicht sagen, was ich dachte, ich wusste nur, was ich fühlte: Es war pures Glück, eine Befreiung von all den Lasten, die mein Herz so eng umklammert gehalten und mir die Luft zum Atmen geraubt hatten. Jetzt raubte Luke mir die Luft zum Atmen und ich vergaß alles um mich herum, löste mich förmlich auf in diesem Kokon, der aus seinem Ford bestand und aus unseren verschlungenen Körpern, und sonst nichts auf dieser Welt.

Kapitel Sechzehn

Am nächsten Morgen wachten wir in den frühen Morgenstunden auf, weil es im Auto sehr warm wurde, und fuhren direkt los. Während der vier Stunden redeten wir kaum miteinander. Mein Kopf schien jeglichen einigermaßen sinnvollen Gedanken zu verweigern. Er wollte sich nicht damit auseinandersetzen, was ich getan hatte. Was wir getan hatten.

Ich wusste nicht, wie es Luke ging. Wie sehr er es bereute. Er ließ es sich nicht anmerken. Vielleicht konnte er sich ja an gar nichts erinnern. Vielleicht war seine Kopfverletzung doch heftiger gewesen als gedacht, vor allem in Verbindung mit dem Alkohol, und er hatte Gedächtnislücken.

Doch tief in meinem Inneren wusste ich, dass das Quatsch war. Luke konnte sich genauso gut erinnern wie ich. An jede einzelne Berührung der letzten Nacht, jeden Kuss, der sich angefühlt hatte wie vor sechs Jahren und gleichzeitig viel besser, viel sinnlicher, viel heißer. Ich hatte mit meinem Ex-Freund geschlafen. Dem Mann, dem ich mit achtzehn das Herz gebrochen hatte. Dem Mann, der inzwischen eine Verlobte hatte.

Wäre die Situation nicht so ernst und real, hätte ich am liebsten laut gelacht. Was stimmte nicht mit mir? Ganz im Ernst, wann war ich in meinem Leben so dermaßen auf die falsche Bahn geraten? Hätte man mir vor zwei Wochen erzählt, dass ich innerhalb weniger Tage mit dem Verlobten meiner Schwester und Luke Wilson schlafen würde, der ebenfalls eine Verlobte hatte …

Doch es gab einen großen Unterschied zwischen diesen beiden abstrusen Situationen. Den Sex mit Mike bereute ich zutiefst und ich wünschte, ich könnte ihn rückgängig machen. Mehr als alles andere auf der Welt. Doch den mit Luke bereute ich nicht. Es hatte sich so unglaublich gut und richtig angefühlt, noch richtiger als damals. Es hatte sich angefühlt wie etwas, das wir beide gebraucht hatten, wie ein Rettungsring. Es war kein schmutziger, kurzer Sex gewesen wie mit Mike im Keller. Es war weit über das Körperliche hinausgegangen. Wenn ich es unglaublich kitschig ausdrücken wollen würde, dann so: Letzte Nacht waren unsere Seelen nach so langer Zeit wieder miteinander verschmolzen. Und es tat mir unglaublich weh, dass wir jetzt nebeneinander im Auto saßen und so taten, als wäre nichts passiert. Die Erkenntnis, dass ich ein weiteres schmutziges Geheimnis darstellte, diesmal in Lukes und Olivias Beziehung, drehte mir den Magen um. Er war nicht mehr der achtzehnjährige Mann, der mir gehörte, auch wenn es sich letzte Nacht so angefühlt hatte. Er war vierundzwanzig und verlobt. Und ich hatte genug eigene Probleme. Es war also nur richtig, dass wir beide die Nacht aus unserem Verstand verdrängten. Luke war angetrunken gewesen und hatte eine Kopfverletzung gehabt. Punkt. Ende.

Als er mich zu Hause ablieferte, stand Abbys Mini in der Garage. Natürlich, es war Samstag. Wochenende. Sie war zu Hause.

Luke und ich verabschiedeten uns kurz und schmerzlos, beide verlegen.

»Wir sehen uns.« Er sah mir nicht einmal in die Augen.

»Wir sehen uns.« Ich knallte die Tür zu.

Während unseres Kurztrips nach Chicago war es mir vorgekommen, als befänden wir uns in einer Blase und nichts außerhalb von Chicago existierte. Aber jetzt war alles wieder da. Abby und Kenny saßen auf der Couch, Kennys Schnauze auf ihrem Bein, in ihrer linken Hand irgendein super gesunder Smoothie und in ihrer rechten Hand ein Hochglanz-Hochzeits-Magazin. Trotz dessen, dass ja schließlich Wochenende war, hatte sie perfekt gestylte Haare und trug einen hippen, teuren Trainingsanzug.

»Oh, Chloe!«, quietschte sie, als ich reinkam. »Ich konnte es kaum glauben, als Mom mir gesagt hat, dass du mit Luke nach Chicago gefahren bist?!« Sie legte sofort ihr Magazin zur Seite und klopfte neben Kenny aufs Sofa. Eine Aufforderung, mich zu setzen.

Alles in mir schrie danach, wegzurennen. Es war mein erstes Zusammentreffen mit ihr, seit dem Tag nach Dads Geburtstag. Als ich mit ihrem Verlobten geschlafen hatte. *Ihrem Verlobten.* Mein schlechtes Gewissen war so heftig, dass es körperlich schmerzte, aber ich ließ mich erschöpft neben sie fallen.

»Ja, ich musste noch Sachen aus der WG holen und Luke ist netterweise mitgekommen«, erklärte ich sachlich, als wäre es keine große Sache.

Aber Abbys Augen leuchteten verschmitzt. »Aha, er ist *netterweise* einfach so mitgekommen. Acht Stunden gefahren, nur damit du ... nicht alleine bist?«

Ich tätschelte Kenny nervös den Kopf. Tatsächlich half das ein bisschen gegen meine Anspannung. Vielleicht sollte ich mir auch einen Golden Retriever holen. Er stank zwar ein bisschen nach Hundefutter und Spucke, aber ich roch sicherlich auch nicht gut. Meine letzte Dusche war eindeutig zu lange her. Daher war ich froh, dass Abbys Hund den Geruch überdeckte. »Damit ich nicht alleine Jenna und Jamie gegenübertreten muss«, erwiderte ich und senkte den Blick. »Ich habe rausgefunden, dass die beiden die ganze Zeit eine Affäre hatten.«

»*Was*?«, kreischte Abby und ließ fast ihren Smoothie fallen. »Das erzählst du mir *jetzt erst*? Wie lange weißt du das schon?!«

Ich kraulte Kenny jetzt ganz besonders konzentriert, um die dunklen Gedanken zu vertreiben. »So richtig erst seit vorgestern. Da hat sie es mir am Telefon erzählt.« *Nicht dran denken, was danach passiert ist, nicht dran denken, was danach passiert ist …*

»Diese … diese …!« Abby fielen nicht die richtigen Schimpfwörter ein. Sie fluchte nie. Aber an ihrem Hals bildeten sich Stressflecken vor Wut. »Ich bin so sauer, Chloe. Sie ist deine beste Freundin. Man schläft nicht mit dem Freund der besten Freundin!«

Kenny jaulte auf, als ich meine Fingernägel in sein Fell krallte. Erschrocken zog ich meine Hand weg. Aber Abby sah mich nicht verwundert, sondern mitfühlend an. Vielleicht war es ja ganz normal, dass man nach so einem Betrug, der einem angetan worden war, durch den Wind wirkte. Aber sie konnte ja auch nicht wissen, dass *ihr* der viel *größere* Betrug angetan wurde.

Ich war kurz davor, es ihr einfach zu sagen. Hier und jetzt. Auf diesem Sofa unserer Eltern. Ich machte sogar schon meinen Mund auf. Es wäre so einfach. Nur ein paar schlichte Worte. *Abby, ich habe mit Mike geschlafen.* Punkt. Keine Erklärungen, denn die gab es nicht. Keine Rechtfertigung, denn die hatte ich nicht. Keine Entschuldigungen, denn für so etwas konnte man sich nicht entschuldigen.

Sie sollte mir eine runterhauen und mich aus ihrem Leben verbannen. Das hatte ich schließlich verdient.

Aber stattdessen sagte ich: »Ja. Es tut weh.«

»Das glaube ich.« Abby nahm meine Hand, drückte sie fest. »Oh Mann, Chloe, warum hast du mich denn nicht angerufen?«

Weil ich damit beschäftigt war, deinen Verlobten zu küssen?

Aber hier war die Antwort tatsächlich tiefgreifender. Abby und ich hatten nämlich schon seit Ewigkeiten nicht mehr so eine Bindung, bei der man sich gegenseitig anrief, wenn einen etwas belastete. Ich hatte mich zu lange nicht gemeldet, zu lange nicht blicken lassen. Und kaum, dass ich nach dieser ganzen Zeit nach Hause gekommen war, verursachte ich nichts als Chaos und Probleme. Mehr noch, ich war dabei, ihr Leben zu zerstören.

Jetzt standen mir tatsächlich Tränen in den Augen, aber Abby deutete sie falsch. »Oh, Chloe, der Arsch hat es gar nicht verdient, dass du um ihn weinst!« Sie schüttelte vehement den Kopf. »Und ich finde es wirklich sooo süß, dass Luke dich da unterstützt hat. Wie war es denn so in Chicago? Ich meine … wo habt ihr übernachtet?« Sie warf mir einen vielsagenden Blick zu, wollte mich offensichtlich auf andere Gedanken bringen.

Ich zog meine Hand weg. »In Lukes Auto.« Auf ihren

daraufhin *noch* vielsagenderen Blick rief ich: »Abby! Er ist *verlobt*!«, nur um mich daraufhin noch zehntausendmal schlimmer zu fühlen.

Und besser wurde es auch nicht, als Dad flötend ins Wohnzimmer kam und unser vertrautes Zweiergespräch unterbrach. »Hey, was sitzt ihr denn noch so entspannt auf der Couch rum? Wir wollen doch gleich los?«

Mein Schädel brummte. »Wo wollt ihr denn hin?«

»Es ist doch Kirmes in Lengsburgh! Jetzt sag bloß, du hast das vergessen, Chloe-lein.« Dads besorgter Blick ließ mich die Hände über dem Kopf zusammenschlagen. Verdammt, die Kirmes war *dieses* Wochenende? Sie war Dad heilig. Eine Familientradition. Schon seit ich denken konnte waren Mom und Dad jedes Jahr mit Abby und mir in das halbstündig entfernte Lengsburgh gefahren und mit uns über den Rummel gelaufen. Wir bekamen dort Zuckerwatte, Corn Dogs, fuhren mit den Fahrgeschäften, das volle Programm. Für Dad war diese Kirmes wichtiger als Ostern und Weihnachten zusammen.

»Ich habe es nicht vergessen!«, log ich und sprang vom Sofa auf, ehrlich gesagt ein bisschen froh, Abbys und meinem Gespräch zu entkommen. »Gebt mir zehn Minuten zum Duschen, dann können wir los.«

Der Geruch nach gebrannten Mandeln. Das Geschrei der Kinder in den Kettenkarussells. Die blecherne Musik der Fahrgeschäfte. Ich saugte all die Sinneseindrücke auf, die mir seit meiner Kindheit so vertraut waren, und fühlte mich plötzlich entspannt und glücklich. Es war fast wie früher. Mom, Dad, Abby und ich.

Nur, dass jetzt noch ihr unverschämt heißer Verlobter Mike dabei war.

Wir hatten seit unserem Kuss und meinem überstürzten Aufbruch nach Chicago noch kein einziges Wort gewechselt, ich mied jeden seiner Blicke. Ich würde nie wieder in meinem Leben ein Wort mit ihm reden, wenn es möglich war. Trotzdem überkamen mich jedes Mal Erinnerungen, die mir die Nackenhaare aufstellten, wenn ich ihn aus Versehen ansah. Ich wusste genau, wie sich der Mund anfühlte, mit dem er redete. Wie sich die Hand anfühlte, die Abbys hielt. Wie sich die Bauchmuskeln unter meinen Fingern anfühlten ... Ich wusste alles.

Trotz dieser verheerenden Tatsache schaffte ich es, den Tag auf dem Rummel so gut es ging zu genießen. Wir alberten herum, ich fuhr mit Dad Kettenkarussell, Abby und ich bekamen die obligatorische Zuckerwatte. Mom machte einen ganzen Haufen Fotos fürs Familienalbum, das sie seit ungefähr dreißig Jahren akribischer führte als das FBI seine Akten. Jedes Foto beklebte sie mühevoll mit Glitzersteinchen und Katzen-Stickern, sodass man aussah wie ein Regenbogenpony, wenn man eins von diesen Alben aufschlug und einem der ganze Glitzerstaub entgegenregnete. Ich wollte übrigens nicht die Fotos von Dads sechzigstem Geburtstag sehen. Sicherlich stand ich überall mit gehetztem Gesichtsausdruck im Hintergrund oder war nur ein verschwommener Schatten, weil ich ständig am Rennen gewesen war.

Dann bestand Dad darauf, ins Gruselkabinett zu gehen. Etwas, das wir ebenfalls jedes Jahr wiederholten, allerdings noch nicht so lange wie die anderen Sachen, weil Abby und ich früher zu viel Angst hatten. Gefühlt wurden diese Dinge auch jedes Jahr gruseliger. Aber ich wollte Dad heute keinen Gefallen abschlagen und deshalb ließen wir uns bereitwillig von ihm hineinführen.

Abby umklammerte wie immer ängstlich die Hand von Dad, der vorausging, und ließ sich von ihm mitziehen. Mom hielt ihre Kamera griffbereit und folgte ihnen. Ich versuchte nicht den Anschluss zu verlieren, um nicht mit Mike zurückzubleiben, aber das war verdammt schwierig. Ständig versperrte einem irgendetwas den Weg, sei es ein von der Decke baumelndes Skelett, das plötzlich auftauchte, oder ein als Gespenst verkleideter Angestellter. Auf einmal sprang mir ein sehr schaurig aussehender Clown brüllend ins Gesicht und ich erschrak mich so sehr, dass ich einen halben Meter zurückstolperte und das passierte, was ich unbedingt hatte verhindern wollen: Mike musste mich auffangen. Ich lag in seinen Armen. Und von meinen Eltern und Abby war weit und breit nichts mehr zu sehen.

Jetzt begannen auch noch die Lichter zu flackern und wir standen im Halbdunkeln, inmitten von künstlichen Spinnen, Gespenstern und Spinnenweben eng aneinandergepresst. Der Schreck saß noch immer tief und mein Herz pochte so heftig in meiner Brust, dass ich es für einen kurzen, aber leider nicht *so* kurzen Moment, nicht schaffte, mich von Mike zu lösen.

Er spürte es. Seine Hände lagen auf meinen Rippen und direkt darunter pochte mein Herz.

»Wow«, flüsterte Mike und seine Lippen waren viel zu nah an meinem Ohr. Die Gänsehaut, die das Gruselkabinett bei mir verursacht hatte, schlug in eine ganz andere Richtung um.

»Du hast aber Herzklopfen.«

Ich wich vor ihm zurück, nur um erneut gegen diesen verdammten Clown zu stoßen, der wieder aus der Dunkelheit gesprungen kam und seine furchtbare Visage direkt in mein Gesicht hielt.

Ich schrie wie am Spieß – ich *hasste* Clowns – und Mike packte meine Hand und zog mich weiter, um eine Ecke. Sein Händedruck ... Wieder schossen mir Flashbacks an unseren Sex durch den Kopf und ich war unfassbar froh, dass es hier so dunkel war, denn mein Gesicht war vermutlich hochrot.

Von meinen Eltern und Abby war immer noch keine Spur. Dafür standen wir jetzt deutlich ruhiger, aneinander gequetscht an einem Platz, wo uns keine Clowns mehr erschrecken konnten. Hier war es allerdings auch verdammt eng, denn wir teilten uns das Versteck mit einem XXL-Plastikskelett.

»Beruhig dich«, schnaufte Mike, der schon wieder viel zu nah bei mir stand, und strich mir über das Haar.

»Fass mich nicht an!«, schrie ich ihn an. Ich konnte so laut sein, wie ich wollte, gegen die ganzen künstlichen Schreie, die aus den großen Boxen dröhnten, kam ich sowieso nicht an. »Fass mich nie wieder an, klar?!«

Mike hielt mein Handgelenk definitiv zu fest dafür, dass ich ihm verbot, mich je wieder anzufassen. »Chloe …« Sein Gesichtsausdruck war verzweifelt, verzerrt.

»Es war so falsch, verstanden?!«, kreischte ich und war den Tränen nah. »Wieso haben wir das getan?! Wieso?!«

»Beruhig dich!«, rief Mike wieder und legte jetzt auch noch die Hand um meine Wange.

»Ich habe gesagt, lass mich los!« Ich versuchte mich aus seinem Griff zu wenden, aber er presste mich in die Ecke dieses verdammten Gruselkabinetts. Der Ellbogen des Skeletts stach in meine Hüfte. Jetzt wurde ich richtig hysterisch.

»Ich will nur, dass du dich beruhigst!« Mike sah ernst und aufrichtig aus. »Es bringt nichts, wenn du hyperventilierst.«

Er hatte recht. Aber ich konnte mich nicht beruhigen, wenn er mir so nah war. Die Wärme seiner Hände. Sein Geruch. Seine Augen. Sein Blick. Alles war zu viel, zu gut. Kraftlos ließ ich mich in seine Umklammerung fallen und er hielt mich. Strich mir über das Haar, über den

Rücken. Um uns herum zuckten die Lichter, die Schreie, aber ich blendete alles aus.

»Wir können über das reden, was passiert ist, und eine Lösung finden«, raunte Mike mir ins Ohr.

Es war einfach unglaublich, wie sein Körper auf mich wirkte. Alles in mir schrie danach, ihn jetzt an mich zu zerren und zu küssen. Niemand würde es mitbekommen. Wir waren hier so sicher, so versteckt.

Meine Finger waren kurz davor, unter sein T-Shirt zu wandern, wie auch seine Hände immer eindeutigere Kreise über meinen Rücken fuhren.

Aber dann schubste ich ihn mit einem kräftigen Stoß von mir, als er es am wenigsten erwartete. Und stieß mich an ihm vorbei, raus aus diesem verdammten Gruselkabinett.

Irgendwie schaffte ich es tatsächlich hinaus. Obwohl mir noch unfassbare dreimal dieser Gruselclown ins Gesicht sprang, aber beim dritten Mal boxte ich ihm kräftig und tief in die Magengrube, und damit hatte sich das.

Ich atmete wie jemand, der einen Marathon gelaufen war, als ich aus dieser Hölle in das gleißende Sonnenlicht trat. Mom, Dad und Abby standen mit Slushies in der Hand davor und sahen mich belustigt an. »Chloe, warum hast du so lange gebraucht?«, lachte Mom. »Und wo ist Mike?«

»Keine Ahnung«, schnaufte ich. »Hab ihn verloren wegen diesen verdammten Clowns. Wollt ihr noch lange bleiben? Ich kriege langsam Kopfschmerzen.« Und eine Anzeige wegen Körperverletzung, wenn dieser Clown mich hier draußen erwischte.

Die nächste Woche verbrachte ich fast ausschließlich in meinem Zimmer und damit, Bewerbungen zu schreiben und mich online auf dem Immobilienmarkt umzusehen. Beides brauchte ich dringend, um hier weg und endlich wieder nach Chicago zu kommen. Meine Eltern ließen mich zum Glück in Ruhe, weil auch sie einsahen, dass beides gemacht werden musste. Mom brachte mir sogar zum Mittagessen und zum Abendbrot einen Teller mit Essen auf mein Zimmer, weil ich vorgab, so unglaublich beschäftigt zu sein. Tatsächlich bewarb ich mich auf jede x-beliebige freie Stelle, die ich in diesen verdammten Onlinebörsen finden konnte. Hauptsache, ich konnte mein Gehirn mit irgendetwas ablenken und betäuben. Und hatte eine Ausrede, um Mike beim Essen nicht gegenüberzusitzen.

Seit unserem ... *Moment* im Gruselkabinett hatten wir nicht wieder miteinander geredet. Und das durften wir auch nicht. Denn es war so knapp gewesen. So gefährlich knapp. Fast hätte ich mich von der anonymen, risikobehafteten Atmosphäre des Gruselkabinetts davontragen lassen und meinem Instinkt nachgegeben.

Inzwischen wusste ich, dass ich mich einfach nicht in

seiner Nähe aufhalten durfte. Nicht allein. Und deshalb musste ich wieder nach Chicago, was zur Folge hatte, dass ich mich auf jeden verdammten Job und auf jede verdammte Wohnung bewarb, Hauptsache, irgendetwas spülte mir Geld in die Kasse und verhinderte, dass zwischen mir und Abbys Verlobten weiterhin die Funken sprühten, um es milde auszudrücken.

Ich war gerade dabei, mich auf eine Stelle zu bewerben, die als *Dialog Managerin* bezeichnet wurde – ich wusste nicht mal, was das bedeuten sollte –, als mein Handy klingelte.

Abby.

Der Name auf dem Display bereitete mir unmittelbar Bauchschmerzen. Unterbewusst wartete ich eigentlich die ganze Zeit nur darauf, dass sie anrief und sagte: »Chloe, Mike hat mir erzählt, was ihr getan habt.« Und, dass ich nicht mehr ihre Schwester war.

Aber sie erwähnte nichts dergleichen.

»Chloe, hast du heute Abend schon etwas vor?«, fragte sie.

Mein Blick fiel auf den Wochentag, den mir mein Handy anzeigte. Freitag. Verdammt, ich hatte es *wirklich* geschafft, die ganze Woche in meinem Zimmer zu verbringen. Wie lange hatte ich kein Tageslicht und keine frische Luft mehr bekommen?

»Ab, was soll ich denn vorhaben?«, knirschte ich. »Du weißt, dass ich in West Village keine Freunde habe.«

»Klar hast du Freunde!«, hielt Abby dagegen. »Mike ... Luke ...«

»Mike und Luke sind nicht meine Freunde«, stellte ich viel zu bestimmt klar.

»Natürlich sind sie deine Freunde, was denn sonst?«, fragte Abby verwundert und ein bisschen beleidigt.

Ich schluckte. »Na ja ... Luke ist mein Exfreund. Und Mike dein Verlobter.«

»Aber Mike ist auch dein Freund. Oder zumindest gerade dabei, es zu werden. Das hoffe ich zumindest«, beharrte Abby. *Wieder diese Bauchschmerzen.* »Und Luke und du seid doch jetzt auch Freunde, das hast du mir zumindest erzählt. Freunde, die heute Abend zusammen auf das *Summer Jam* in Lengsburgh gehen!«

»Wie bitte?«, fragte ich zerknirscht. »Ist das nicht dieses total lahme Open Air für Ü-30er?«

»Rede nicht so abfällig über Ü-30er!«, lachte Abby. »Mike wird immerhin nächstes Jahr auch dreißig und bei mir dauert es auch nur noch fünf Jahre.«

»Schon gut.« Ich verdrehte die Augen. »Aber ich habe nicht vor, heute Abend dorthin zu gehen, und ich bin auch nicht mit Luke verabredet«, fügte ich verwirrt hinzu.

»Oh, doch, eigentlich schon«, erwiderte Abby verschmitzt. »Weißt du, heute Abend spielt dort diese Band, *Jupiter Jules.* Die sind noch ziemlich neu und unbekannt, aber total cool. Sie haben vor ein paar Wochen auf der Geburtstagsparty von Mikaela gespielt und meine Freundinnen waren total begeistert. Leider war ich nicht dort und konnte sie deshalb nicht live sehen, aber alle meine Mädels sagen, dass ich *Jupiter Jules* unbedingt für die Hochzeit buchen soll.«

»Und daher soll *ich* sie mir heute Abend für dich live ansehen?«, jammerte ich.

»Genau!« Abby lachte. »Du sollst mir sozusagen die Meinungen der Mädels bestätigen und bitte auch ein Video für mich drehen.«

»Aber, Abby, kannst du denn nicht selbst dorthin? Es ist Freitag, kommst du denn heute nicht nach Hause?«

»Leider nicht.« Abby klang wirklich traurig. »Wir haben heute Abend dieses Team-Building-Event von der Firma ... Super nervig, aber ich komme erst morgen.«

»Und warum muss Luke mit?«, klagte ich weiter empört.

»Weil es sein Grundstück ist, auf dem die Jungs spielen werden«, erklärte Abby mir, als wäre das völlig logisch. Was es vielleicht auch war, aber nicht für mich. »Ich habe ihn gefragt, ob es ihm egal ist, was für eine Band ich miete, und er hat Nein gesagt. Er würde sie gerne vorher einmal sehen, um sicherzugehen, dass das keine irren Rockstar-Junkies sind, die ihre Heroinspritzen auf seinem Rasen liegen lassen.« Sie kicherte.

Ich verdrehte jetzt noch genervter die Augen. Luke und sein Kontrollwahn. »Und wie will er das anhand von ihrem Auftritt beurteilen? Sie werden sich wohl kaum auf der Bühne Heroin spritzen.«

»Ach, Chloe.« Abby lachte wieder. »Nimm es doch einfach als nette Beschäftigung für einen Freitagabend. Du hast selbst gesagt, dass du heute Abend noch nichts vorhast. Es wird bestimmt super. Und außerdem hast du mir versprochen, meine Hochzeit zu organisieren«, erinnerte sie mich fieserweise.

»Stimmt«, seufzte ich. »Jupiter Jules, ich komme.«

Kapitel Siebzehn

Um zwanzig Uhr holte Luke mich mit seinem Ford ab. Bei den Erinnerungen an die Nacht, die wir gemeinsam in diesem Auto verbracht hatten, lief mir ein warmer Schauer über den Rücken. Obwohl so vieles daran falsch gewesen war, stellte es für mich einen Marmeladenglas-Moment dar, den man in seinem Herzen wegsperren wollte, damit man ihn immer hervorholen und sich anschauen konnte, wenn es einem schlecht ging. Denn diese Situation, in der Luke mich in dieser Nacht im Wagen an sich zog und ich seinem Herzschlag lauschte, erinnerte mich an etwas, woran ich schon lange nicht mehr dachte; daran, was ich damals in seiner Gegenwart verspürte, wenn wir beisammen gewesen waren. Es war das Gefühl, dauerhaft geborgen zu sein, nicht nur wenn er bei mir war. Auch wenn wir physisch getrennt waren, wusste ich, dass mir nichts geschehen konnte, beziehungsweise, dass ich mit allem umgehen konnte, wenn er nur an meiner Seite war.

Umso mehr tat es mir weh, dass ich Luke nicht beigestanden hatte, als sein Vater gestorben war. Dass ich nicht bei der Beerdigung gewesen war. Verdammt, ich hatte nicht einmal eine Karte geschickt. Dieses schlechte Gewissen würde mich wohl mein Leben lang begleiten. Aber ich würde es mit mir tragen und lernen auszuhalten, wenn das der Preis dafür war, dass Luke und ich wieder Freunde waren.

»Dein Gesicht ist gut verheilt«, merkte ich an, als ich ihn betrachtete, während er uns in schnellem Tempo über den Highway nach Lengsburgh fuhr. Ich hatte das dringende Bedürfnis, etwas zu sagen. Zum Beispiel, dass er sich dafür schämen sollte, mit mir geschlafen zu haben, weil er mit Olivia verlobt war. Doch das alles fühlte sich an wie ein surrealer Traum. War das in Chicago wirklich passiert? Oder hatte ich es nur geträumt?

»War ja auch nur eine kleine Wunde.« Luke winkte ab.

»Na ja, das würde ich nicht behaupten«, erwiderte ich und rutschte unbehaglich auf meinem Sitz herum, als ich an die Schlägerei zwischen Luke und Jamie dachte. »Was hat eigentlich deine Mom gesagt, als sie es gesehen hat?«

Luke schluckte und seine Hände krallten sich augenblicklich fester um das Lenkrad. »Sie hat es noch nicht gesehen.«

»Warum das?«, fragte ich überrascht und ein unguter Verdacht beschlich mich.

»Sie ist im Moment nicht da«, erwiderte Luke. »Sie besucht eine Freundin.« Ich wusste nicht, ob das stimmte, aber warum sollte er lügen? Also beließ ich es vorerst dabei.

»Ich fasse es nicht, dass Abby es geschafft hat, dir dieses Open Air an einem Freitagabend aufzuschwatzen«, schnaubte ich und sah belustigt aus dem Fenster.

»Dir hat sie es doch auch aufgeschwatzt«, erwiderte Luke und entspannte sich merklich wieder. Seine Stimme klang eigentlich ziemlich ruhig, wenn nicht sogar schon fast ... gut gelaunt.

»Aber sie ist meine Schwester.« Ich zuckte mit den Schultern. »Ich habe ihr versprochen, ihre Hochzeit zu organisieren. Du dagegen ... du tust ihr einfach so einen Riesengefallen.«

»Ich tue *mir* einen Riesengefallen, wenn ich mir diese komischen Jungs erst mal ansehe, bevor ich sie eine ganze Nacht lang auf mein Grundstück lasse«, erwiderte Luke trocken.

»Das meine ich nicht.« Ich schenkte Luke ein wohlwollendes Lächeln. »Ich meine, dass du Abby überhaupt eine Hochzeit auf deinem Gut feiern lässt. Das ist wirklich nett. Du müsstest das nicht tun.« Luke antwortete nicht, aber das war keine Überraschung. Er konnte nicht gut mit Komplimenten und Lob umgehen, dafür hatte sein Vater ihm zu wenig davon gegeben. »Und ja«, lachte ich daher, »ich meine *auch,* dass du heute mit mir zu dieser seltsamen Veranstaltung fährst.«

Luke zuckte mit den Schultern. »Ob du es glaubst oder nicht, Chloe, ich musste gar nicht lange überlegen. Ich verbringe gerne meinen Freitagabend mit dir.«

Der Satz löste ein warmes Kribbeln in meinem Bauch aus. Das war so nett von ihm, aber diesmal wusste *ich* nicht, wie ich mit dem Kompliment umgehen sollte.

Luke schien es zu bemerken, denn jetzt wechselte *er* das Thema. »Wie findest du eigentlich den Verlobten deiner Schwester?«

Das warme Prickeln wurde zu einem unangenehmen Gefühl, das einmal quer durch meinen Körper schwappte. »Mike?«

Luke zog eine Grimasse. »Wie viele Verlobte hat Abby denn sonst noch?«

Ich zog den Saum meines Ärmels über meine Fingerknöchel, wie ich es immer tat, wenn ich nervös wurde. »Ich finde ihn ... nett. Sehr höflich. Er ist hilfsbereit, verbringt den ganzen Monat damit, Dad bei der Gartenlaube zu helfen, bis er einen neuen Job anfängt. Mit dem er wohl richtig Kohle machen wird. Also ... ich mag ihn.«

Luke schnaufte. »Das klingt, als wäre *richtig Kohle machen* ein Kriterium dafür, dass du ihn magst?«

»Natürlich ist es das nicht«, erwiderte ich trotzig. »Er könnte auch Bauarbeiter sein. Wenn Abby glücklich ist, bin ich es auch.«

»Aber das gilt nicht für *deinen* zukünftigen Verlobten, nicht wahr?« Lukes Blick wendete sich nicht von der Straße ab. Er redete völlig beiläufig, so als würde er banale Aussagen machen.

Ich kniff die Augen zusammen. »Wie meinst du das?«

»Na ja, du wärst nicht mit einem Bauarbeiter glücklich.«

Ich verschränkte die Arme, spürte, wie mein Puls sich beschleunigte. Wie immer, wenn ich mich angegriffen fühlte. »Wie kommst du darauf?«

»Ach komm, Chloe, du musst mir nichts vormachen.« Luke verdrehte die Augen. »Du bist neidisch auf Abby, dass sie diesen super Job hat und dass ihr Verlobter auch *richtig Kohle machen* wird. Genau das war doch auch dein Ziel, als du nach Chicago gegangen bist.«

»Genau«, blaffte ich ihn an und konnte kaum fassen, dass wir nicht mal zehn Minuten unterwegs waren und er schon wieder einen Streit vom Zaun brach. Völlig grundlos. »Deshalb habe ich ja auch Journalismus studiert. Weil ich damit *richtig Kohle* machen werde.«

Luke zuckte wieder mit den Schultern. »Nein, aber darum warst du vielleicht mit diesem Anwalt zusammen. Oder wieso solltest du sonst diesen Jamie ausgesucht haben? An seinem tollen Charakter konnte es ja nicht gelegen haben.«

Jetzt wurde ich richtig wütend. »Du unterstellst mir, dass ich nur wegen der Aussicht auf viel Geld mit Jamie zusammen war? Ist das dein Ernst? Was denkst du eigentlich von mir?«

»Keine Ahnung, Chloe«, seufzte Luke. »Ich weiß nicht, was ich von der jetzigen Chloe halten soll. Ich habe dich mal gekannt oder zumindest dachte ich das. Die Chloe, die ich damals kannte, hat ihr Leben hier in West Village geliebt. Ihr lag etwas an ihrer Familie, ihren Mitmenschen. Sie hat neben der Schule im Altersheim gejobbt und ist oben drauf auch noch mit Hunden aus dem Tierheim spazieren gegangen, wann immer sie die Zeit dafür fand. Sie war mit einem Typen zusammen, dessen Welt der Gutshof seiner Eltern war, und das wusste sie. Sie wusste, dass ihm genau zwei Dinge auf der Welt wichtig waren: der Gutshof und seine Freundin. Und er hätte nie gedacht, dass sie sich genau aufgrund von Ersterem eines Tages ohne jegliche Ankündigung einfach aus dem Staub machen würde, dass sie ihre Familie, ihre Mitmenschen, West Village einfach so hinter sich lassen würde, als hätte es ihr nie etwas bedeutet.«

Ich war kurz davor, Luke zu bitten, anzuhalten, das Auto zu verlassen und die Tür zuzuknallen. Aber das ging nicht, denn wir rasten mit 180 Sachen über den Highway. Und mein Puls, der war ebenso hoch. »Du denkst, das alles hat mir nichts bedeutet? Du denkst, du hast mir nichts bedeutet?« Mir blieb die Spucke weg, so fassungslos war ich.

»So viel kann es dir nicht bedeutet haben, denn du bist ja nicht einfach weggezogen. Du hast dich wortwörtlich aus dem Staub gemacht und dich bei keinem von uns mehr gemeldet, selbst bei deiner Familie immer weniger.

Auf Social Media durfte ich dann zusehen, was aus dem Mädchen, das ich geliebt habe, geworden ist: ein oberflächliches Citygirl, das sich mit noch oberflächlicheren Freunden umgibt und sich einen Juristen geangelt hat, der all diese oberflächlichen Bedürfnisse befriedigen kann. Und da wusste ich, dass ich dir nie gereicht hätte. Ich, ein einfacher Bauer aus West Village.« Luke fuhr sich durch das Haar, schien selbst überrascht zu sein von der Wendung, die das Gespräch genommen hatte. Er hatte sich von seinen Gefühlen treiben lassen, und das tat er fast nie. »Aber um das Ganze abzuschließen«, fügte er daher schnell hinzu. »Ich weiß nicht, ob ich ein Fan von diesem Mike bin. Er gibt mir Jamie-Vibes, um ehrlich zu sein.«

»Oh, na, dann sollte Abby wohl besser aufpassen, denn du durchschaust die Menschen ja so gut«, spie ich Luke entgegen. »Du hast sie alle durchschaut. Vor allem mich. Das oberflächliche Chicago-City-Girl, das nur auf das große Geld aus ist. Dem seine Familie und alle anderen Menschen total egal sind, das ...« Ich konnte nicht weiterreden, weil mich ein Sturm der Gefühle erfasste. Hatte Luke nicht irgendwo auch recht? Hatte ich mich nicht genauso verhalten? Ich hatte mich manchmal monatelang nicht bei meiner Familie gemeldet. Verdammt, ich hatte nicht gewusst, dass meine eigene Schwester verlobt war, weil ich ihr keine Gelegenheit gegeben hatte, es mir zu erzählen. Und kaum kam ich hierher, schlief ich dann auch noch mit ihrem Verlobten.

Also – ganz so viel konnte mir ja an meinen Mitmenschen und meiner Familie nicht liegen.

Und womit Luke auch recht hatte, war: Wieso zur Hölle war ich mit Jamie zusammen gewesen? Und ja, hatte ich es nicht tatsächlich genossen, zu sagen, dass mein Freund Anwalt war? Zu sehen, wie die Leute darauf reagiert hatten? Oder, wenn er mich in teure Sushi-Restaurants ausgeführt hatte, mir ab und zu Schuhe geschenkt hatte? Nicht unbedingt, weil ich wirklich auf diese oberflächlichen Sachen abfuhr, es war etwas anderes. Es war das Gefühl, das damit einhergegangen war. Nämlich, alles unter Kontrolle zu haben, mein Leben im Griff. Auf dem Weg zu dem, was ich gedacht hatte, sein zu wollen. Vielleicht war ich deswegen so selten nach Hause gekommen. Weil mir dort wieder aufgefallen wäre, wie fake alles in Chicago gewesen war. Weil mir dort wieder bewusst geworden wäre, wer ich *wirklich* war. Die kleine, einfache Chloe vom Land, Tochter eines Beamten und einer Einzelhandelskauffrau. Weil diese beiden Versionen nicht mehr zueinander gepasst hatten und ich das Gefühl gehabt hatte, meine Fassade in Chicago nicht aufrechterhalten zu können, weil sie zu bröckeln begann, wann immer ich in West Village gewesen war.

Ich war so in Gedanken versunken, dass ich die ganze weitere Autofahrt nichts mehr sagte. Luke schien ein schlechtes Gewissen zu bekommen, denn als meine Lieblingssongs im Radio liefen, machte er sie extra laut und bot mir etwas von den Süßigkeiten an, die er immer im Handschuhfach hatte.

Ich war froh, als wir beim Open Air ankamen und auf dem Trampelfeld geparkt hatten, das bereits fast komplett voll mit Autos war. Wir bekamen sogar ein kleines Festivalbändchen, das ich auf der einen Seite mit einem Augenrollen abtun wollte, da das so typisch Kleinstadt war – aber auf der anderen Seite fand ich es unglaublich süß, wie viel Mühe sich die Leute hier mit allem gaben.

Wir holten uns Limobier in Plastikbechern von einem Verkaufsstand und suchten uns einen Platz auf der großen, weitläufigen Wiese, von der aus man einen guten Blick auf die Bühne des Festivals hatte. Es war voll, weshalb Luke und ich dicht aneinander sitzen mussten, sodass sich fast unsere Arme berührten. Zum Glück hatte ich unsere gelb-rot-karierte Picknickdecke von zu Hause mitgenommen. Obwohl ich sie nicht ganz ausbreiten konnte, weil so wenig Platz war, hatten wir es bequem. Die Abendluft war warm und duftete nach Sommer und ich begann, den Abend zu genießen. Auch Luke schien sich zu entspannen. Er lehnte sich zurück, nippte an seinem Bier und streckte die Beine aus.

Auf der Bühne spielte eine Vorgruppe, noch nicht die *Jupiter Jules*, und ich merkte Luke an, dass er noch was sagen wollte.

Schließlich berührte er mich sanft am Arm. »Hey, das

eben im Auto ... das war ziemlich grob und unnötig von mir.«

Ich schüttelte den Kopf. »Grob vielleicht, aber nicht unnötig. Ich muss zugeben, dass deine Sicht auf die Dinge einen Funken Wahrheit enthält. Mir ist klar geworden ... irgendwie hat das alles mit Selbstwert zu tun.« Ich nippte an meinem Bier. »Mein Selbstwertgefühl ist total im Keller, vor allem, seit ich gefeuert wurde, und ich schätze, es war noch nie das beste. Vor allem im Moment vergleiche ich mich total mit Abby, mit ihrem Job, ihrer Wohnung, ihrer Hochzeit ... verdammt, sogar mit ihrem *Hund*.«

Luke schmunzelte. »Armer Kenny.«

»Genau! Aber auch arme Abby.« Ich seufzte. »Ich habe so ein schlechtes Gewissen, dass ich mich ewig nicht bei ihr gemeldet hatte, aber irgendwie war das alles ... wegen meines Selbstwertgefühls, weißt du? Ich habe ständig den Druck, mich vergleichen zu müssen. Und ja, du hast recht, mit Jamie zusammen zu sein, hat mir dabei ungemein geholfen. Und ja, du hast *auch* damit recht, dass es an dem Fakt lag, dass er Anwalt war. Das hat meinem Selbstwertgefühl eingeredet, dass es sich jetzt besser fühlen kann, dass ich mich jetzt besser mit Abby vergleichen kann, aber als er Schluss gemacht hat ... und ich dann auch noch meinen Job verloren habe ...« Ich ließ den Kopf hängen, als ich an Dads Geburtstagsfeier zurückdachte. Wie ich mit keinem hatte reden wollen, um mir nicht einzugestehen, was für eine Versagerin ich war. Wie ich mich betrunken hatte, um meine Gefühle zu betäuben, und im Keller gelandet war, in Mikes Armen ... Ich hatte mich nur für ein paar Minuten von meinen quälenden Gedanken ablenken wollen.

Aber war das wirklich alles? War das wirklich der einzige Grund für meine Anziehung zu Mike? Oder würde unsere Anziehungskraft auch bestehen, wenn ich ihn unabhängig von diesem ganzen Schlamassel getroffen hätte? Da war ich mir eigentlich sogar ziemlich sicher. Mikes Präsenz übte eine unglaubliche Sogwirkung auf meinen Körper aus, ich wollte ihm am liebsten so nah sein wie möglich, in seine dunklen Augen schauen, ihn berühren ... Wäre er nicht der Verlobte meiner Schwester, ich glaubte ...

»Das Witzige ist, dass ich mir immer einrede, dass ich auf keinen Fall Abbys Leben leben will«, schnaubte ich. »Auf keinen Fall in einer Kleinstadt wohnen ... mit Hund ... einem geregelten Nine-to-five-Job ... Lieber will ich als freie, selbstständig arbeitende Journalistin Investigativberichten hinterherjagen, Skandale korrupter Politiker aufdecken, immer in Action sein, immer am Limit leben ...«

»Du willst also nicht Nine-to-five arbeiten, sondern 24 Stunden.« Luke schnaubte ebenfalls. »Und einen Hungerlohn verdienen.«

»Ich weiß nicht, was ich will«, gab ich zu. »Wie gesagt, Abbys Leben habe ich immer verteufelt, aber mittlerweile glaube ich, dass ich das nur getan habe, weil ich mich insgeheim nach dieser Sicherheit und Stabilität gesehnt habe. Und das schon lange. Schon lange, bevor Jamie mit mir Schluss gemacht hat und ich meinen Job verloren habe.« Denn die Wahrheit war, eine solche Sicherheit und Geborgenheit habe ich bei Jamie nie gespürt. Nicht die Art, die ich mit Luke hatte. »Aber das konnte ich mir ja nicht eingestehen. Ich hatte ja die Entscheidung getroffen, nach Chicago zu gehen ... Also wussten es ... Ganz West Village, verdammt. Hätte ich mein Studium geschmissen und wäre nach Hause gezogen ... ich wäre die absolute Nullnummer der Stadt gewesen.« Ich ließ den Kopf hängen. Tränen glitzerten in meinen Augen.

»Das stimmt doch gar nicht«, erwiderte Luke sanft. »Das redest du dir ein, Chloe. Du darfst nicht immer auf deine Gedanken hören, vor allem nicht auf deine Ängste. Sie sagen nicht immer die Wahrheit, okay? Du musst dir immer vorstellen, dass jeder am allermeisten mit sich selbst beschäftigt ist. Die Leute reden gern über andere Leute, aber nur um sich von ihren eigenen Problemen abzulenken.«

Ein warmes Gefühl machte sich in meinem Bauch breit. Es tat unglaublich gut, mit Luke darüber zu reden, da ich das im Moment nie mit jemandem tat. In meinem Kopf drehte sich pausenlos ein Karussell, aber ich konnte mich niemandem anvertrauen. Ich glaubte, nicht mal ein *Recht* zu haben, jemandem meine Seele auszuschütten, weil ich mir durch die Nacht mit Mike so eine große

Schuld aufgeladen hatte, dass ich es verdiente, sie alleine auszusitzen.

Aber jetzt gerade, auf diesem Open Air, auf dieser Wiese mit Luke an diesem Sommerabend, hatte ich das Gefühl, ihm alles sagen zu können.

»Ich glaube, die Leute wären nicht belustigt oder spöttisch darüber, wenn du nach Hause kämst«, fügte Luke leise hinzu, genau in dem Moment, als *Jupiter Jules* die Bühne betraten und das Publikum in Jubel ausbrach. »*Richtig* nach Hause kämst. Ich glaube, die Leute würden sich freuen. Ich würde mich freuen.«

Die Menschen um uns herum jubelten so laut, dass ich mir nicht sicher war, ob ich den letzten Satz richtig verstanden hatte. Hatte er das wirklich gesagt? Und noch dazu der warme Blick, mit dem Luke mich ansah.

Aber dann war der Moment vorbei und Luke stand wie die anderen Leute auf, um zu klatschen, und ich tat es ihm gleich, aber nichtsdestotrotz blieb das warme Gefühl in meinem Bauch. Und es hielt den ganzen Auftritt der Band über an, die wirklich gut war. Nach dem dritten Lied konnten Luke und ich nicht mehr anders als zu tanzen. *Gemeinsam* zu tanzen. Alle um uns herum fassten sich an den Händen, sprangen ausgelassen zusammen zur Musik herum und irgendwann nahm auch Luke meine Hand und wir lachten und tanzten und sangen zu einem Lied mit, dessen Text wir gar nicht kannten.

Ich fühlte mich unglaublich gut. Ich realisierte, dass

Luke noch immer der Mensch war, der mich kannte. Der mich durchschaute, in meine Seele blickte, auch das Schlechte darin sah, und mich trotzdem so akzeptierte und mochte. Ich musste mich Luke gegenüber nicht verstecken, ich konnte ehrlich zu ihm sein. Und ich liebte es. Ich liebte, dass wir wieder Freunde waren. Wenn man zwei Personen, die vor nicht einmal einer Woche noch Sex auf einer Rückbank gehabt hatten, so bezeichnen wollte. Aber in diesem Moment wollte ich das.

Als *Jupiter Jules* nach eineinhalb Stunden ihren Auftritt beendeten, waren wir völlig durchgeschwitzt. Aber unglaublich glücklich. Ich faltete die Picknickdecke zusammen und wir machten uns zum Bierstand auf, um unsere leeren Plastikbecher abzugeben.

Gerade, als ich der Bedienung mit den vielen Piercings unsere Becher gereicht hatte und mich umdrehen wollte, wurde ich von hinten angetippt.

»Chloe?«

Ich wirbelte herum und starrte direkt in die Augen von Melina Jacobs, die ich seit Jahren nicht mehr gesehen hatte. Sie hatte früher zu unserer Clique gehört. Zu Lukes und meiner.

»Melina!«, rief ich überrascht und drückte sie an mich.

»Wir haben uns ja ewig nicht gesehen!«

»Ja, dich hätte ich hier nicht erwartet!«, quietschte sie. »Mit wem bist du denn hier? Mit …?« Ihr Blick fiel auf Luke, der neben mir stand, und ihr klappte die Kinnlade runter. »Mit ... Luke?«

»Hallo, Melina.« Er klang nicht begeistert.

Auch ich wusste nicht, wie ich mit der Situation umgehen sollte. Ich hatte Melina zwar ewig nicht gesehen, wusste aber genau, dass sie immer noch so eine Tratschtasche war wie früher. Das war eins der Dinge, die mich an West Village immer so genervt hatten. Nichts, was man tat, blieb unkommentiert. Alle hatten ihre Augen und Ohren offen. Deshalb war ich mir sicher, dass innerhalb der nächsten Woche jeder wissen würde, dass erstens, ich wieder im Ort war, wobei, das wusste wahrscheinlich inzwischen sowieso schon jeder, und zweitens, dass Luke und ich zusammen bei diesem Open Air gewesen waren. Woraufhin die Gerüchteküche brodeln würde, ob da was zwischen uns lief.

So wie es aussah, würde es aber nicht mal eine Woche dauern, nicht mal ein paar Tage, nicht mal ein paar Stunden. Denn Melina deutete hinter sich, und ein paar Meter entfernt stand fast unsere ganze alte Clique. Und starrte uns an.

Mason, Regina, Betty, Emma ... Ich hatte sie alle mehrere Jahre nicht gesehen.

»Kommt doch kurz rüber und sagt Hallo«, rief Melina vergnügt, packte Luke und mich beide am Arm und zog uns über den Rasen zu den anderen.

»Was macht ihr zwei denn hier?«, lachte Betty und schloss mich in eine kurze Umarmung. Sie roch nach zu viel Parfum und auch ein bisschen nach Schweiß. Ich roch aber sicherlich auch nicht viel besser nach dem ganzen Tanzen.

»Wir haben uns *Jupiter Jules* angesehen, weil Abby sie für ihre Hochzeit engagieren möchte«, antwortete ich wahrheitsgemäß und umarmte auch die anderen zur Begrüßung. »Sie feiert auf Lukes Hof«, fügte ich hinzu und hoffte, dass sie sich somit zusammenreimen konnten, warum Luke und ich gemeinsam hier waren.

Nicht, weil wir wieder was am Laufen hatten!!

»O ja, die Hochzeit deiner Schwester«, quietschte Emma. Sie alle quietschten immer so unglaublich viel. »Davon redet ja schon ganz West Village.«

Ich legte den Kopf schief. »Warum das denn?«

»Na ja, sie hat es etwas überstürzt, oder?« Betty legte sich die Hand auf den Mund und kicherte. »Sie und dieser Mike sind noch nicht besonders lange zusammen, richtig?«

Da ging es ja schon wieder los. Dieses Gequatsche und Getratsche. Das hatte ich nicht vermisst in Chicago. Eigentlich hatte ich sie alle nicht besonders vermisst. Außer Luke. Ja, wir hatten während unserer Jugend eine tolle Zeit zusammen gehabt, so als große Truppe. Wir waren locker sieben oder acht Leute gewesen, die ständig miteinander rumgehangen und eine Menge Spaß gehabt hatten. Aber mit fünfzehn hatte man eben auch noch nicht gewusst, wie toxisch manche Dinge gewesen waren. Und diese ständigen Lästereien gehörten definitiv dazu.

»Abby ist glücklich«, wiegelte ich meine neugierigen, ehemaligen Freundinnen ab. »Das ist ja das Wichtigste. Und? Wie geht es euch denn?«

Die fünf erzählten nacheinander alle von ihren Jobs, Wohnungen, Hunden. Ich hörte nur mit halbem Ohr zu und wusste, dass es Luke genauso ging. Eigentlich interessierte es mich wirklich überhaupt nicht, dass Betty sich ein tolles Cabrio gekauft hatte und ihre Dackeldame bald werfen würde.

»Und du?« Als alle fertig waren mit ihren ausschweifenden Lebensupdates, sah Melina mich erwartungsvoll an. »Du wohnst jetzt wieder bei deinen Eltern?«

Sie hatten es also wirklich alle schon gehört. Meine mitleiderregende Geschichte. Wahrscheinlich wussten sie alles haargenau und hatten sich auch schon ausgiebig die Mäuler darüber zerrissen. Ich war kurz davor, meinem Reflex nachzugeben, alles zu beschönigen. Zu sagen: »Ja, aber nur für kurz ... Bald bin ich wieder in Chicago ... Ich habe auch schon tolle neue Jobaussichten ...« Aber dann dachte ich daran, was ich vor dem Konzert mit Luke besprochen hatte. Mein Selbstwertgefühl hatte lange genug gelitten. Ich hatte es verdient, dass ich zu mir selbst stand. Selbstbewusstsein war vielleicht das Wichtigste, das ich gerade gebrauchen konnte.

»Ja, mein Freund in Chicago hat mit mir Schluss gemacht«, sagte ich mit fester Stimme und sah Melina dabei mitten in die Augen. »Und leider wurde ich auch gefeuert. Um Geld zu sparen, wohne ich deshalb ein paar

Wochen bei meinen Eltern.« Der Augenkontakt schien ihr ein wenig unangenehm zu sein, denn ihr Blick begann sofort hin und her zu schweifen. Wahrscheinlich hatte sie angenommen, dass ich mich mit ihrer direkten Nachfrage in die Ecke gedrängt fühlen würde. Doch mit meiner direkten Ehrlichkeit fühlte nun *sie* sich in die Ecke gedrängt, weil sie nicht wusste, was sie darauf erwidern sollte.

Mir entging Lukes Grinsen nicht. Ich wusste, es gefiel ihm. Diese Chloe gefiel ihm. Und ich wollte, dass er sie jetzt öfter zu Gesicht bekam.

»Das ist ja schade«, flötete dafür Emma und man merkte ihr an, dass sie es nicht besonders schade fand. »Dabei war Chicago dir doch immer *so* wichtig.« Ein klarer Seitenhieb auf Luke. Sie warf ihm sogar einen Blick zu.

Ich antwortete darauf nichts, fand ihre Dreistigkeit langsam nervig und hätte nichts dagegen gehabt, einfach mit Luke zu verschwinden. Auch Betty schien keine Lust mehr auf lange Diskussionen zu haben.

»Na ja, wenn du jetzt wieder hier bist, sieht man sich ja vielleicht mal öfter«, grinste sie. »Wer hätte das gedacht? Unsere ganze Clique wieder vereint.«

»Ist sie doch gar nicht«, maulte Emma. »Olivia fehlt.«

Ein Stich fuhr mir bei der Erwähnung von Lukes Verlobter durch den Magen und mir entging nicht, wie sich Luke neben mir ebenfalls verkrampfte. Ich wusste allerdings nicht warum. Das dämmerte mir erst langsam, als Betty weiterredete.

»Aber sie ist ja auch nicht mehr allzu lange weg«, flötete sie. »Nur noch einige Wochen. Nicht wahr, Mason?« Sie warf ihm einen vielsagenden Blick zu und er lächelte schulterzuckend.

»Ob ich die Wochen wohl noch aushalte?«, seufzte er gespielt theatralisch.

Ich runzelte die Stirn und sah zu Luke, doch er wich meinem Blick aus. Wieso sagte Mason so etwas über seine Verlobte? Und wieso kommentierte Luke das nicht?

Betty fing meinen Blick auf und lachte. »Du bist gar nicht mehr über den neuesten Gossip im Bilde, oder, Süße? Mason und Olivia haben kurz vor ihrer Abreise nach Mexiko angefangen, sich zu daten. Soooo süß …«

»Olivia und …« Ich verschluckte mich beim Sprechen, sah immer noch Luke an, der konstant geradeaus blickte. Er ließ sich keine Gefühlsregung ablesen, doch die Ader an seinem Hals pulsierte. »… Mason«, brachte ich hervor.

»Jaa«, lachte Emma und legte Luke eine Hand auf die Schulter. »Unser armer Luke hier musste das erst mal verkraften, nicht wahr? Er hat Olivia ja selbst 'ne Weile gedated.«

»Aber du bist doch cool damit, oder, Mann? Ist ja jetzt auch schon 'nen Jahr her mit euch.« Mason klopfte Luke leicht und freundschaftlich gegen die Schulter.

»Klar.« Lukes Stimme klang neutral, gleichgültig.

Endlich sah er mich an. In seinem Blick lag so unglaublich viel, aber ich konnte nichts daraus greifen und verstehen. »Wollen wir langsam los, Chloe?«

»Ja.« Mir rauchte der Schädel. Dieses ganze Chaos wurde langsam wirklich zu viel für mich. »Bitte bring mich nach Hause.«

Kapitel Achtzehn

Ohne ein Wort zu sagen, fuhren wir los, nachdem wir unsere ehemalige Clique auf der Wiese stehen ließen. Wir hatten die halbe Strecke schon hinter uns, als ich das Schweigen brach, weil ich die Stille nicht mehr aushielt.

»Du bist nicht mit Olivia verlobt.«

»Nein.« Lukes Gesichtsmuskeln regten sich kaum. »Ich bin nicht mit Olivia verlobt.«

»Bist du überhaupt mit *irgendjemandem* verlobt?«, hakte ich nach und schluckte. Das Limobier hatte einen bitteren Nachgeschmack in meinem Mund hinterlassen, obwohl ich nicht wusste, wie das möglich war. Es war so unfassbar süß gewesen.

»Nein.« Luke hielt seinen Blick auf die Straße gerichtet. »Ich bin nicht verlobt.« Dann seufzte er. »Chloe, denkst du, ich hätte in Chicago mit dir geschlafen, wenn ich verlobt gewesen wäre?«

Da wärst du nicht der Erste gewesen.

»Warum hast du mir erzählt, du seist es?« Ich versuchte, nicht wütend zu klingen. Ich wollte nicht sauer sein, sondern einfach nur verstehen. Denn im Moment kapierte ich gar nichts. Absolut gar nichts. Aber ich war verletzt und verärgert. Und ich konnte nichts dagegen tun.

»Ich glaube nicht, dass du das verstehen würdest.« Lukes Stimme klang leiser als sonst. Daran merkte man, dass er dieses Gespräch nicht führen wollte. Aber dafür ich umso mehr.

»Ich würde es nicht verstehen, alles klar.« Ich schnaufte. »Woher nimmst du dir dann das Recht, alles zu verstehen, was mit mir zu tun hat? Wir haben heute locker eine ganze Stunde über mein intimstes Innenleben geredet und ich habe mich dir gegenüber wirklich geöffnet, weil ich dachte, dass wir Freunde sind und ich dir vertrauen kann. Aber du ... du hast mich die ganze Zeit angelogen. Seit unserem ersten Wiedersehen hast du mich angelogen! Du hast mich in dem Glauben gelassen, dass du Olivia in dieser Nacht in Chicago mit mir betrogen hast! Du hast zugelassen, dass ich mich deswegen schuldig fühle!« Je länger ich darüber nachdachte, desto tiefer grub sich das Messer in mein Herz. Wieso sollte man über so etwas lügen? Ich verstand es einfach nicht. Doch dann dämmerte es mir.

»Du hast einfach einen Grund gesucht, nicht wahr?«, fragte ich, als Luke nicht antwortete. Meine Stimme wurde brüchig. »Du wolltest so dringend nichts mit mir zu tun haben, du wolltest auf keinen Fall, dass ich Abbys Hochzeit organisiere und wir uns gezwungenermaßen öfter sehen. Du hast eine Ausrede erfunden. Und dir ist nichts Besseres eingefallen, als dass du mit Olivia verlobt bist und sie nicht wollen würde, dass ich ständig Zeit mit dir verbringe.« Genau das hatte er bei unserem ersten Wiedersehen gesagt. *Und deshalb würde es meiner Verlobten bestimmt nicht gefallen, wenn du hier jetzt rumtänzelst, um die Hochzeit deiner Schwester zu planen.* »Du verachtest mich so sehr, dass ...«

»Chloe, hör auf!«, rief Luke verzweifelt und endlich sah er mich an. »Ich verachte dich nicht, okay? Hör auf mit dem Quatsch!«

Ich versuchte, ruhiger zu atmen. Nicht wieder auf mein schlechtes Selbstwertgefühl zu hören, das mir andauernd einredete, dass niemand mich mochte. Nur weil Luke mich offensichtlich die ganze Zeit mit einer wichtigen Sache angelogen hatte, meinte er das, was er mir vor dem Konzert sagte, ja trotzdem ernst. Ich durfte nicht alles glauben, was ich dachte.

»Warum hast du mich dann so hintergangen?«, fragte ich erstickt und versuchte die Tränen zurückzuhalten. Warum war in meinem Leben alles so verdammt kompliziert? Ich wollte Luke so gerne wieder mögen. Ich wollte so gerne mit ihm befreundet sein. Aber ging das, wenn er sich so komisch und unfair verhielt? *Ging das, wenn wir miteinander geschlafen haben*, sollte vielleicht die wichtigere Frage sein.

Als schien er meine Gedanken gelesen zu haben, sagte er immer noch mit dieser verzweifelten Stimme: »Ich kann nicht mit dir befreundet sein.«

Jetzt standen mir die Tränen wirklich in den Augen. Weil ich es wusste. Er würde mich nicht plötzlich wieder mögen und wahrscheinlich könnte er das auch nie wieder. Aber die Wahrheit war, dass ich einen Freund wie ihn gerade so dringend brauchte. Keinen Lover, der mich auf der Rückbank eines Autos vögelte, sondern einen Freund. Ich hatte Jenna verloren, meine so ziemlich einzige und beste Freundin. Und wenn Abby herausfand, was ich getan hatte ... Dann hätte ich auch meine Schwester für immer verloren. Ich fühlte mich mutterseelenallein auf der Welt.

»Das ist okay«, flüsterte ich und musste mich zusammenreißen, nicht komplett in Tränen auszubrechen. »Es ist okay, wenn du mich nicht magst, ich verstehe das ...«

»Du verstehst überhaupt nichts!«, platzte es aus Luke heraus und er klang jetzt *noch* verzweifelter. Offenbar schienen die Gefühle auch ihn zu überwältigen und ich hatte die Befürchtung, dass er sich nicht mehr richtig auf die Straße konzentrieren konnte, da er jetzt mir zugewandt war. Zum Glück war es nicht mehr weit nach Hause.

»Dann erklär es mir!«, rief ich genauso verzweifelt zurück.

»Chloe, ich *mag* dich.« Luke fuhr sich mit einer Hand konfus durch die Haare, mit der anderen hielt er das Lenkrad fest umklammert. »Genau das ist das Problem, okay? Ich mag dich immer noch. Ich habe nie aufgehört damit. Denkst du, ich *könnte* jemals damit aufhören?«

»Aber das ist doch schön«, gab ich schniefend zurück. »Ich bin froh, dass du mich noch magst. Ich bin froh, dass wir wieder Freunde sind …«

»Aber wir *können* keine Freunde sein.« Jetzt klang Luke richtig ruhig und gefasst. Als würde er es mir ein für alle Mal erklären wollen. »Du hast schon damals, als du mit mir Schluss gemacht hast, gesagt, dass *wir vielleicht irgendwann Freunde sein können.* Aber ich wusste, das geht nicht. An dieser Tatsache hat sich für mich nie etwas geändert und dann kamst du vor gut zwei Wochen auf meinen Hof und meintest, mit mir die Hochzeit organisieren zu wollen … Chloe, wie können wir befreundet sein nach der Nacht in Chicago?« Er fuhr sich wieder durch die Haare. »Ich wusste, wenn wir wieder Zeit miteinander verbringen, passiert genau das. Wir denken, wir können Freunde sein, aber das funktioniert nicht. Ich werde schwach. Ich hätte dich in Chicago nicht anfassen sollen, aber ich konnte nicht anders. Du bist der einzige Mensch, der mir jemals nahestand, ich fühle mich dir immer noch so verdammt nah. Und deshalb wollte ich es von Anfang an verhindern. Ja, du hast recht, ich habe einen Grund gesucht, warum du die Hochzeit nicht organisieren kannst. Dass ich verlobt bin, war der erste und mit Abstand dämlichste Grund, der mir in diesem Moment eingefallen war. Ich war so verdammt überrumpelt. Ich wusste nur, dass ich dich um jeden Preis auf Abstand halten muss.«

»Aber warum?« Jetzt lief mir eine Träne die Wange runter, als ich Luke ansah. Ein bisschen fühlte es sich an, als würde *er* diesmal mit *mir* Schluss machen. Aber mein Schmerz in diesem Moment war kein Vergleich zu dem, den er damals verspürt hatte, als ich nach Chicago gegangen war. »Warum können wir nicht einfach befreundet sein? Es wird sicherlich nicht so oft vorkommen, dass wir nachts zusammen in einem Auto liegen, und dann ...«

»Chloe ...« Luke lenkte in unsere Straße. In wenigen Minuten würden wir vor meinem Haus halten, ich würde aussteigen müssen. »Als wir in Chicago waren und ich dich in diesem verdammten Hinterhof mit diesem verdammten Scheißkerl gefunden habe ... Da hat es mich fast zerrissen. Wirklich. Und da wusste ich wieder, warum ich mich von dir fernhalten sollte. Während du in Chicago warst, musste ich nicht mitansehen, wie du andere Männer geküsst hast. Ich wusste, dass es passierte, aber ich musste nicht dabei sein. Aber wenn wir ... wenn wir *Freunde* sind, dann würde ich solche Szenen wohl oder übel öfter ertragen müssen. Und das kann ich nicht.« Er schluckte. Wir hielten vor meinem Haus. »Überleg doch nur, was passiert ist, als ich diesem Jamie gegenübertreten musste. Hättest du mich nicht abgehalten, hätte ich diesen Idioten windelweich geschlagen. Und warum? Nicht wegen dieses eines dummen Spruchs, den er gemacht hat. Sondern einfach wegen der Tatsache, dass er dein verdammter Exfreund ist. Dass er dich angefasst hat. Dass er dich schlecht behandelt hat. Ich kann das nicht.« Er sah mich nicht an. Er sah geradeaus. Den Motor hatte er längst ausgeschaltet. Um uns herum war jetzt wieder diese bedrückende Stille. Und Dunkelheit. »Ich kann nicht mit dir befreundet sein, weil ich immer noch Gefühle für dich habe. Ich werde dich immer anfassen wollen. Ich werde dir immer nah sein wollen. Egal ob in meinem beschissenen Auto an einem Straßenrand in Chicago oder auf einer verdammten Picknickdecke in einem Park. Und das wird auch immer so bleiben.«

Mein Herz verkrampfte sich. Ich hatte das Gefühl, nicht mehr atmen zu können, weil diese Worte viel zu viel für mich waren. Ich wusste nicht wohin mit ihnen. Oder wohin mit meinen Emotionen. Ich wusste gar nichts.

»Luke ...«

»Ich würde dich jetzt bitten auszusteigen.« Er trommelte mit seinen Fingern auf dem Lenkrad, weil er die Stille, die Anspannung nicht ertragen konnte. Das war mir klar. Das war ein schlimmer Moment für ihn und deshalb wollte ich ihn nicht herauszögern.

Ich schnallte mich ab, öffnete die Autotür. »Danke fürs Fahren«, brachte ich hervor und dann stieg ich aus.

Für Luke.

Als ich in die Küche kam, schwindelig vor Emotionen, fand ich dort Mike vor. Mike mit einem Glas Whisky, den Kopf auf die Hände gestützt.

Ich erstarrte in der Küchentür. Eigentlich wollte ich mir nur ein Glas Wasser holen, mich gegen den Kühlschrank lehnen, für ein paar Minuten einfach nur verarbeiten, was gerade geschehen war, auch wenn ich das nicht hinkriegen würde.

Aber jetzt überlegte ich, mich einfach umzudrehen und wieder in den Flur zu schleichen. Doch da hatte Mike bereits den Kopf gehoben und mich entdeckt. In seinen Augen blitzte etwas auf. »Chloe.«

»Ja. Hi«, stotterte ich, hob die Hände und machte einen Schritt rückwärts. »Ich bin grad erst nach Hause gekommen. Ich werd jetzt ... ins Bett gehen.«

»Kannst du dich zu mir setzen?« Mike sah nicht gut aus. Furchtbar erschöpft. Seine Augen waren blutunterlaufen, sein Haar zerzaust – was zugegebenermaßen gleichzeitig auch sexy aussah – und er war blass im

»Ich kann nicht mit dir *befreundet* sein, weil ich immer noch *Gefühle* für dich habe. Ich werde dich *immer* anfassen wollen. Ich werde dir immer *nah* sein wollen.«

» Ich kann nicht mit dir *befreundet* sein, weil ich immer noch *Gefühle* für dich habe. Ich werde dich *immer* anfassen wollen. Ich werde dir immer *nah* sein wollen.«

Gesicht. Seine Stimme und sein Blick waren flehend. »Bitte.«

Ich zögerte. Eigentlich schrie alles in mir, mich jetzt nicht um Mitternacht allein mit Mike in die Küche zu setzen. Meine Eltern waren längst im Bett. Aber er bat mich darum. Und er wirkte, als müsste er wirklich mit jemandem reden.

Also schloss ich seufzend die Küchentür hinter mir und ließ mich gegenüber von ihm nieder. »Was ist los mit dir?«, fragte ich vorsichtig, aber bestimmt.

»Willst du auch?« Mike hielt mir sein Glas hin, aber ich schüttelte den Kopf. Er rieb sich über das Gesicht. »Mir geht's nicht gut.«

»Das sehe ich«, erwiderte ich und bemühte mich um einen neutralen Tonfall. Alles andere war viel zu gefährlich. »Willst du mir erklären warum?«

»Kannst du dir das nicht denken?«, schnaubte Mike verbittert.

Ich atmete schwer ein. Natürlich, eigentlich schon. Mir ging es dreckig, weil der Verlobte meiner Schwester sie mit mir betrogen hatte. Tja, wie musste es dann erst ihm gehen?

»Wegen der Sache mit uns«, antwortete ich fast tonlos.

»Ja.« Mike ließ seine Faust auf den Tisch knallen und ich zuckte zusammen. Erschrocken sah er mich an. »Sorry. Ich steh echt neben mir. Die ganze Situation macht mich so fertig. Ich kann kaum noch in den Spiegel sehen.«

»Geht mir genauso.« Mir war doch nach einem Schluck Whisky, aber ich ließ es sein.

»Meiner Meinung nach *müssen* wir darüber reden«, stellte Mike klar. »Ich weiß, du würdest mir am liebsten für immer aus dem Weg gehen, und ich wette, du planst auch irgend so was, richtig? Du willst Abbys Hochzeit organisieren und dich dann aus ihrem Leben zurückziehen und für immer mit diesem schlechten Gewissen leben …«

Ich zog scharf die Luft ein. Woher wusste Mike das? Woher kannte er mich so gut?

»Und was ist *dein* Plan?«, gab ich vorwurfsvoll zurück, ohne seine Aussage zu bestätigen. »Willst du sie einfach heiraten, als wäre nichts gewesen? Kannst *du* für immer mit dieser Schuld leben?«

»Nein. Keine Ahnung.« Mike standen Tränen in den Augen. »Ich weiß überhaupt nichts mehr, Chloe. Ich weiß nicht mehr, ob ich Abby heiraten kann. Ob ich das will.«

Ich schluckte. Mein schlimmster Albtraum bewahrheitete sich. Oder, na ja – eigentlich war ich gar nicht sicher, was schlimmer war. Dass Mike Abby heiratete und ihr niemals jemand die Wahrheit sagte. Oder, dass er sie nicht heiratete. Gerade kam mir die Vorstellung, dass ich Abbys gemeinsame Zukunft mit Mike zerstört hatte, noch schlimmer vor.

»Warum weißt du nicht mehr, ob du Abby heiraten willst?«, hakte ich überflüssigerweise nach, weil mir nichts Besseres einfiel.

»Das ist doch offensichtlich«, gab Mike gequält von sich. »Sie hat was Besseres verdient. Was tausendmal Besseres. Nicht jemanden, der sie kurz vor der Hochzeit mit ihrer Schwester betrügt. Und selbst, wenn das nicht passiert wäre – ich kann Abbys Ansprüchen niemals gerecht werden.« Das war neu. Ich sah Mike fragend an. Er fuhr fort. »Du weißt, wie sie ist, immerhin ist sie deine Schwester. Abby ist Perfektionistin. Auf der einen Seite liebe ich das an ihr – sie gibt immer einhundert Prozent, ist zielstrebig, hartnäckig. Sie würde sich niemals mit weniger zufriedengeben, als mit dem, was perfekt ist. Aber ich bin nicht perfekt. Ich glaube nicht, dass ich der Ehemann sein kann, den sie will.«

»Aber niemand ist perfekt«, erwiderte ich zaghaft. Von dieser Thematik konnte ich wirklich ein Lied singen.

»Mag sein.« Mike fuhr sich über den Kopf. »Aber Abby wünscht es sich so. Und deshalb weiß ich einfach nicht, ob wir wirklich so gut zusammenpassen. Alles war sehr überstürzt mit der Verlobung. Als ich Abby kennengelernt habe, war es wie ein Feuerwerk in meinem Kopf ... *Boom* ... Sie kam mir einfach vor wie die perfekte Frau.«

Ein Stich fuhr durch meine Magengrube. Ja. So kam Abby mir auch schon mein ganzes Leben lang vor. Die perfekte Abby. »Und eine lange Zeit ist die Vorstellung von Abby in meinem Kopf auch so geblieben, sonst hätte ich ihr ja keinen Antrag gemacht. Und ich glaube auch immer noch, dass sie perfekt ist. Aber eben nicht für mich. Als ich dich an diesem Abend in diesem Keller gesehen habe ...«

Mein Magen zog sich zusammen. Also war doch ich der Grund. Ich konnte das nicht. Ich konnte nicht der Grund sein, das ertrug ich nicht. »Weil ich alles andere als perfekt bin?«, schnaubte ich.

»Nein, Chloe.« Mike sah mir tief in die Augen. »Weil ich glaube, dass du perfekt für *mich* wärst.«

Eine heiße Gänsehaut breitete sich auf mir aus, ich war kurz davor, die Whiskyflasche zu nehmen und sie mir an den Hals zu halten. Aber stattdessen ergriff Mike sie und schüttete sich selbst nach.

»Sag so was nicht«, bat ich ihn flehend und musste daran denken, wie gut mein Körper in seine Hände gepasst hatte. »Sag nicht, dass ich perfekt für dich wäre.«

»Das wärst du aber.« Mike leerte seinen Whisky in einem Zug. »Du hast mich meine gesamte Beziehung zu Abby überdenken lassen. Du bist anders als sie. Ganz anders. Das bedeutet nicht, dass du nicht perfekt bist – es bedeutet, dass du auch von anderen Menschen nicht verlangst, dass sie perfekt sind. Ich glaube, ich könnte dir alles sagen, du würdest mich nicht verurteilen. Du kämpfst mit deinen eigenen Dämonen und deswegen kannst du nachfühlen, wenn andere das auch tun. Weißt du ...« Mike schob sein Glas hin und her. »Meine Mutter war genau wie Abby. Eine Perfektionistin. Klar, die Theorie, dass man sich eine Frau aussucht, die wie die eigene Mutter ist, ist längst überholt – aber vielleicht stimmt sie doch ein kleines bisschen. Meine Mutter hatte unglaublich hohe Ansprüche an mich. Ich bin ohne Vater aufgewachsen und ich glaube, deshalb wollte sie doppelt streng sein. Sozusagen, streng für gleich zwei Personen. Sie hat mich auf eine unfassbar teure Privatschule geschickt, dort ging es hart und unfair zu. Danach auf die beste Elite-Uni ...« Mike schüttelte sich, scheinbar von schlechten Erinnerungen gequält. »Ich musste immer die besten Noten haben, konnte mir nichts selbst aussuchen. Mein Weg war schon vorbestimmt. Dass ich Finance studiere, hat meine Mutter beschlossen. Dass ich eine eigene Unternehmensberatung gründe, ebenfalls. Sie hat mir die nötigen Kontakte an die Hand gegeben, sie hat alles Erdenkliche getan, um den perfekten Sohn aus mir zu machen ... Aber ich war es nie. Und genauso wenig werde ich für Abby der perfekte Ehemann sein können.« Er legte die Stirn auf seine Hände. »Abby wird es mir nie verzeihen. Sie wird unglücklich sein, sobald sie merkt, dass ich nicht der bin, für den sie mich hält. Aber du, Chloe, du würdest mir meine Fehler vergeben. Das weiß ich.« Er sah wieder auf und seine Hand bewegte sich so schnell auf meine zu, dass ich es nicht kommen sah und nicht verhindern konnte. Er berührte mich. Er legte seine auf meine. Seine Haut traf auf meine und sandte Tausende Stromstöße durch mich hindurch. »Ich habe

Gefühle für dich, Chloe. Und ich weiß nicht, wie ich damit umgehen soll.«

In mir kämpften Hunderte verschiedene Emotionen miteinander. Mein Kopf sagte mir, dass ich sofort meine Hand wegziehen sollte, damit Mike mich nicht länger berühren konnte, und dass ich aufstehen und nach oben verschwinden sollte. Aber ich konnte nicht. Ich musste weiter in Mikes braune Augen schauen und versuchen zu verarbeiten, was er mir gerade gesagt hatte.

Er hatte Gefühle für mich. Und er war sich nicht mehr sicher, ob er Abby heiraten sollte.

»Wir können nichts dafür, in wen wir uns verlieben, Chloe. Manchmal passiert es einfach. Es ist nicht immer richtig und schon gar nicht fair. Die Liebe ist nie fair.« Mikes Worte erhitzten meinen ganzen Körper, lösten einen unglaublichen Sturm der Gefühle in mir aus. Ich konnte mich nicht rühren, war wie erstarrt, und das nutzte er schamlos aus. Er stand plötzlich von seinem Stuhl auf, überbrückte die kleine Distanz zwischen uns und beugte sich zu mir herunter. »Es ist niemals fair«, flüsterte er, legte seine freie Hand um meinen Hinterkopf und wollte mich küssen.

Ich fuhr ruckartig nach hinten, weg von seinem Gesicht, und genau in diesem Moment hörten wir ein lautes Geräusch vor der Tür und im nächsten, wie die Klinke heruntergedrückt wurde.

Mike rückte schneller von mir ab, als eine Sekunde andauerte. Trotzdem wäre es fast nicht schnell genug gewesen, denn es verging kaum mehr als eine Sekunde bis die Küchentür aufschwang und Mom im Türrahmen stand.

Mein Herz schlug mir bis zum Hals und ich war überzeugt davon, dass mein Gesicht so rot wie eine Tomate war. Mike dagegen ließ sich ganz lässig auf den Stuhl neben mir sinken, als hätte er gerade nicht vor mir gestanden und sich zu mir runtergebeugt, um mich zu küssen.

»Chloe? Mike?« Mom blinzelte mit müden Augen gegen das grelle Küchenlicht an und mir wurde klar, dass sie ihre Brille nicht aufhatte und nicht besonders viel erkennen konnte. Sie trug außerdem ihren Morgenmantel und war wahrscheinlich nur aufgestanden, um etwas zu trinken – und völlig schlaftrunken. »Was macht ihr denn hier?« Sie ging hinüber zum Küchenschrank und nahm sich ein Glas heraus.

»Ich bin gerade vom Open Air mit Luke wiedergekommen«, erwiderte ich so ruhig wie möglich. »Und habe noch etwas mit Mike gequatscht.«

Er schwenkte sein Whiskyglas. »Konnte nicht schlafen.«

»Ach, für euch junges Gemüse ist es ja auch noch nicht spät.« Mom gähnte und trank etwas. »Aber wir alten Herrschaften brauchen unseren Schlaf.«

»Ach, ihr seid doch nicht alt«, flötete Mike charmant. Sein gesamter gebrochener Zustand von vor ein paar

Minuten war wie weggewischt. Konnte er so verdammt gut schauspielern?

»Oh, doch.« Mom lachte. »Und deshalb gehe ich jetzt auch wieder ins Bett. Macht euch noch einen schönen …«

»Ich auch!«, rief ich und sprang auf. So abrupt, dass ich fast meinen Stuhl umwarf. Mom sah mich irritiert an. »Ich gehe auch ins Bett«, stellte ich klar und räusperte mich. Mit drei Schritten war ich bei Mom an der Tür und quetschte mich vor ihr raus. »Gute Nacht, Mike«, rief ich noch, als ich schon die Stufen zu meinem Zimmer hochstolperte.

Kapitel Neunzehn

Aktuelle Bilanz:

Männer, die mir in den letzten 24 Stunden gesagt haben, dass sie Gefühle für mich haben: 2

Männer, die davon mit meiner Schwester verlobt sind: 1

Männer, für die ich davon Gefühle habe: ~~0~~ ~~2~~ ~~1~~ … Oh Gott, keine Ahnung.

Mir ging es schlecht. Die Probleme, die sich in meinem Leben aufgetan hatten, waren langsam so groß, dass sie sich wie ein Berg vor mir auftürmten. Das Leben verlangte wohl von mir, dass ich diesen erklimmen würde, aber für mich war es undenkbar, auch nur einen Schritt vorwärts zu tun. Und so blieb ich den nächsten Tag im Bett liegen. Ich wollte niemanden sehen. Meinen Eltern sagte ich, dass ich krank wäre, und fühlte mich wieder wie ein zwölfjähriges Kind, das sich vor der Schule drücken wollte. Sie stellten mir Essen vor die Tür und ließen mich weitestgehend in Ruhe. Auch am zweiten Tag noch. Ich ließ meine Jalousien unten, wollte kein Tageslicht sehen. Badete in Selbstmitleid, das ich nicht verdient hatte. Grübelte immer wieder, wann mein Leben derart aus dem Ruder gelaufen war. Was zur Hölle Luke und Mike, zwei so unglaublich attraktive, intelligente und auf ihre ganz eigene Weise erfolgreiche Männer ausgerechnet an mir fanden, während ich selbst meine eigene Existenz doch kaum ertragen konnte.

Am dritten Tag platzte Dad in mein Zimmer und warf mir meinen alten Hut aufs Bett. »Zieh dich an, Chloe, wir gehen angeln.«

»Wie bitte?«, krächzte ich und zog mir meine Bettdecke über den Kopf. »Ich bin krank, Dad.«

»Ja, ich weiß.« Dad klopfte gegen den Türrahmen. »Krank vor Sorge, Chloe. Ich weiß zwar nicht warum, aber ich kenne dich gut genug, um zu wissen, dass meine Tochter wieder eine dieser Existenzkrisen hat, von denen sie früher eine ganze Menge hatte.«

»Eine ganze Menge?« Widerwillig setzte ich mich auf.

Dad lachte. »O ja, früher kam das alle paar Monate mal vor. Du vergrubst dich tagelang nur in deinem Zimmer, wolltest nicht mal Tageslicht reinlassen und schon gar keine Menschen. Auslöser konnte alles Mögliche sein – dass wir dir verboten hatten auf eine

Party zu gehen oder dass Abby ein schöneres Weihnachtsgeschenk bekommen hat. Es spielte keine Rolle, ich weiß, was dir immer geholfen hat. Und du weißt es auch.«

Ich seufzte und sah auf den dunkelblauen Fischerhut hinab, den Dad mir auf mein Bett geworfen hatte. Damals trug ich ihn sehr gerne. Er hatte eine gelbe Naht, die an einigen Stellen schon Fäden zog, sah ansonsten aber noch aus wie neu, obwohl er uns auf unzählige Angelausflüge begleitet hatte.

»Angeln«, flüsterte ich fast tonlos.

»Keine Widerrede.« Bevor Dad verschwand, rief er, »In zehn Minuten treffen wir uns am Auto!«

Wie sehr hatte ich das vermisst?

Es war mir in Chicago überhaupt nicht bewusst gewesen, aber ich hatte es *verdammt* vermisst. Das türkise Wasser des Lake Corney. Der blaue Himmel, an dem Vögel über uns vorbeiflogen, die Dad ganz genau bestimmen konnte. Er hatte sogar immer sein winzig kleines Vogelbuch in der Jackentasche, um im Zweifelsfall doch mal etwas nachgucken zu können, aber das musste er gar nicht. Er wusste einfach alles. Ich liebte es immer noch so sehr, wie wir in schweigendem Einklang in unseren orangenen Campingstühlen auf dem braunen Steg des Sees saßen und unsere Angeln ins

Wasser hielten. Dad hatte mir einmal, als ich klein war, anvertraut, dass er immer hoffte, dass keiner anbiss. Denn dann musste man sich jedes Mal wieder dem ethnischen Dilemma stellen, ob es richtig war, einen Fisch zu töten und zu essen. Wenn Dad alleine oder mit seinen Freunden angelte, aßen sie ihre Fänge danach meistens, doch ich hatte irgendwann einmal mit Dad den Kompromiss geschlossen, dass alles, was wir angelten, wieder lebendig im Wasser landen würde. Und daran hielten wir uns. Genau darum hatte Dad einmal gesagt, er sei froh, wenn kein Fisch anbiss. Ihm ging es nicht um das Angeln an sich, sondern um den Moment, den wir beide miteinander teilten. Nebeneinander mit unseren Fischerhüten in der Sonne, auf das hypnotisierende Wasser zu starren, dem Zwitschern zu lauschen.

»Das haben wir viel zu lange nicht gemacht«, seufzte ich, lehnte mich zurück und blinzelte in die Sonne. In diesem Moment empfand ich etwas, das ich schon ewig nicht mehr verspürt hatte. Nämlich inneren Frieden. Auch wenn er nur kurz anhielt.

»Das stimmt und ich war schon eine ganze Weile sehr traurig deswegen«, gab Dad zu und seine Stimme klang belegt. »Wann war das letzte Mal überhaupt gewesen? Es müssen Jahre vergangen sein.«

Ich sah ihn reumütig an. »Warum hast du mich nicht früher gefragt, ob wir mal wieder angeln gehen wollen?«

Dad sah in meine Augen und dann auf seine Angel

herab. »Chloe, Liebling – du warst in Chicago. Und du schienst nicht besonders gerne nach Hause zu kommen.«

Der mir inzwischen altbekannte Stich fuhr wieder durch meine Magengegend. »Es tut mir leid«, flüsterte ich leise, aber Dad hörte es trotzdem.

Er sah mich mit einem warmen Blick an. »Chloe, es muss dir nicht leidtun. Du hattest sicher deine Gründe, warum du dich so selten bei uns gemeldet hast und so lange nicht nach Hause gekommen bist. Ich kann sie mir auch denken.«

»Ach ja?« Ich ließ meine Angel schlackern. »Was denkst du denn, waren die Gründe?« Es interessierte mich wirklich. Vielleicht wusste Dad mehr über mich als ich selbst.

»Na ja, es war wegen des Jungen, oder nicht?« Dad richtete seinen Hut. Für ihn war Luke immer *der Junge* gewesen. Jamie hatte er immer nur *der Junge zwei* genannt, so als wäre er nur eine Fortsetzung von Luke gewesen. Jeder wusste, dass Fortsetzungen niemals so gut waren wie das Original. Ich fragte mich, ob der nächste, mit dem ich zusammen sein würde, von Dad den liebevollen Stempel *Der Junge drei* bekommen würde.

»Wegen Luke?« Ich fuhr mir über meinen inzwischen schweißnassen Nacken. Gut, dass wir uns so dick mit Sonnencreme eingerieben hatten, die Sonne brannte wirklich vom Himmel. »Du denkst, ich bin wegen Luke so wenig nach Hause gekommen?«

»Das habe ich immer vermutet«, gab Dad zu. »Ich

dachte, du hättest Angst, ihm zu begegnen. Alte Wunden aufzureißen. Bei dir und bei ihm.«

Eine Weile schwiegen wir. Es blubberte verdächtig im Wasser, aber kein Fisch zog an meiner Angel.

Ich sah mich um und dachte, dass das hier möglicherweise der schönste Ort der Welt war. Das Ufer des Lake Corney und Dad. Manchmal machten erst die Menschen einen Ort zum schönsten der Welt, das wusste ich inzwischen.

»Heilen Wunden überhaupt irgendwann?«, seufzte ich. »Oder wird man immer Gefahr laufen, sie irgendwann wieder aufzureißen?«

Darüber dachte Dad eine Weile nach. »Ich denke, es kommt ganz darauf an, wie tief sie sind. Dass kleine Wunden vollständig verheilen können, da bin ich mir sicher. Es wäre doch furchtbar, wenn jeder kleine Schmerz immer wieder in uns hochkochen würde. Aber die großen, die richtig tiefen Wunden ...« Dad sah mich mitfühlend an. »Nein, ich glaube, die verheilen nie ganz. Die werden immer ein bisschen wehtun. Wichtig ist nur, wie wir mit diesem Schmerz umgehen.«

»Ich glaube, ich kann das nicht so gut«, gab ich zögerlich zu. »Mit Schmerz umgehen, meine ich. Ich laufe lieber davor weg oder versuche, ihn mit irgendwas zu betäuben. Ja, vielleicht war das einer der Gründe, warum ich so wenig hier war ... Chicago war irgendwo auch meine Flucht.«

»Manchmal tat es mir leid, dass er nicht wegrennen konnte.«

»Wie meinst du das?«

»Der Junge.« Dad seufzte und warf seine Angel neu aus. »Es ist nicht gut, vor seinen Problemen wegzulaufen, aber manchmal geht es nicht anders. Manchmal brauchen wir diese Flucht, um nicht völlig durchzudrehen. Und das hatte Luke nicht. Du konntest weglaufen, aber er nicht. Er war an diesen Ort gebunden, an diesen Hof. Du konntest in Chicago ausblenden, dass es Luke gibt, aber er war weiterhin umgeben von all euren Erinnerungen, all die Jahre.«

Ich hatte einen sehr großen Kloß im Hals. Dads Worte taten mir weh, weil sie stimmten. »Dad ... wie ging es Luke? All die Zeit, in der ich weg war?«

Ich wusste, dass meine Eltern Kontakt zu Luke gepflegt hatten. Meine Familie bedeutete ihm was. Sonst würde er auch Abby niemals ihre Hochzeit auf seinem Gutshof feiern lassen.

Dad seufzte. »Es ging ihm wirklich unglaublich schlecht. Was du nicht weißt, Chloe ... Jede Woche saß er in unserer Küche, meistens sonntagabends, und trank einen Whisky mit mir. Und erkundigte sich nach dir. Er wollte sichergehen, dass es dir gut ging in Chicago. Er wollte nicht alle Einzelheiten hören. Als wir ihm irgendwann erzählen mussten, dass du einen neuen Freund hattest, konnte ich ihm ansehen, dass er innerlich noch weiter zerbrach – wenn das überhaupt möglich ist. Aber das Einzige, das er wissen wollte, war, ob wir dachten, dass du mit ihm glücklich bist. Und wir nickten. Und dann nickte er auch. Und er schien irgendwie, auf irgendeine Weise seinen Frieden damit gefunden zu haben. Er wollte nur, dass du glücklich bist.«

Tränen brannten in meinen Augen. Diese Erzählung war seltsamerweise noch viel schlimmer, als aus Lukes Mund zu hören, dass er nicht mit mir befreundet sein konnte, weil er noch Gefühle für mich hatte.

»Ich habe so ein schlechtes Gewissen, dass ich nicht hier war, als sein Vater gestorben ist«, flüsterte ich unter Tränen.

Dad legte einen Arm um mich. »Du hattest deine Gründe, Chloe. Es gibt immer welche. Falls es dich tröstet: Wir waren für ihn da. Luke und seine Mutter waren nicht allein.«

»Wie ging es ihm, als er erfahren hat, dass er gestorben ist?«, fragte ich und sah Dad durch meine Tränen an.

Er zögerte, als wäre er nicht sicher, ob er es mir wirklich erzählen sollte. Doch dann schien er sich für die Wahrheit zu entscheiden. »Luke, er …« Dad schluckte und seufzte. »Ich fand ihn in seinem Schlafzimmer auf dem Hof. Er war bewusstlos.«

»Bewusstlos?« Ich sprang panisch von meinem Stuhl auf. »Warum das?«

»Er hat zu viel getrunken, viel zu viel.« Dad schluckte, auch ihn nahm diese Erinnerung sichtlich mit.

»Er hätte sich fast ins Koma getrunken. Er hatte eine Alkoholvergiftung. Wir haben ihn gerade noch rechtzeitig ins Krankenhaus gebracht.«

Jetzt weinte ich. So sehr, dass Dad auch aufstehen und mich in den Arm nehmen musste. Meine Schultern bebten, mein ganzer Körper bebte, und wir standen einfach nur so da, über uns der blaue Himmel, die gleißende Sonne, aber in meinem Herzen nichts als Dunkelheit.

Kapitel Zwanzig

Abbys Hochzeit rückte näher.

Im Grunde genommen waren es nur noch drei Wochen bis zu dem Termin, den Abby und Mike sich beim Standesamt hatten geben lassen. Sie würden nur dort heiraten, im engsten Familienkreis, nicht kirchlich, und anschließend die Feier auf Lukes Hof mit Freunden und Verwandten veranstalten.

Von Mikes Seite käme wohl fast niemand, wie Mom mir anvertraute, als wir ein paar Tage nach Dads und meinem Angelausflug in der Küche standen und Aprikosenkuchen backten.

Mike war für ein paar Tage bei Abby. Als ich das erfahren hatte, war mir ein riesiger Stein vom Herzen gefallen. Denn seit unserem sehr gefährlichen nächtlichen Beinahe-Kuss in der Küche waren wir nicht mehr allein gewesen und wir durften es auch nicht sein. Doch jetzt waren Dad und er mit der Gartenlaube schon so weit vorangekommen und Abby so im Arbeitsstress, dass sie beschlossen hatten, dass es mehr Sinn ergab, wenn Mike sie besuchte und nicht umgekehrt. Mir gab das wortwörtlich ein bisschen mehr Freiraum, um nachzudenken.

»Er versteht sich wohl nicht besonders gut mit seiner Familie«, raunte Mom mir über dem Mürbeteig zu, so als könnte uns jemand hören, wenn wir zu laut sprachen. Dabei war Dad unterwegs und niemand anderes hier.

Ich musste an Mikes und mein Gespräch in der Küche denken. Wie er über seine Mutter geredet hat.

Meine Mutter hatte unglaublich hohe Ansprüche an mich. Ich bin ohne Vater aufgewachsen und ich glaube, deshalb wollte sie doppelt streng sein.

»Er hat keinen Vater mehr, nicht wahr?« Ich fand es faszinierend, wie gut man abschalten konnte, wenn man Teig knetete. Ich fragte mich, warum ich in Chicago nie gebacken hatte. West Village lud einen quasi dazu ein, Kuchen, Torten und Cupcakes zu backen. In jedem Garten saftige Apfelbäume, dick bestückte Sträucher voller Himbeeren, Brombeeren und Johannisbeeren ... Je länger ich hier war, desto öder und trister kam mir das Leben in Chicago vor. Wie konnte man es ertragen durch eine graue Stadt zu laufen und Abgase einzuatmen, wenn hier überall der Duft von Blumen in der Luft lag?

»Sein Vater hat ihn und seine Mutter anscheinend verlassen, als Mike noch ganz klein war.« Mom seufzte.

»Der arme Junge. Seine Mutter ist wohl eine unglaublich erfolgreiche Geschäftsfrau, sehr reich … Aber absolut kaltherzig.«

»Ja, so ähnlich hat er es mir auch erzählt.« Ich fettete die Springform ein.

»Ich kann mir das überhaupt nicht vorstellen!«, rief Mom entrüstet. »Anscheinend hat sie Mike förmlich gezwungen, auf diese und jene Universität zu gehen, welchen Studiengang er wählen sollte und welchen Job er auszuüben hatte … Sie hat sicher nur das Beste für ihn gewollt, keine Frage, und es hat ja scheinbar auch funktioniert – Mike ist ja sehr erfolgreich und ich freue mich wirklich, dass Abby und er über so viel Geld verfügen werden. Aber Geld sollte niemals wichtiger sein als das individuelle Glück eines Menschen. Ich hätte mir *niemals* vorstellen können, Abby und dir eine Universität oder einen Job vorzuschreiben.« Mom legte sich kopfschüttelnd die Hand auf die Brust.

Das stimmte. Meine Eltern hatten mit keiner Wimper gezuckt, als ich ihnen mit achtzehn verkündet hatte, dass ich nach Chicago ziehen und Journalismus studieren würde. Insgeheim hatten sie sich wahrscheinlich gewünscht, dass ich eine Uni wählen würde, die näher an West Village war, so wie Abby. Aber sie hatten nicht versucht, mich entgegen meiner Wünsche und Vorstellungen zu beeinflussen.

»Wir sind übrigens stolz auf dich, Chloe, ich hoffe,

das weißt du.« Jetzt legte Mom einen Arm um mich, während ich den Kuchenteig in der Form verteilte.

Ich schluckte. »Obwohl ich immer noch nicht mit meinem Studium fertig und gefeuert worden bin?«

»Natürlich! Wir werden *immer* stolz auf dich sein. Und das kannst du auch sein. Nur, weil sie dich bei diesem einen Job entlassen haben, heißt das nicht, dass du keine gute Journalistin bist. Wir wissen, dass du Talent und Ehrgeiz hast. Und wir sind uns sicher, dass du den richtigen Weg gehst. Und weiterhin gehen wirst.«

Tränen stiegen mir in die Augen. Erst das Gespräch beim Angeln mit Dad, jetzt das Kuchenbacken mit Mom – meine Eltern hatten wohl Antennen dafür, dass es mir im Moment nicht gut ging. *Natürlich, es sind deine Eltern,* sagte eine vorwurfsvolle Stimme in meinem Kopf. *Du bedeutest ihnen etwas, sie wollen, dass du glücklich bist. Auch wenn sie die ganzen Jahre gedacht haben müssen, dass sie dir völlig egal sind, so wenig, wie du dich gemeldet hast …*

Und dann kam mir noch ein furchtbarerer Gedanke: Würden sie mich immer noch lieb haben, wenn sie herausfänden, was ich getan hatte? Dass Mike Abby mit mir betrogen hatte? Dass ich ihn anziehend fand? Denn das konnte ich nicht leugnen, und das würde auch nichts bringen. Ich musste nur überlegen, wie ich weiterhin damit umgehen würde. Eines stand für mich fest: Es würde nie wieder zu einem Kuss zwischen Mike und mir – oder auch nur zu einer unsittlichen Berührung –

kommen. Und wenn ich dafür meine Sachen packen und wieder nach Chicago verschwinden musste, diesmal für immer. Dann würde ich das tun.

Mom schien meine Gedanken lesen zu können, denn sie fragte: »Chloe, ... möchtest du zurück nach Chicago?«

Mir fiel fast der Kuchenlöffel aus der Hand. »Mom, natürlich möchte ich zurück nach Chicago!« Ich versuchte mich an einem ungläubigen Lachen. »Was denkst du denn? Chicago ist mein Zuhause.«

Mom lächelte. »Oh, und ich dachte, das hier wäre dein Zuhause.«

Ich sah sie sanft an. »Das ist mein altes Zuhause. Chicago ist mein neues Zuhause, und das wird es auch wieder werden, wenn ich einen neuen Job habe.«

»Natürlich.« Mom strich ihre Bluse glatt. »Dein Dad und ich möchten nur, dass du weißt ... Wenn du hierbleiben und nicht wieder dorthin zurückgehen möchtest, dann könnten wir das alle verstehen. Und das hat nichts mit Versagen zu tun. Wir würden eine hübsche Wohnung für dich finden. Und du musst dir auch keine Gedanken darüber machen, was die Leute sagen würden. Im Gegenteil. Ich habe schon mit einigen gesprochen und ...«

»*Mom*!«, jaulte ich. Das war ja klar. Sie plauderte mit ganz West Village über meine Zukunft.

»Alle haben sich gefreut, dass du wieder da bist!«, verteidigte Mom sich. »Und Earl von der Zeitung hat gesagt ...«

»Du hast sogar mit *Earl* gesprochen?«, quietschte ich entsetzt. Earl war so etwas wie ein Onkel für mich. Er war mit Dad im Posaunenchor und hatte früher immer mit ihm hier im Garten gewerkelt. Außerdem war er der Chefredakteur der Tageszeitung von West Village, ein absolutes Käseblatt, das nur über Wildunfälle und Schützenfeste berichtete.

»Ja!« Mom nickte wild. »Und Earl meinte, dass sie jederzeit einen Job für dich hätten. Weißt du, eine ihrer Redakteurinnen hört dort auf, und sie brauchen eine neue …«

»Mom!« Pikiert klatschte ich eine Aprikose nach der anderen auf den Teig. »Bitte hör auf. Ich werde nicht für den *West Village Tribune* über Kommunalpolitik schreiben, okay? Lieber fahre ich Taxi in Chicago oder so.«

»Okay, okay.« Mom hob abwehrend die Hände. »Ich wollte es nur gesagt haben, Chloe.«

»Heißen Dank auch«, grummelte ich. Das wurde ja immer besser. *Earl.*

Abbys Hochzeit-Checkliste

- *Band: gebucht (Jupiter Jules – überraschend gut und überraschend schnuckelig)*

Hochzeitstorte: bestellt (Die wird so unfassbar lecker.)

- Fotografin: beauftragt (Großcousine Bea ist die Fotografin – sie wäre beleidigt, wenn wir sie nicht gefragt hätten. Ich hoffe, sie macht gute Fotos, auf ihren Social-Media-Kanälen sieht man immer nur ihren Dackel Rocky mit einem Hut …)
- Catering: bestellt (Es wird ein großes Buffet geben mit allem, was das Herz begehrt. Auch, was das Frutarier-Herz von Bea begehrt. Sie hat mal erwähnt, dass Rocky auch Frutarier ist. Freiwillig. Auch sonst wirkt sie nicht gerade, als hätte sie alle Murmeln beisammen.)
- Deko: muss noch finalisiert werden
- Sitzordnung: dito

Abby und ich schnauften am Telefon beide durch.

»Okay, das klingt doch schon mal ganz gut.« Ich hörte, wie sie am anderen Ende der Leitung tief seufzte. »Oh, Chloe, ich glaube, ich drehe durch. War das doch alles viel zu überstürzt? Die Hochzeit ist in drei Wochen und ich habe das Gefühl …«

»Was für ein Gefühl?«, fragte ich schrill. Ich war nicht bereit dafür, dass sie mir sagte, dass sie glaubte, dass Mike an der Hochzeit zweifelte. Ich hatte absolut keine Ahnung, was ich darauf erwidern sollte. Aber ich wusste, ich würde sie nicht anlügen. Nicht sagen: *Ach Quatsch, Abby, er hat absolut keine Zweifel, er liebt dich über alles, natürlich will er dich heiraten …*

Was ich stattdessen sagen sollte, wusste ich aber auch nicht.

Doch zum Glück sagte Abby nur: »… ich habe das Gefühl, dass wir nicht gut genug vorbereitet sind. Es ist total lieb, dass du das alles schon für mich erledigt hast, aber, Chloe, … echt, ich gerate total in Stress.«

»Aber was genau stresst dich denn?«, fragte ich mit Blick auf die Checkliste.

»Die Sitzordnung«, gab Abby zu. »Du kennst unsere Verwandten. Die sind total verquer. Wenn wir die falsch platzieren, gibt es Riesenzoff, und das ist das Letzte, was ich an meinem Hochzeitstag will.« *Nein, Abby, das Letzte, was du an deinem Hochzeitstag willst, ist, dass ich dir sage, dass ich mit deinem Verlobten geschlafen habe.* »Chloe, kannst du bitte, bitte zu Luke rübergehen und mit ihm durchsprechen, wie die Stühle stehen werden und wer wo sitzt?«

Mein Herz rutschte mir in die Hose. Ich hatte mit Luke seit Freitag nicht mehr gesprochen, seit er mir nachts im Auto gesagt hatte, dass er noch immer Gefühle für mich hatte.

Ehrlich gesagt schaffte ich es sogar irgendwie ganz gut, nicht mal an diese Tatsache zu *denken*.

»Abby, ich …«

»Chloe, ich weiß, dass ich dir viel abverlange.« Ich

wusste, dass Abby am anderen Ende der Leitung auf ihren Fingernägeln kaute. »Und es tut mir auch wirklich leid. Aber ich weiß weder auf der Arbeit, wo mir der Kopf steht, noch bei dieser verdammten Hochzeit …«

Ich atmete tief durch. Ich konnte sowieso nicht anders, als Abby bei jeder Kleinigkeit zu helfen. Dafür war mein schlechtes Gewissen viel zu groß. »Ich ziehe mir eben was anderes an und dann gehe ich schnell zu Luke rüber.«

Luke stellte mir ein Glas Wasser vor der Nase ab. Wir wechselten bisher noch kein Wort miteinander, seit ich an der Tür geklingelt hatte. Die Atmosphäre war angespannt wie stickige Luft. Alles Unbeschwerte, Freundschaftliche, das wir uns in den letzten Wochen erarbeitet hatten, war seit Lukes Geständnis wie weggebrochen.

Aber das war es wohl, was er gemeint hatte: Für ihn hatte es dieses Unbeschwerte, Freundschaftliche nie gegeben. Er musste sich bei unseren Erlebnissen in den letzten Wochen ganz anderes gefühlt haben als ich, die für ihn ja ausschließlich platonisch empfand, richtig?

»Also.« Luke winkelte sein Bein an und legte es auf dem anderen ab. Ich versuchte nicht auf seine durchtrainierten Waden zu starren. »Hast du schon irgendeine Idee wegen der Stühle?«

Wir saßen auf der Terrasse und schauten auf die

Rasenfläche, auf der in drei Wochen Abbys Hochzeitsgesellschaft sitzen und essen sollte. Die Stühle mieteten wir uns für diesen Tag, doch Luke hatte allerlei alte Platzhalter-Stühle rausgekramt.

Stockend brachte ich ihm meine Ideen vor. Ich hatte mir ein paar krakelige Notizen gemacht und Luke hörte sich alles stumm an. Nachdem wir die Sitzgelegenheiten ein paar Mal drapiert und wieder umdrapiert und ausgeknobelt hatten, wie wir die kritischsten Onkel platzieren mussten, damit es keinen Streit gab, schlug Luke vor, dass man einen Thron für Abby und Mike aufbauen könnte, auf dem sie bei Partyspielen sitzen mussten.

Ich fand die Idee super, denn genau so etwas fehlte noch. Eine kleine witzige Überraschung.

»Wir haben noch einen ziemlich pompösen Stuhl auf dem Dachboden, eine Art Erbstück«, meinte Luke und deutete mit einem Kopfnicken zum Haus. »Ich würde ihn runterholen und dir zeigen, aber er ist ziemlich schwer.«

»Kein Problem, ich komme einfach eben mit hoch.«

Mit klopfendem Herzen folgte ich Luke ins Haus. Eigentlich wollte ich höchstens eine Viertelstunde bleiben und nun war ich bald schon eine ganze Stunde da. Aber egal, ich würde mir einfach kurz diesen thronartigen Stuhl angucken, sagen: »Ja, stimmt, der ist perfekt, ein echter Hingucker«, wieder runtergehen und mich verabschieden ...

Doch sobald wir die schmale Leiter erklimmt hatten,

schlug die Stimmung um. Die abgeschiedene Dunkelheit des Dachbodens umgab uns, nur durch ein kleines Fenster drangen ein paar Lichtstrahlen. Hier oben war es im Vergleich zum restlichen Haus kühl und eine zarte Gänsehaut überzog meine Arme. Ich war vor Luke die Leiter hochgeklettert und fragte mich, ob er auf meinen Po starrte.

»Wow, hier war ich ewig nicht mehr«, staunte ich, ich konnte nicht anders. Der Ort war voller Erinnerungen. Manchmal hatten Luke und ich uns als Teenager hier oben versteckt, um der gutmütigen, aber manchmal etwas aufdringlichen Fürsorge seiner Mom und der strengen Art seines Vaters zu entkommen, der ihn ständig zur Arbeit rufen wollte. Dann hatten wir uns auf das alte Sofa mit dem gelben Überwurf gekuschelt, das an der einen Seite des Dachbodens stand, und uns so lange geküsst, bis irgendeiner von uns beiden von zu viel Staub in der Nase niesen musste.

»Ja, das letzte Mal mit sechzehn oder siebzehn, oder?« Luke sah mich an und auch in seinen Augen glänzte die Erinnerung.

Ein Prickeln überzog meine Haut. Ich musste an unsere Nacht in Chicago denken. Wie gut sich die Wärme seines Körpers angefühlt hatte. Wie zärtlich und gleichzeitig leidenschaftlich es gewesen war. Wie Luke genau gewusst hatte, wo er mich wie berühren musste und wie sich mein Name als keuchendes Stöhnen aus seinem Mund angehört hatte.

Schnell wich ich Lukes Blick aus und ließ ihn lieber durch den Raum schweifen. »Also, wo ist der *Thron*?«

»Hier drüben.« Luke wirkte durch den Wind. Er stolperte ein paar Schritte nach vorn und zog eine alte Decke von einem großen Gegenstand. Es war tatsächlich eine Art Thron. Er hatte schnörkelige Holzverzierungen, die am obersten Ende der Stuhllehne sogar eine Krone bildeten. Und er war so groß, dass Abby und Mike beide drauf passen würden.

»O ja, der ist perfekt«, nickte ich. »Wir können die beiden auch drauf sitzen lassen, wenn alle ihre kleinen Reden halten. Und ich glaube, meine jüngeren Cousinen wollen eine Tanz-Performance aufführen.«

Wir hielten noch ein paar Minuten gestelzten Small Talk darüber, was auf der Hochzeit alles passieren würde und wie wir den *Thron* am Tag vor der Feier vom Dachboden bugsieren würden, weil er verdammt schwer war. Unsere Konversation fühlte sich erzwungen und künstlich an, so als wollten wir eigentlich ganz andere Sachen sagen.

»Okay, wollen wir wieder …?«, fragte ich schließlich und Luke nickte hektisch.

»Klar, sorry, dass ich dich so zutexte.«

»Ach Quatsch, *ich* texte dich mit der Hochzeit zu, nicht andersrum.« Ich lachte nervös und folgte Luke zur Dachluke, als mein Blick auf einen großen braunen Pappkarton mit der Aufschrift *Chloe* fiel. »Hey, was ist das denn?«

»Oh.« Luke wurde augenblicklich rot und machte eine wegwischende Handbewegung, die meine Neugierde allerdings nicht wegwischen *konnte.* »Ich glaube da ist nichts drin. Wir sollten langsam wirklich …«

Doch ich wusste, wann Luke log und kniete mich bereits hin. »Hey, da steht mein Name drauf, also darf ich doch mal reingucken oder?«, neckte ich ihn frech und öffnete den Karton.

»Chloe, nicht …«, Luke brach ab und seufzte. Er wusste, er konnte mich nicht aufhalten. Also stellte er sich hinter mich und schaute mir über die Schulter, als hätte er aufgegeben. Das hatte er wahrscheinlich auch. Denn er wusste eh, was als Nächstes passierte.

Ich hielt das Fotoalbum in den Händen, das wir mit achtzehn zusammen beklebt hatten. Ein paar Wochen, bevor ich ihm gesagt hatte, dass ich nach Chicago gehen würde.

Das Fotoalbum, das all unsere Erinnerungen enthielt.

»Luke …« Ich sah zu ihm auf. »Als wir uns getrennt haben, hast du gesagt, dass du es verbrennen würdest.«

Luke rieb sich über die Stirn. »Ja, das wollte ich auch. Aber scheinbar bin ich nicht dazu gekommen. Keine Ahnung, warum Mom es hier oben aufbewahrt hat. Ich habe es seit Jahren nicht mehr gesehen.« Aber es war die ganze Zeit hier, in diesem offensichtlichen Pappkarton mit der Aufschrift *Chloe.*

»Ich will es anschauen.« Ich erhob mich, das Fotoalbum in den Händen.

»Chloe, nicht …« Luke wollte mich abhalten, aber ich setzte mich einfach auf das gelbe Sofa und schlug es auf.

Es war vielleicht gemein, Luke so zu quälen, wenn er mir erst vor einigen Tagen gesagt hatte, dass er noch Gefühle für mich hatte, mit denen er nicht umgehen konnte. Aber irgendein innerer Drang von mir brachte mich dazu, mir diese Fotos unbedingt anschauen zu wollen. Ich konnte diesen Drang nicht richtig benennen.

Außerdem musste Luke sie ja nicht mit mir zusammen anschauen. Doch er setzte sich neben mich.

»Oh Gott, wie klein wir waren«, quietschte ich. Auf den ersten Fotos waren Luke und ich erst elf oder zwölf Jahre alt und gerade dabei, uns anzufreunden. »Wie niedlich und unschuldig.« Ich hatte eine Zahnlücke und Luke schulterlange Haare. Wir hatten Pfadfinder gespielt, Verstecken, und es war einfach die absolut schönste Zeit gewesen.

Auf den nächsten Fotos waren wir schon älter. Vierzehn, fünfzehn. Ich hatte begonnen, mich zu schminken und Luke hatte einen riesigen Wachstumsschub gemacht. In dieser Zeit waren wir immer noch Freunde gewesen, aber es fühlte sich anders an. Luke hatte komisch reagiert, wenn ich ihm erzählte, dass ich den ein oder anderen Jungen süß fand. Wenn mich auf Partys jemand angeflirtet hatte, war er stets an meiner Seite gewesen und hatte mich in seinen Augen beschützt – in meinen war es lästig gewesen. Eigentlich hatte sich daran in den ganzen zehn Jahren nichts geändert, wenn man an den Moment vor zwei Wochen in der Bar dachte.

Und dann verliebten wir uns. Endgültig. Wir waren sechzehn gewesen, es war Sommer und die Gefühle hatten verrückt gespielt. Alles hatte nach Erdbeerbowle und Sonnencreme geschmeckt, auch Lukes Lippen. Die Fotos von den Anfängen unserer Beziehungen wirkten so unbeschwert und zeigten die möglicherweise glücklichste Zeit meines Lebens.

Die Erinnerungen bei jedem einzelnen Bild überwältigen mich mit so einer Wucht, dass Tränen in meinen Augen glitzerten. Nicht nur das. Eine von ihnen löste sich aus meinem Augenwinkel und rollte meine Wange hinab.

»Chloe …«, sagte Luke erschrocken, aber sanft, legte seinen Zeigefinger unter mein Kinn und drehte mich zu sich. »Du weinst ja.«

Jetzt konnte ich es gar nicht mehr zurückhalten. Eine Träne nach der anderen lief meine Wange hinab und ich konnte gerade noch verhindern, dass ich lauthals schluchzte. »Ich … ich weiß einfach nicht, wann ich das letzte Mal hundertprozentig glücklich gewesen bin. So glücklich wie auf diesen Fotos, verstehst du?«

Luke nickte und ich las in seinen Augen, dass er verstand. Sehr gut sogar. Weil es ihm genauso ging. Vorsichtig klappte er das Fotoalbum zu, weil wir beide die Erinnerungen nicht zu ertragen schienen, und schob es von meinem Schoß. Dann legte er seine Hand in meine. Unsere Haut berührte sich und eine Welle der Wärme durchschwappte augenblicklich meinen Körper, die nur Luke bei mir auslösen konnte. Niemand anderes. Möglicherweise konnte Mike vielleicht Hitze in mir erzeugen; aber nicht diese Wärme. »Was ich mich immer gefragt habe, die ganze Zeit über ... Warum musstest du Schluss machen?« Lukes Augen glänzten nun ebenfalls. »Wenn du so glücklich mit mir warst, warum hast du nicht vorgeschlagen, dass wir es mit einer Fernbeziehung versuchen?«

Ich wischte mir die Tränen von den Wangen, schüttelte den Kopf. »Luke, das stimmt nicht.« Ich sah ihn energisch an. »Ich habe nicht mit dir Schluss gemacht. Ich habe lediglich gesagt, dass ich nach Chicago gehe.«

»Du hast gesagt, dass du mich verlässt.«

»Dass ich dich verlasse, weil ich nach Chicago gehe.« Ich drückte seine Hand. Ich konnte nicht glauben, dass wir diesen Aspekt jetzt erst besprachen. Er war wichtig gewesen. Die ganze Zeit schon. »Nicht, dass ich Schluss mache. Dass wir Schluss machen, hast *du* gesagt. Du hast gesagt, dass das das Ende unserer Beziehung ist.«

»Das war es doch auch, oder nicht?« Luke sah mich hoffnungslos an.

»Aber das hätte es nicht sein müssen«, gab ich genauso verzweifelt zurück. »Vielleicht hätten wir es hinbekommen, irgendwie. Aber du warst so verdammt wütend, hast so verletzende Sachen gesagt. Dass ich egoistisch wäre und dich und meine Familie verraten würde. Dass du mich nie wiedersehen willst.«

»Ich war nicht wütend, Chloe, sondern unglaublich verletzt. Ich war achtzehn.« Auch Luke wischte sich über die Augen. »Du hast mir in diesem Moment das Herz gebrochen. In tausend verdammte Teile. Es hat mich unvermittelt getroffen, mit voller Wucht. Dann sagt man solche Sachen. Wärst du nur drei Tage später noch mal zu mir gekommen ... Wir hätten ganz anders darüber reden können.«

Ich schluckte. »Wenn ich wiedergekommen wäre, hätten wir nicht Schluss gemacht?«

Lukes Hand zitterte in meiner. »Ich weiß es nicht«, sagte er ehrlich. »Aber Fakt ist, dass du nie wiedergekommen bist. Dieses eine Gespräch, bei dem du mir gesagt hast, dass du mich verlässt, weil du nach Chicago gehst – das war's. Danach haben wir nicht mehr miteinander geredet, du bist gegangen, wir haben uns nicht wiedergesehen.«

Ich senkte den Blick. In diesem Moment, in dem ich auf diesem Sofa mit Luke auf diesem Dachboden saß, meine Hand in seiner – dem Platz, an den sie gehörte – wurde mir etwas Wichtiges klar. »Ich bin nicht zurückgekommen, weil ich wusste, dass ich dann nicht gehen würde«, sagte ich fast tonlos und konnte Luke kaum ansehen. »Nach Chicago zu gehen, war die schwerste Entscheidung meines Lebens. Meine Familie zurückzulassen, dich. Monatelang habe ich damit gehadert, ob ich mich wirklich für diesen Studiengang einschreiben soll. Aber es war mein großer Traum. Chicago war mein großer Traum. Und insgeheim hatte ich gehofft, dass du mich dabei unterstützen würdest.« Lukes Blick war jetzt reumütig, er setzte an, etwas zu sagen, aber ich unterbrach ihn. »Aber du hast recht. Der Moment, in dem einem das Herz gebrochen wird, ist niemals rational. Man sagt Dinge, die man nicht meint. Man geht so unglaublich in seiner Verzweiflung auf. Hätte ich dir nur ein zweites Gespräch gegeben, wäre vielleicht alles anders gelaufen. Aber ich konnte es nicht, weil ich Angst hatte, dass ich mich umentscheiden würde. Luke – als ich dir gesagt habe, dass ich dich verlassen würde, ist nicht nur dein Herz in tausend Stücke zerbrochen.« Jetzt liefen mir die Tränen wieder ungehindert die Wangen runter. »Ich wollte in diesem Moment nichts lieber, als bei dir zu bleiben. Hätte ich nur einen Moment länger gezögert, bevor ich ging, wäre ich vielleicht niemals gegangen. Und ich glaube, das ist auch der Grund, warum ich nicht zurückgekommen bin. Nicht mal für die Beerdigung deines Vaters.« Jetzt schluchzte ich doch. Es war dieses hässliche Weinen, bei dem sich das gesamte Gesicht verzieht und rot wird. Aber das war mir egal. Ich konnte keine Emotionen mehr zurückhalten. »Wenn ich es getan hätte, dann wäre ich geblieben. Denn genau wie du für mich, habe ich immer noch Gefühle für dich.«

Eine weitere Träne lief Lukes Wange runter. »Chloe ...« Er wollte noch mehr sagen, doch dann zog er mich an sich. Meinen Körper an seinen, mein Gesicht an seins, meine Lippen an seine. Ein paar Millisekunden später waren wir wieder die Einheit, die wir all die Jahre gewesen waren, ohne es zu wissen. Wir küssten uns so stürmisch, als wären wir das Auge des Sturms. Die Emotionen, das Verlangen, das die ganze Zeit in uns schlummerte, brach aus und ließ uns kein Entkommen. Bevor ich überhaupt richtig realisierte, was wir taten, waren Lukes Hände unter meinem gelben Sommerkleid und ich saß auf seinem Schoß. Meine hingegen fuhren unter sein T-Shirt, seine Bauchmuskeln herab bis zum Bund seiner Hose, schoben sie ein Stück herunter und wanderten schließlich in seine Boxershorts. Luke und ich hielten nur einen kurzen Moment inne und sahen uns atemlos an, so als wollten wir uns vergewissern, dass es wirklich richtig war, was wir taten, dass wir es beide wollten. Doch die Wahrheit war, dass sich noch nie etwas so richtig angefühlt hatte.

Ich wusste, dass Luke mir genau das Gleiche geben wollte wie in unserer gemeinsamen Nacht in Chicago: eine ihm völlig ausgelieferte Ekstase. Und verdammt, alles in meinem Körper schrie danach. Ich wollte, dass er mir das Kleid vom Körper riss und sich nahm, was ihm gehörte, was ihm schon die ganze Zeit gehört hatte und was ich nie wieder einem anderen geben wollte. Doch da war noch ein anderes Bedürfnis.

Ich liebt es, die Kontrolle an Luke abzugeben, hatte es schon damals geliebt. Dieses Gefühl, für nichts auf der

Welt mehr verantwortlich zu sein, außer Lukes Namen zu hauchen, wieder und wieder. Das war das beste Gefühl der Welt, doch Luke hatte es ebenso verdient die Kontrolle abzugeben und für einen Moment nicht stark und beherrschend zu sein, sondern willenlos und ausgeliefert.

Also zog ich seine Hände, die sich in meinen Hintern gekrallt hatten, von meinem Körper, umschlang seine Handgelenke und hob sie mit einer flüssigen Bewegung über seinen Kopf.

Luke keuchte atemlos auf, doch sein Blick wechselte innerhalb einer Millisekunde von irritiert zu unfassbar erregt.

»Chloe …«, flüsterte er und ich lehnte mich vor und rammte meine Zähne in sein Ohrläppchen. Ich gab mir keine Mühe, sanft zu sein, und von der Zärtlichkeit, die zwischen uns im Auto in Chicago geherrscht hatte, war in diesem Moment nichts mehr zu spüren. Ich hatte es so sehr gebraucht, wie Luke mich in seinem Ford geliebt hatte, dass ich es kaum in Worte fassen konnte, doch jetzt brauchte ich etwas anderes.

»Ich bin nicht mehr achtzehn, Luke«, raunte ich ihm zu. »Also behandle mich auch nicht mehr so.«

In Lukes Augen blitzte etwas auf und ich wusste, dass zumindest der eine Plan nicht aufgehen würde. Heute war nicht der Tag, an dem Luke Wilson die Kontrolle an mich abgab und für einige Minuten nicht mehr der unnahbare, starke Mann war, den ich kannte.

Doch ich schwor mir, dass dieser Tag kommen würde. Und dafür ging ein anderer Plan in Erfüllung und Luke erkannte etwas. Die Dinge, die wir früher getan hatten, waren grandios gewesen und ich dachte immer mit einem Prickeln an sie zurück. Doch es gab noch so viel mehr, das ich mit ihm ausprobieren wollte und das ich brauchte. Und er gab es mir.

Ich verlor jegliches Zeitgefühl und hatte keine Ahnung, wie lange es dauerte, bis ich atemlos neben Luke auf der Couch zum Liegen kam, mein Kopf auf seiner Brust, seine Hände noch immer um meinen nackten Körper geschlungen. Es hätte eine Ewigkeit sein können, es hätten zehn Minuten sein können. Wir starrten beide an die Decke des Dachbodens. Ich empfand nichts als Frieden und Wärme, diese ganz besondere Wärme, die nur Luke mir geben konnte.

Kapitel Einundzwanzig

Luke machte Spaghetti Alfredo, unser gemeinsames Lieblingsgericht, und ich lehnte in einem übergroßen T-Shirt von ihm am Kühlschrank und beobachtete ihn grinsend. Es war mir egal, ob meine Eltern sich fragten, warum ich nicht von Luke zurückgekehrt war und wo ich die ganze Nacht blieb. Inzwischen war es nach Mitternacht und ich war mir sicher, dass sie sich die Antwort denken konnten.

Luke grinste zurück.

»Also.«

Er stellte einen bunten Untersetzer, den seine Großmutter gehäkelt hatte – Granny Susie war einfach die Beste gewesen – auf dem Tresen ab und die Pfanne darauf. Es duftete köstlich. Niemand machte bessere Spaghetti Alfredo als Luke Wilson.

»Also?« Ich zog neckisch die Augenbrauen hoch.

Luke nahm eine Gabel aus der Schublade, versenkte sie in den Nudeln, drehte sie zweimal herum und führte dann die perfekt gedrehten Nudeln zu meinem Mund. Ich pustete ein paarmal und verschlang dann das Essen. Oh mein *Gott,* waren die lecker.

»So gut wie früher?«, wollte Luke wissen und sein durchdringender, lasziver Blick fuhr mir bis ins Mark und löste ein Prickeln in mir aus.

Es war klar, dass er nicht über die Nudeln redete.

»Mh, ich weiß nicht ...« Spielerisch wischte ich mir die Sahnesoße aus den Mundwinkeln. »Ich glaube, ich muss noch mal probieren, um das beurteilen zu können.«

Luke zog die Augenbrauen hoch, grinste aber immer noch. Er drehte eine weitere Gabel mit Nudeln auf und schob mir auch diese wieder in den Mund. Die Geste war so intim und Lukes Blick so verführerisch, dass ich mich am liebsten direkt in der Küche auf ihn gestürzt hätte. Aber ich kostete auch diese angespannte, prickelnde Atmosphäre aus. »Mhh.« Ich schloss genießerisch die Augen. »Ich würde sagen, sogar besser als früher.«

»Ach echt?« Lukes Augen funkelten. »Was genau gefällt dir denn besser?« Er legte die Gabel zur Seite, kam um den Tresen herum, sodass er neben mir stand, und zog mich an sich heran.

Ich platzierte meine Hände auf seiner Brust und sah verschmitzt zu ihm hoch. »Du scheinst dazu gelernt zu haben. Du wirkst, als wüsstest du jetzt genau, was du tust. Und das ... schmeckt man.« Wir sahen uns in die

Augen und waren beide kurz davor, loszuprusten. Das hatte ich früher an unserer Beziehung auch so sehr geliebt. Wir hatten genau die richtige Mischung aus prickelnden, heißen Gefühlen und dem absolut gleichen Humor, sodass wir auch einfach die gesamte Zeit miteinander lachen könnten. Das lag vermutlich daran, dass wir so lange Freunde gewesen waren. Immer, wenn ich damals über ihn redete, sagte ich wie selbstverständlich, dass er in erster Linie mein bester Freund war. Und erst dann mein Partner.

Der Verlust eines solchen Menschen schmerzte noch mehr, weil du beides verlierst. Deinen besten Freund und die Liebe deines Lebens. Das gab es nur einmal. Warum verstand ich das jetzt erst?

Luke nahm meine Hand, tauchte meinen Zeigefinger in die Sahnesoße und fuhr ihn dann blitzschnell zu seinem Mund, um ihn abzulecken. Ich starrte ihn perplex an. Und schon wieder wäre ich am liebsten gleichzeitig in Lachen ausgebrochen und hätte mich auf ihn gestürzt.

»Mhh, du hast recht«, raunte Luke mir zu. »Ich finde auch, dass es jetzt noch besser schmeckt.« Und dann küsste er mich. Die Nudeln waren vergessen, obwohl ich eigentlich einen riesigen Hunger hatte. Mein Appetit nach Luke war noch größer. Ohne einen Gedanken daran zu verschwenden, dass Debby jederzeit in die Küche hätte kommen können, riss Luke mir das Shirt vom Leib und drückte mich gegen den Küchentresen.

»Viel besser«, flüsterte er mir ins Ohr.

Am nächsten Morgen fühlte ich mich auf dem Nachhauseweg, als würde ich auf Wolken schweben. Die Welt kam mir heller, rosiger, irgendwie ... richtiger vor. Als wäre etwas wieder im Gleichgewicht, von dem ich nicht gewusst hatte, dass es aus dem Takt geraten war.

Luke und ich hatten die ganze Nacht eng umschlungen in seinem Bett gelegen und geredet, im Hintergrund lief *Pulp Fiction* in Dauerschleife. Das war früher unser Lieblingsfilm gewesen. Und er war es noch.

So vergingen die ganzen nächsten Tage. Luke und ich an unseren alten Orten; im Wald, am See, auf seinem Gutshof. Eng umschlungen. Ich half ihm bei allem Möglichen, was an Arbeit anfiel, und er unterstützte mich weiterhin bei der Planung von Abbys Hochzeit, die ihre letzten Züge annahm. Wen ich fast nie sah, war Debbie, und ich machte mir Sorgen um sie; nur ein- oder zweimal huschte sie in der Küche an mir vorbei, um sich etwas zu trinken zu holen, und sie sah sehr blass und schlecht aus. Danach verzog sie sich wieder in ihr Schlafzimmer, weil sie *Kopfschmerzen* hatte. Ich wagte es nicht, Luke darauf anzusprechen; allgemein gab es ein paar Themen, die wir mieden. Der Tod seines Vaters; der Zustand seiner Mutter; meine Rückkehr nach Chicago, die weiterhin in den Sternen stand. Bisher hatte sich noch niemand auf meine zig Jobbewerbungen gemeldet.

Ansonsten redeten wir über fast alles. Auch über die

kurzen Beziehungen, die er gehabt hatte, seit er von mir getrennt gewesen war. Wobei von *Beziehungen* eigentlich kaum die Rede sein konnte, meistens hatte es sich nur um ein paar oberflächliche Wochen gehandelt. Trotzdem tat es mir im Herzen unglaublich weh, weil mir bei seinen Erzählungen unweigerlich Bilder in den Kopf schossen. Von Luke mit anderen Frauen. Aber ich wollte es hören. Ich wollte wissen, was in seinem Leben passiert war, seit ich gegangen war. Denn er hatte auch ertragen, was in meinem Leben war, hatte sich all die Jahre bei meinen Eltern alle schmerzhaften Details geholt, um sich zu vergewissern, dass es mir gutging. Ich sagte Luke nicht, dass Dad mir erzählt hatte, wie er jede Woche zu Mom und Dad gekommen war. Und auch nicht, dass ich wusste, dass er sich nach dem Tod seines Dads fast zu Tode gesoffen hatte.

Das tat mir am allermeisten weh. Dass ich in seinem verletzlichsten und schlimmsten Moment nicht bei Luke gewesen war. Was hatte ich in der Zeit gemacht? In Chicago in irgendeiner Bar gesessen und an einem *Gin Fizz* genippt? Jennas belanglosem Geplänkel gelauscht oder mir von Jamie seine ekelige Zunge in den Mund stecken lassen?

Erst jetzt, in dieser intensiven Zeit mit Luke, wurde mir so richtig bewusst, wie oberflächlich und falsch mein Leben in Chicago gewesen war. Nicht mein Studium, das hatte ich geliebt und ich liebte es noch; aber alles Drumherum. Die falschen Freunde, die falsche Beziehung, die falschen Hobbys, der falsche Job. Nichts hatte sich richtig angefühlt und doch hatte ich so lange gebraucht, um das zu erkennen.

Aber das hier. Das hier fühlte sich richtig an. Wie ich in Lukes Bett lag und durch sein Dachfenster die Sterne beobachten konnte, die hier in West Village viel heller strahlten als in der lichtverschmutzten Stadt. Wie ich in der alten Küche des Hofes stand und Lasagne machte, von der Luke Debbie ein Stück ans Bett brachte. Wie ich die Hühner fütterte und die Kühe streichelte und das Heu aufsammelte.

Und trotzdem willst du zurück nach Chicago?

Es war eine fast vorwurfsvolle Stimme in meinem Kopf, die mir diese Feststellung einflüsterte. Aber es stimmte doch, oder nicht? Vielleicht wollte ich nicht unbedingt, aber ich musste. Ein, zwei Kurse musste ich schließlich noch abschließen, um mein Studium endlich zu beenden. Und ich brauchte einen neuen Job. Den würde ich hier in West Village wohl kaum finden.

Deshalb fühlte sich Lukes und mein Glück fragil an, wie etwas, das man mit Samthandschuhen anfassen musste. Wir wussten beide, dass wir starke Gefühle füreinander hatten, aber abgesehen davon nichts darüber, wie es für uns beide weitergehen sollte.

Wir dachten zeitlich gesehen nicht über Abbys Hochzeit hinaus. Sie war ein fester Marker in unserem Terminkalender: etwas, auf das wir hinarbeiteten, das unsere Gedanken beschäftigte und uns verband. Was danach kam, wussten wir nicht. Wir wollten Abby die wunderschöne Hochzeit bereiten, die sie verdiente.

»Diese hier ist endlich mal gut geworden.« Luke lehnte sich erschöpft zurück. Auf dem Tisch vor ihm stapelten sich die Pappkärtchen, auf die wir fein säuberlich die Namen der Gäste schrieben und sie mit Glitzerperlen beklebten.

Abby hatte ausdrücklich gesagt, dass wir uns nicht so viel Mühe geben sollten und sie die Platzkärtchen einfach im Internet bestellen konnte. Aber die Wahrheit war: Luke und ich hatten Spaß daran. Wir hatten an allem Spaß, was wir zusammen machen konnten.

Ich kicherte. »Na ja, *gut* ...« Ich streckte ihm neckisch die Zunge raus und hielt meine neben seine. Ich hatte eindeutig mehr Talent in filigranen Bastelarbeiten, und das sah man. Die Glitzerperlen auf seiner waren krumm und schief angebracht. »Nicht, dass Tante Gloria anfängt zu weinen, wenn sie ihr Platzkärtchen sieht«, stichelte ich grinsend weiter.

»Ganz schön unverschämt.« Unvermittelt stand Luke von seinem Platz auf, schlang beide Arme um mich und kitzelte mich gnadenlos durch. »*Du* fängst gleich an zu weinen, wenn du weiter so frech bist.«

Ich lachte, kreischte und strampelte, bis Luke nachgab und mich mit seinen Armen einfach nur noch umschloss. Seine Umarmung fühlte sich jedes Mal so unglaublich warm und gut an, dass ich mich fragte, wie es jemals Probleme gegeben hatte, von denen ich glaubte, sie nicht bewältigen zu können. Durch seine Zuwendung schaffte ich es wieder, das Leben so zu sehen, wie es war: in all den warmen Farben, die mir so lange gefehlt hatten. Wieso bin ich die ganze Zeit davon ausgegangen, dass ich schlimme Momente ganz allein aushalten musste? Wieso hatte ich mich nie an meine Familie gewandt, wenn es mir schlecht ging? Wieso hatte ich zugelassen, dass Jamie und Jenna mich wie Dreck behandelten? Weil ich mir eingeredet hatte, dass ich es verdiene. Weil ich mich selbst nicht geliebt hatte. Aber jetzt lernte ich es langsam wieder. Weil Luke mich liebte.

Er hatte es mir nicht gesagt. Die Formulierung lag weiterhin nur bei »Weil ich Gefühle für dich habe«. Aber ich spürte es. Vor allem daran, wie er mich ansah. Wie er meine Hand hielt. Wie er sich darum kümmerte, dass es mir gut ging.

»Wollen wir hochgehen?«, raunte Luke mir ins Ohr und fuhr mit seiner Hand langsam meinen Rücken herab. »Ich glaube, jetzt kann ich mich erst recht nicht mehr auf Glitzerperlen und die Namen deiner Tanten konzentrieren.«

Ich gab ein unzufriedenes Seufzen von mir. »Ich muss heute Nacht zu Hause schlafen. Abby steht morgen ganz früh – wann genau weiß ich leider nicht – bei uns auf der Matte, damit wir bei der Schneiderin die Brautjungfernkleider anprobieren können, die geändert wurden. Wenn ich dann nicht zu Hause bin, bringt sie mich um.«

»Aber wir können doch trotzdem noch mal kurz hochgehen.« Luke gab nicht nach und verteilte sanfte Küsse auf meinem Hals.

»Nein, genau deswegen nicht«, lachte ich und stieß ihn langsam von mir. »Wenn du mich erst mal in dein Bett geschleift hast, lässt du mich nicht mehr raus. Und das weißt du genau.«

»Hey«, empörte Luke sich lachend. »Ich bin doch kein Kerkermeister.«

»Ach nein?«, neckte ich ihn zurück. »Und was war Vorgestern morgen, als ich aufstehen wollte, um Pancakes zu machen? Und du gesagt hast, dass ich das Bett noch nicht verlassen darf, und dann …«

Luke und ich sahen uns mit funkelnden Augen an. »Hey, du bist freiwillig geblieben«, erwiderte er mit rauer Stimme.

»Du hast mir keine Wahl gelassen …« Ich fuhr mit den Fingerspitzen über seine Brust. »… mit dem, was du getan hast … Das ist Manipulation.«

»Tu nicht so, als würdest du es nicht genießen«, flüsterte Luke in mein Ohr und fuhr mit seinen Händen über meine Oberschenkel.

Okay, ich musste jetzt wirklich gehen, sonst würde ich die Nacht doch in seinem Bett verbringen. Blitzschnell wand ich mich von seinem Schoß und sprang auf.

»Ich komme morgen früh nach der Kleideranprobe wieder«, tröstete ich ihn, als Luke mir mit gequältem Gesichtsausdruck in den Flur folgte.

»Okay.« Er nickte besänftigt und strich mir über den Rücken, während ich meine Schuhe anzog. So waren wir im Moment die ganze Zeit, wir mussten uns ständig berühren. Uns versichern, dass das alles Realität war, dass wir das nicht träumten. Dass wir wirklich wieder zusammen waren – oder zumindest irgendwas in der Richtung. »Nach der Arbeit können wir morgen auch irgendetwas unternehmen. Wie wäre es mit einer Wanderung im South Kennedy Naturschutzgebiet, wenn die Hitze ein bisschen abgekühlt ist?«

Mein Herz schlug schneller vor unbändigen Glücksgefühlen. Solche Worte aus Lukes Mund zu hören – Pläne, die er für uns beide schmiedete, für ganz normale Tage, die wir gemeinsam verbrachten –, war einfach das Allerschönste. »Meinst du, dass die Hitze jemals abkühlen wird?«, fragte ich mit frechem Grinsen, stellte mich auf die Zehenspitzen und gab Luke einen schnellen Abschiedskuss.

Zumindest hatte ich das vorgehabt.

Daraus wurde jedoch nichts.

Prompt zog er mich fest an sich und vertiefte den Kuss. Seine Zunge kämpfte mit meiner und ich gab mich dem nur zu gern hin. Alle Verpflichtungen und Termine rückten in weite Ferne und ich war kurz davor, mir die Schuhe wieder von den Füßen zu kicken und Luke in sein Schlafzimmer zu zerren.

Doch ein Poltern über uns ließ uns auseinanderfahren.

»Was war das?«, fragte ich konfus.

»Das kam aus Moms Schlafzimmer.« Luke blickte zur Treppe. »Ich sollte nach ihr sehen.«

Zögerlich ließ ich Luke los. »Luke ...« Ich kaute auf meiner Lippe herum. Jetzt war mit Sicherheit nicht der richtige Zeitpunkt, es anzusprechen, nachdem ich der Frage so lange ausgewichen war, doch es ging nicht anders. »Geht es Debbie gut?«

Lukes Miene wurde ernst und er strich mir sanft über den Arm, um mir zu signalisieren, dass er nicht drüber reden wollte. »Gut geht es ihr schon lange nicht mehr. Du weißt doch, dass sie gesundheitliche Probleme hat.«

»Ja, aber, ich meine ...« Ich wusste nicht, wie ich es ausdrücken sollte und sprach vorsichtig. »Geht es ihr schlechter?«

»Nein, das wird schon.« Lukes Stimme war nachdrücklich und er legte seine Hand auf die Türklinke. »Aber ich sollte lieber mal nach ihr sehen.«

»Ja, und ich sollte nach Hause gehen«, erwiderte ich, vom schlechten Gewissen geplagt. Ich wusste nicht, ob es daher rührte, dass ich gefragt hatte oder dass diese Frage nicht früher kam. Ich gab Luke den kurzen Abschiedskuss und trat aus der Haustür in die milde Sommernacht. Ich wollte mich noch einmal zu ihm umdrehen, doch da hatte er bereits die Haustür geschlossen.

Kapitel Zweiundzwanzig

Den Spaziergang nach Hause durch die laue Sommernacht, genoss ich sehr, doch das Thema Debbie hinterließ ein flaues Gefühl in meiner Magengrube. Ich wollte so sehr, dass es ihr gutging, doch ich konnte nicht länger die Augen davor verschließen, dass dem nicht so war. Ich nahm mir fest vor, das Problem nicht länger zu ignorieren, sondern Luke aktiv zu unterstützen.

Als ich jedoch um die Straßenecke zu unserem Haus bog, offenbarte sich ein ganz anderes Problem.

Mike saß auf dem Bordstein davor, in seiner Hand eine Whiskyflasche. Als er mich sah, versuchte er aufzustehen, taumelte jedoch herum. Ihm schien schwindelig zu sein. Wie lange saß er hier schon? Wie viel Whisky hatte er getrunken?

»Bleib sitzen!«, sagte ich schnell und drückte ihn an

der Schulter wieder runter. Nicht, dass er sich nicht auf den Beinen halten konnte und hinfiel. »Was machst du hier?«, fragte ich zögerlich und setzte mich neben ihn.

»Ich habe es in eurem Haus nicht mehr ausgehalten«, gab Mike zu. Der Alkoholkonsum war deutlich in seiner Stimme zu hören. »Ich brauchte frische Luft.«

»Und Alkohol?«, fragte ich und konnte den vorwurfsvollen Unterton in meiner Stimme nicht verbergen.

»Bitte, Chloe, verurteil mich nicht.« Mike vergrub sein Gesicht in seinen Händen. »Nicht du auch noch.«

»Nicht ich auch noch? Was soll das heißen?«

»Ich hatte einen riesigen Streit mit Abby, als ich bei ihr war.« Mike wollte einen weiteren Schluck aus der Flasche nehmen, doch ich entriss sie ihm.

Ein ungutes Gefühl breitete sich in meiner Magengrube aus, das sich wie Hunderte Messerstiche anfühlte. »Sie hat doch keinen Verdacht, oder?«

»Von uns?« Mike sah mich verzweifelt an. »Nein, das nicht. Das auf keinen Fall. Aber einen Verdacht hat sie schon. Nämlich den, dass ich nicht der Mann bin, für den sie mich gehalten hat.«

Ich seufzte. Das Gespräch hatten wir schon mal geführt. Und es war nicht gut geendet – mit Mom, die uns um ein Haar bei einem Fast-Kuss erwischt hatte. Diesmal war ich mir jedoch sicher, dass es nicht zu einem Kuss kommen würde, auch nicht zu einem Beinahe-Kuss. Vollkommen sicher. In diesem Moment traf mich eine unumkehrbare Erkenntnis, die wie eine Sternschnuppe vom nächtlichen Sommerhimmel auf mich herabregnete: Ich würde Mike nie wieder küssen. Denn ich wollte es nicht.

Die Küsse und Berührungen mit Luke fühlten sich so richtig an. So richtig, dass sie mir vor Augen führten, wie falsch sich alles angefühlt hatte, was mit Mike passiert war. Nicht nur, weil er der Verlobte von Abby war, sondern davon abgesehen, war er auch einfach nicht der richtige Mensch für mich. Er war unglaublich attraktiv, das ließ sich nicht leugnen – er sah objektiv betrachtet wahnsinnig gut aus. Ein hübsches Gesicht, ein traumhafter Körper. Und seine selbstbewusste, charmante Art machte es schwierig, ihm zu widerstehen. Doch ich erlebte jetzt bereits zum zweiten Mal sein offensichtlich wahres *Ich*. Dabei blieb von seiner anziehenden Art nicht mehr viel übrig. Nicht, weil es automatisch unattraktiv machte, traurig und verzweifelt zu sein – dafür würde ich niemals jemanden verurteilen. Ich war es selbst viel zu oft. Und Luke hatte ich in unseren gemeinsamen letzten Wochen ebenfalls verletzlich und verzweifelt erlebt, nicht zuletzt in unserer Nacht in seinem Auto in Chicago, in der er sogar geweint hatte – doch das hatte meinen Gefühlen für Luke keinen Abbruch getan, im Gegenteil. Ich hatte nur noch stärker für ihn empfunden, weil ich einen Einblick in seine tiefste Gefühlswelt erhalten hatte, die ich ergründen *wollte*.

Doch Mikes Innerstes wollte ich nicht ergründen. Das stellte ich spätestens jetzt fest, als ich neben ihm auf diesem Bordstein saß. Ich wollte nicht wissen, was tief in ihm vor sich ging, was ihm den Schlaf raubte, was ihn dazu trieb, Whisky in sich reinzuschütten. Eigentlich wollte ich gar nichts von ihm.

Das stellte ich in diesem Moment fest und es fühlte sich so offensichtlich und klar an, dass ich fast laut und grotesk lachen wollte. Im Grunde genommen hatte ich nie etwas von Mike gewollt, außer die Betäubung meiner eigenen Gefühle, mit denen ich nicht klargekommen war. Ich war mit dem Gefühl nach Chicago gefahren, ein erbärmlicher, furchtbarer Mensch zu sein und genau entsprechend dieser Prämisse hatte ich mich auch verhalten. Zu einer erfolglosen Vierundzwanzigjährigen, die von ihrem furchtbaren Freund verlassen worden war, ihren Job verloren hatte und es einfach nicht hinbekam, ihr Studium zu Ende zu bringen, hatte es wunderbar gepasst, sich zu betrinken und im Keller mit einem wildfremden Typen zu vögeln. Entsprechend der Version von mir, für die ich mich gehalten hatte, handelte ich auch. Und diese war so schrecklich und unmoralisch, dass sie nicht mal aufhören konnte, mit diesem Typen rumzumachen, als sie erfahren hatte, dass es der Verlobter ihrer Schwester war. Weil sie absolut keine Selbstachtung hatte. Weil sie ihre Familie sowieso schon wie Dreck behandelt hatte. Weil sie keinen eigenen Willen hatte und keine Selbstkontrolle, ihren Emotionen komplett ausgeliefert war.

Das alles hatte ich gedacht. Aber es stimmte nicht.

Luke zeigte mir wieder, wer ich wirklich war. Die wahre Version meiner Selbst, die ich all die Zeit völlig vergessen hatte, als ich mich in Chicago mit all den falschen Dingen umgeben hatte.

Ich verdiente es nicht, gefeuert zu werden, und es lag auch nicht daran, dass ich schlechte Arbeit ablieferte, sondern, weil Stellen abgebaut werden mussten und ich die jüngste Kollegin ohne Familie war. Ich war eine gute Journalistin, vielleicht noch nicht perfekt, wie denn auch? Mir fehlte noch Berufserfahrung. Aber die würde ich schon noch bekommen. Vielleicht hätte ich mich im Studium mehr anstrengen können, mich mit den Hausarbeiten und Prüfungen mehr beeilen können – aber letztendlich hatte ich gute Noten bekommen und meine Abschlussnote zählte mehr als die Frage, ob ich mein Studium ein Jahr früher oder später beendet hatte. Und dass Jamie mit mir Schluss gemacht hatte und mit meiner besten Freundin zusammen war – tja, bei dem Fakt musste ich mir wohl am allerwenigsten in Erinnerung rufen, dass ich nicht versagt hatte. Dass ich kein schlechter Mensch war. So viel wusste ich inzwischen schon ganz von selbst. Jamie und Jenna waren es nicht wert, dass ich überhaupt noch irgendeinen Gedanken an sie verschwendete.

Meine Familie hatte ich allerdings tatsächlich schlecht behandelt, aber es war auch wichtig zu akzeptieren, dass man Fehler machte. Ich hatte einen großen begangen, als ich mit Mike schlief. Das wusste ich. Ich hatte es schon die ganze Zeit gewusst und es gab nichts, das diesen Fakt schönreden konnte. Ich hatte ein wahnsinnig schlechtes Gewissen, und das war okay. Man konnte die Fehler seiner Vergangenheit nicht ändern, man konnte nur versuchen, sie wiedergutzumachen. Sie nicht zu wiederholen. Und ich würde nichts davon wiederholen, da war ich mir inzwischen absolut und vollständig sicher. Und ich würde es wiedergutmachen. Ich wusste noch nicht wie, aber ich wusste, dass ich es irgendwie schaffen würde.

»Ich bin einfach nicht der Typ, den Abby sich wünscht«, riss Mike mich mit seinem Gejammer wieder aus meinen Gedanken und wollte wieder nach der Whiskyflasche greifen, doch ich hielt meinen Arm extra weit weg von ihm.

»Dann werde es, verdammt.« Langsam wurde ich sauer. »Du wirst nicht der Mann, den sie sich wünscht, indem du auf dem Bordstein sitzt und Whisky trinkst.«

Mike sah mich erschrocken an. Offensichtlich hatte er nicht damit gerechnet, dass ich mit unsanfter Stimme Klartext reden würde, aber ich konnte nicht anders. Wenn man erst mal selbst anfing, völlig klarzusehen, ging es einem anscheinend wahnsinnig auf den Geist, wenn sich andere nur in Selbstmitleid suhlten, anstatt etwas dagegen zu unternehmen.

»Liebst du Abby?«, fragte ich mit Nachdruck.

»Ja«, nuschelte Mike nach einer Pause. »Ja, ich glaube schon.«

»Dann gib ihr verdammt noch mal, was sie verdient hat!« Ich atmete tief durch, bemühte mich, leise zu sprechen, doch es klappte nicht so ganz. »Du kannst niemandem etwas vorspielen, in der Hoffnung, dass die Person dich dadurch liebt. Du kannst nur du selbst und ehrlich sein und wenn es dann nicht funktioniert, dann seid ihr nun mal nicht füreinander bestimmt. Du hast Abby betrogen. Wir beide haben Abby betrogen. Wir wissen noch nicht, wie wir damit umgehen sollen, aber da wir sie lieben, müssen wir es lernen. Wir müssen irgendeinen Weg finden, das alles wiedergutzumachen, um sie nicht zu verlieren.« Auf einmal war ich mir so sicher, dass am Ende alles gut werden würde. »Wir müssen um Abby kämpfen. *Du* musst um Abby kämpfen.«

Doch was Mike als Nächstes sagte, ging absolut nicht in die richtige Richtung. »Und was, wenn ich um *dich* kämpfen will?« Er sah mich mit dem absolut falschen Blick an. Mit Begehren. »Ich will dich, Chloe. Immer noch. Seit unserer Nacht ... Ich kann nicht aufhören daran zu denken, wie sich dein Körper unter meinem anfühlt. Wie weich deine Haut ist. Wie du klingst. Ich will dich.« Er wollte nach meinem Gesicht greifen, doch ich sprang unvermittelt auf, sodass Mike sich ebenfalls schwerfällig und taumelnd vom Boden erhob. »Ich will um *dich* kämpfen!«, wiederholte er laut genug, um die ganze Nachbarschaft aufzuwecken.

»Sei leise, Mike!« Ich wurde wütend, verzweifelt. Legte ihm die Hände auf die Schultern, um ihn zum

Schweigen zu bringen. »Du musst dich jetzt beruhigen und wir müssen ins Haus gehen.«

»Ich kann mich aber nicht beruhigen!« Er schnaubte verzweifelt. »Du hast was mit diesem Wilson-Typen, richtig? Du bist fast nie zu Hause. Nicht mal nachts. Es macht mich wahnsinnig, Chloe. Ich schleiche nachts in dein Zimmer und dein Bett ist leer. Deine Eltern reden die ganze Zeit darüber, dass du wieder mit deinem Ex zusammen bist ... Chloe, *wir* sollten zusammen sein, verstehst du das nicht?«

Ich musste ihn ins Haus zerren. Das hier konnte üble Konsequenzen haben. Er redete viel zu laut. »Mike, jetzt sei leise«, flehte ich ihn an, »bevor dich noch jemand hört.«

»Zu spät.«

Eine vertraute Stimme erklang plötzlich neben uns. Ich musste mich nicht zur Seite drehen, um zu wissen, wer um die Straßenecke gebogen war.

»Luke!«

Ich stürzte ihm hinterher. Er war bereits wieder umgedreht und im Begriff, mit schnellen Schritten von hier zu verschwinden. Der furchtbaren Situation zu entfliehen. Der, in der er gerade erfahren hatte, dass ich mit dem Verlobten meiner Schwester geschlafen hatte.

Keine Ahnung, wie lange Luke hinter der Ecke

gestanden und was er alles gehört hatte. Aber es hatte gereicht.

»Luke! Bleib stehen!« Ich kam kaum hinterher, musste rennen. Dann erreichte ich ihn, riss an seinem Arm. »Sieh mich an!«

»Warum sollte ich?« Voller Verzweiflung richteten sich seine Augen jetzt doch auf mich. Weil ich ihm keine Wahl ließ. Ich umklammerte seine Schultern mit beiden Armen, zerrte mit voller Kraft daran. Es wäre ein Leichtes für Luke, mich einfach von sich zu stoßen, doch wenigstens für diesen kurzen Moment hielt er inne. »Wieso sollte ich dich jetzt noch ansehen wollen, Chloe?« Den Ausdruck in seinem Gesicht würde ich in meinem ganzen Leben niemals vergessen können. Das wusste ich sofort. Verzweiflung war gar kein Ausdruck dafür. Es war bodenloser, alles verschlingender Schmerz. Und es katapultierte mich sofort zurück in den Spätsommer vor sechs Jahren. Als alles geendet hatte. Jetzt würde es wieder enden. Diesmal für immer.

Der Schmerz in meiner Brust war kaum auszuhalten. Aber ich musste es versuchen. Es war die einzige Gelegenheit, die ich hatte, bevor ich Luke für immer verlieren würde. »Bitte, Luke, lass es mich erklären.« Ich spürte bereits, wie die ersten Tränen sich an die Oberfläche drängten. Aber ich hielt sie mit aller Kraft zurück.

Noch ließ Luke sich von mir umklammern. Aber mir war klar, dass es sich nur noch um Sekunden handelte. »Beantworte mir nur eine einzige Frage, Chloe.« Es war noch schlimmer, als den Schmerz in seiner Stimme zu hören. Dieses Mal war sie kalt. Ausdruckslos. Er war bereits fertig mit mir. Ich sah es in seinem Blick. Er hatte mich aufgegeben. Uns. »Hast du mit Mike geschlafen? Dem Verlobten deiner Schwester?«

Jetzt liefen mir die Tränen ungehindert die Wangen herunter. Ich konnte sie einfach nicht zurückhalten. Und ich brachte kein Wort heraus. Das war für Luke Antwort genug. Er schubste mich nicht grob weg, er würde mir niemals so wehtun; er schob mich eher vorsichtig von sich, und ich ließ es geschehen. Ich wusste, dass ich es verdient hatte, deswegen wehrte ich mich nicht.

Ich weinte still, lautlos, als meine Hände von Lukes Körper rutschten und er sich einen Meter von mir entfernt aufbaute. »Bitte, lass es mich erklären«, sagte ich fast tonlos unter Tränen. Ich wusste, es war eine furchtbar erbärmliche Aussage. Es gab nichts zu erklären. Und Luke würde sich keine weiteren Worte von mir anhören. Aber mir fiel nichts anderes ein. Was hätte ich sonst sagen sollen?

In Wahrheit lagen mir genau drei Worte auf der Zunge. Drei Worte, die unbedingt rauswollten.

Ich liebe dich.

Vielleicht waren es auch vier.

Ich liebe dich, Luke.

Vielleicht waren es auch fünf oder sechs oder noch viel mehr. Vielleicht war es eine ganze Menge, die ich Luke sagen wollte.

Ich liebe dich, Luke. Ich habe nie aufgehört dich zu lieben. Seit diesem Sommertag mit sechzehn, als wir gemeinsam auf den Heuballen gelegen und in den Himmel geschaut haben, liebe ich dich. Ich habe dich verlassen, um meine Träume zu verwirklichen, aber insgeheim habe ich die ganze Zeit nur von einer einzigen Sache geträumt. Mein Leben mit dir zu verbringen. Wahre, pure Freude habe ich immer nur mit dir verspürt. Weil du mich genau kennst. All meine Ecken und Kanten. Du kennst mich genau und du liebst mich trotzdem. Zumindest hast du das eine lange Zeit getan. Vielleicht sogar bis jetzt gerade. Bis vor zwei Minuten.

»Ich dachte, ich kenne dich«, erwiderte Luke, als hätte er meine Gedanken gelesen. Sein Blick war leer. »Ich dachte wirklich, ich kenne dich. Ich dachte, die Jahre in Chicago hätten daran nichts geändert. Ich dachte, du wärst immer noch die Chloe, in die ich mich vor all den Jahren verliebt habe. Die Chloe, der ihre Familie alles bedeutet. Ich hätte es aber wissen können. Schon allein deswegen, weil du dich in all der Zeit nie bei ihnen gemeldet hast.«

Ich weinte so sehr, dass ich nicht ein einziges Wort herausbrachte, dabei hätte ich Luke so unglaublich viel sagen wollen.

»Wobei ... nein.« Luke schüttelte den Kopf, straffte seine Schultern. Es schien, als hätte er eine Maske aufgelegt, um mit der Situation klarzukommen. Denn ich wusste, in Wahrheit zerbrach auch er innerlich. War es längst. »Nein, ich hätte es nicht wissen können. Ich hätte nicht wissen können, dass du Abbys Verlobten vögelst. Das hätte ich mir nicht vorstellen können. Das sprengt einfach meine Vorstellungskraft. Das sprengt einfach alles.«

Er wollte sich umdrehen, gehen, aber er konnte es nicht. Auch ihm lag zu viel auf der Zunge. Im Gegensatz zu mir formte es sich bei ihm zu Worten.

»Es ist mir wirklich egal, Chloe. Für *mich* ist es mir egal. Ich weiß, dass ich keine Ansprüche auf dich erheben darf. Vielleicht hast du die letzten Tage ganz anders wahrgenommen als ich. Vielleicht war das alles für dich nur ein bisschen Sex. Keine großen Gefühle. Das ist okay. Von mir aus darfst du schlafen mit wem du willst. Wirklich, mit wem du willst. Außer mit Abbys Verlobtem. Dass du deiner Schwester so was antust, damit komme ich nicht klar. Damit komme ich wirklich nicht klar.«

Ich wollte auf ihn zugehen, doch Luke hob abwehrend die Arme, signalisierte mir, kein Stück näherzukommen. Und er sah so abwesend, so fertig aus, dass ich seiner Bitte nachkam. Ich würde ihn nicht noch mehr überfordern, ihm nicht noch mehr wehtun. Ich würde ihn ab jetzt in Frieden lassen. Ich würde nichts anderes tun, als zu hoffen, dass er glücklich wurde. Mit jemandem, der ihn verdient hatte. Der nicht so ein schlechter Mensch war wie ich.

»Ich wünschte, ich wäre nicht in euer … Was-auchimmer reingeplatzt. Ich wollte anbieten, bei dir zu übernachten, weil du ja nicht bei mir übernachten konntest. Oder ... wolltest. Ich weiß ja nicht, was du heute Nacht wirklich vorhattest.«

Oh Gott, er dachte ... Er dachte, ich würde wieder ... Das alles war zu schrecklich, um es zu begreifen. Er hatte ja keine Ahnung, dass ich mir lieber den Arm abschneiden würde, als Mike noch einmal auf diese Art und Weise zu berühren. Dass ich es nicht riskieren würde, ihn noch einmal zu verlieren. Und ich konnte es ihm nicht sagen. Ich war zu versteinert, genau wie damals, als ich ihn verlassen hatte.

Luke machte bereits einige Schritte rückwärts. Nur noch ein paar Sekunden, dann würde er gehen und nicht wiederkommen.

»Tu mir bitte nur noch einen einzigen Gefallen, Chloe«, sagte er mit kalter Stimme. »Melde dich nie wieder bei mir. Bring mit mir diese Hochzeit über die Bühne, wenn ihr es wirklich für richtig haltet, deine Schwester diesen Wichser trotz allem heiraten zu lassen. Und dann melde dich nie wieder bei mir.«

Und dann drehte er sich um und ging. Verließ mich. Mein Leben. Aber niemals mein Herz.

Kapitel Dreiundzwanzig

Die nächsten Tage verbrachte ich wie in Trance. Ich konnte nicht fassen, was passiert war. Es ging einfach nicht in meinen Kopf rein. Dadurch, dass Luke alles rausgefunden hatte, wurde diese Sache mit Mike irgendwie real.

Sie hatte sich die ganze Zeit angefühlt wie etwas, das nur in meinem Kopf passiert war. Eine unwirkliche Fantasie, die ich mit einem Schalter an- und ausknipsen konnte. In die ich fliehen konnte – oder eben nicht. Aber dadurch, dass Luke jetzt Bescheid wusste, wurde die Sache unausweichlich real. Und ich konnte auch nicht mehr vor ihr davonlaufen.

Das hatte ich sowieso nicht mehr gewollt. Selbst, wenn Luke unser Gespräch nicht mit angehört hätte, müsste ich handeln. Da war ich mir vollkommen sicher.

Im Gespräch mit Mike vor wenigen Tagen auf der Straße, war mir zum ersten Mal alles klar geworden. Mir wurde bewusst, dass ich mir nichts sehnlicher auf der Welt wünschte, als alles ungeschehen zu machen. Das mit Mike war nichts von alledem wert gewesen, er hatte keinerlei Reiz mehr für mich, ich wollte es einfach nur rückgängig machen. Okay, das hatte ich mir vielleicht vorher auch schon gewünscht, aber in dem Moment wurde es mir erst richtig deutlich, dass ich die Sache in die Hand nehmen und Verantwortung übernehmen musste. Und das würde ich auch. Unabhängig davon, dass Luke nie wieder mit mir reden würde, selbst wenn ich es irgendwie schaffte, mich Abby gegenüber so fair wie möglich zu verhalten.

Es war schwer, mit einem gebrochenen Herzen überhaupt irgendetwas zu tun. Selbst atmen kam mir plötzlich vor wie eine Disziplin bei den Olympischen Spielen. Bezogen auf Luke war alles genauso schlimm wie damals mit achtzehn; vielleicht sogar noch schlimmer, weil ich das Gefühl hatte, dass uns die Zeit davonlief. Damals waren wir nichts als Teenager gewesen und unser ganzes Leben hatte noch vor uns gelegen. Ausreichend Zukunft und vor allem Zeit, um später noch einmal miteinander von vorn zu beginnen. Aber jetzt? Luke wurde in ein paar Monaten fünfundzwanzig. Klar, wir waren immer noch jung, auf uns wartete immer noch genug Zukunft. Aber wie viele Chancen vergab das Leben noch an ein

Paar, das möglicherweise zusammengehörte, sich aber immer wieder verlor? Wie viele Gelegenheiten, bevor beide irgendjemand anderes heirateten und sich ihr restliches Leben einredeten, dass es so hatte kommen sollen?

Vielleicht gar keine mehr. Sehr wahrscheinlich sogar. Ich war mir ziemlich sicher, dass ich Luke für immer verloren hatte. So etwas würde er mir nicht verzeihen. Weil es das Bild, das er von mir all die Jahre in seinem Kopf hatte, zerstörte. Weil ich jetzt nicht mehr die Person war, die er liebte. So jemanden, der ich jetzt war, konnte man gar nicht lieben.

Daher befand ich mich in der schlimmeren Position. Luke hatte nicht wirklich etwas Wertvolles verloren, wenn man bedachte, was für ein Mensch ich geworden war. Ich aber schon. Ich hatte mit Luke einen der sanftmütigsten, gutherzigsten, loyalsten Menschen verloren, die ich je gekannt hatte. Und das hatte ich verdient, richtig? Das Universum hatte mir gegeben, was ich verdient hatte. Es war die absolut reinste Form von Karma. Ich hatte meiner Schwester ihre große Liebe ausgespannt und mit genau dieser Aktion meine eigene große Liebe verloren.

Irgendwer da oben sah mir gerade schadenfroh mit einer Tüte Popcorn zu.

Mir war danach zu weinen. Die ganze Zeit. Mir war danach, mit verquollenen Augen, Schokolade und einer Tüte Chips in meinem abgedunkelten Zimmer zu sitzen und zu weinen, Tag für Tag. Aber das durfte ich nicht, außerdem würde Dad mich dann wieder zum Angeln holen.

Meine Erkenntnis nach dem Gespräch mit Mike, war dennoch sehr präsent. Ich wollte Abby nicht verlieren. Das war möglicherweise, was ich verdient hatte und höchstwahrscheinlich sogar das, was passieren würde, aber ich wollte sie nicht verlieren. Trotzdem gab es nur eine einzige richtige Sache, die ich tun konnte. Ich musste ihr alles erzählen.

Die ganze dreckige, schmerzhafte und unschöne Wahrheit.

Ich durfte nicht zulassen, dass sie Mike heiratete, solange sie noch ahnungslos war.

Selbst wenn sie dann nie wieder ein Wort mit mir redete – wäre es meine gerechte Strafe. Einmal in meinem Leben musste ich erwachsen sein und nicht davonlaufen, wegrennen konnte ich außerdem danach immer noch. Etwas, das ich definitiv tun muss, wenn erst mal in West Village die Runde machte, dass ich mit dem Verlobten meiner Schwester geschlafen hatte. Gott, wenn ich mir die Gesichter von Betty und den anderen vorstellte ... Aber egal. Hier ging es weder um sie noch um irgendwelche anderen Leute. Und auch nicht um mich. Nur um Abby.

Auf keinen Fall konnte ich es ihr am Telefon sagen, sondern persönlich. Am Tag nach der katastrophalen

Nacht hatten wir uns – Gott sei Dank – nicht gesehen, denn Abby hatte die Kleideranprobe abgesagt. Sie würde erst in drei Tagen herkommen, weil sie dann endlich mal einen Tag freihatte, um sich selbst um letzte Hochzeitsvorbereitungen zu kümmern.

Für eine Hochzeit, die sie möglicherweise gar nicht feiern würde, nachdem sie von dem Betrug erfuhr.

Ich saß mit Magenschmerzen auf meinem Bett und wappnete mich für das Erbrechen-in-Stresssituationen, als mein Handy klingelte.

Ich fiel aus allen Wolken, nachdem die Person sich vorstellte.

Es war die Personalerin eines Chemieunternehmens, bei dem ich mich anscheinend beworben hatte. Inzwischen waren es wirklich unzählige Bewerbungen und die allermeisten hatte ich nur geschrieben, um irgendwas zu tun zu haben, daher musste ich zugeben, dass ich mich kaum noch an die Namen der Firmen erinnerte.

Warum zur Hölle hatte ich mich ausgerechnet dort beworben???

»Wir könnten Sie uns gut in unserer Presse- und Kommunikationsabteilung vorstellen«, zwitscherte die Frau am anderen Ende der Leitung.

Ach ja. Presse und Kommunikation. Das klang doch gar nicht so weit entfernt vom Journalismus, oder? Ich meine, ja okay, eventuell würde ich ein paar meiner Prinzipien verraten, wenn ich für ein großes Chemieunternehmen arbeitete, aber ... von keinem der anderen Stellen hatte ich bisher etwas gehört. Und ich brauchte absolut dringend einen Job. Vor allem, wenn meine ganze Familie mich in drei Tagen hasste. Dann konnte ich nicht hierbleiben.

»Das freut mich sehr!«, flötete ich also im gleichen gekünstelten Tonfall zurück.

»Daher möchten wir Sie zu einem Bewerbungsgespräch einladen«, informierte mich die Frau mit ihrer hohen, überfreundlichen Stimme. »Morgen um fünfzehn Uhr.«

Morgen. Wow. Okay. Schon morgen. »Super!«, krächzte ich. »Ich komme gern.« Und notierte mir die Adresse. Dann legten wir auf.

Ich wusste nicht, wie ich in meiner aktuellen Verfassung ein Bewerbungsgespräch absolvieren sollte, aber ich hatte keine Wahl.

Meine Eltern waren ziemlich skeptisch, als ich ihnen mitteilte, dass ich zu einem Bewerbungsgespräch in einem großen Chemieunternehmen gehen würde. Dad erinnerte mich daran, dass ich früher so oft auf Umweltdemonstrationen gegangen war, einmal auch, als eine Chemiefirma in der Nähe Chemikalien in den Fluss geleitet hatte.

Er hatte recht. Solche Themen hatten mir schon immer am Herzen gelegen, eigentlich wollte ich ja auch genau aus diesem Grund Journalistin werden, um irgendwann mal brisante Investigativberichte über genau *solche* Unternehmen zu schreiben, die Steuern hinterziehen, Umweltsünden begehen, ihre Mitarbeiter schlecht behandeln ...

Aber mich wollte nun mal keiner, dachte ich schon fast trotzig. Wenn mich eine coole Zeitung in Chicago oder ein Fernsehsender oder ein Radiosender oder überhaupt *irgendwas* Journalistisches kontaktieren würde, würde ich sofort zusagen. Aber es meldete sich keiner. *EagleChem Corporation* waren die Einzigen, die mir eine Chance gaben. Und ich würde sie nutzen.

Mike musste ich zum Glück nichts von der Sache erzählen, er machte sich seit unserem nächtlichen Gespräch, bei dem alles aufgeflogen war, rar. Heute wollte er irgendeinen alten Schulfreund besuchen und war schon weggefahren, bevor ich aufgestanden war. Erstmals seit unserem katastrophalen Kennenlernen hatte ich das Gefühl, dass *er mir* aus dem Weg ging, und es war mir ganz recht. Er wusste vermutlich selbst nicht, wie es jetzt weitergehen sollte, hatte Angst, dass Luke oder ich es Abby erzählen würden. Was definitiv geschehen würde. Na ja, Luke nicht, da war ich mir sicher. Sosehr er mich auch seit diesem Vorfall hasste, auf diese Art und Weise würde er mich nicht bestrafen. Er würde erwarten, dass ich es selbst regelte, und das hatte ich vor. Aber erst musste ich dieses Bewerbungsgespräch hinter mich bringen.

EagleChem Corporation hatten mehrere Standorte im ganzen Land, aber ich hatte mich für den beworben, der in der Nähe von Chicago lag. Nicht einmal *in* Chicago, so weit waren meine Ansprüche bei den Bewerbungen also schon gesunken, dass ich nicht einmal in meiner Traumstadt gesucht hatte. Aber ehrlich gesagt hatte ich auch niemals damit gerechnet, dass sie sich melden würden. Und jetzt kam es mir gelegen, dass sie nicht mitten in Chicago waren, sondern eher in einer der ruhigeren Vorstädte. So hatte ich nur eine dreistündige und keine vierstündige Anreise.

Trotzdem war die Autofahrt lang genug, um mir permanent Gedanken um Abby, Luke und Mike zu machen. Um Mike dabei noch am wenigsten. Es war mir ziemlich egal, was mit ihm passieren würde, sollte Abby ihm den Laufpass geben. Und das würde sie vermutlich. Wer blieb mit einem Mann zusammen, der einen kurz vor der Hochzeit mit der eigenen Schwester betrog?

Je mehr Abstand ich zu meiner Nacht mit Mike gewann, desto mehr kam er mir auch vor wie das, was er wirklich war: ein riesiges Arschloch. Ich konnte mir wirklich kaum etwas Schlimmeres vorstellen, was man seiner Verlobten antun konnte, als mit ihrer Schwester zu vögeln. Dasselbe galt allerdings auch für mich, es gab nichts Furchtbareres, als mit dem Verlobten der eigenen Schwester zu schlafen.

Und je länger ich auf dem Highway meinen Gedanken nachhing, desto mehr schmerzte auch wieder mein Herz. Es schrie nach Luke. Eindeutig. Also drehte ich das Radio so laut, dass der Sänger von *Muse* noch lauter schrie und brüllte mit. *Far away, this ship is taking me far away, far away from the memories of the people who care if I live or die ...* Starlight. Gehörte das nicht zum Soundtrack von diesem absolut kitschigen Film, in dem alle ihr Happy End bekamen? *Crazy Stupid Love*? Früher hatte ich diesen Film geliebt, doch jetzt wusste ich, dass es im wahren Leben nie dieses Happy End gab. In der Realität war die Liebe eben doch nur verrückt und bescheuert.

Ich betäubte mich die ganze restliche Fahrt mit lauter Musik und erst als ich auf den Parkplatz der Firma einbog, wurde mir klar, dass das vielleicht nicht die allerbeste Idee gewesen war. Ich war heiser. Jetzt schon.

Ich atmete tief durch, nahm einen großen Schluck aus meiner Wasserflasche und stakste los.

»Wir nehmen immer gerne Journalistinnen für diese Position.« Die Personalerin, Ms. Anderson, starrte mich mit fordernden, aber freundlichen Augen an. Neben ihr saß mir noch ein eher strenger Mann gegenüber, der in der Abteilung arbeitete, in der ich ebenfalls landen würde. »Schließlich liegt Ihnen ja das Schreiben von

Artikeln. Und in unserer Presse- und Kommunikationsabteilung würden Sie natürlich ebenfalls Texte verfassen, jeglicher Art. Über unser Unternehmen. Intern, für die Mitarbeiter. Extern, für die Öffentlichkeit. Unsere Social-Media-Kanäle und so weiter.«

»Ja, doch.« Ich lachte unsicher. »Das Schreiben von Artikeln liegt mir.«

Gott, das Bewerbungsgespräch lief jetzt schon seit fast zwanzig Minuten und ich hatte noch nichts Geistreiches von mir gegeben. Eigentlich bejahte und wiederholte ich einfach nur alles, was vor mir gesagt wurde. Außerdem klang ich, als hätte ich einen Frosch im Hals und musste mich alle zwei Sekunden räuspern.

»Aber das ist ja noch nicht alles«, fiel der Mann, ich glaubte, er hieß Callahan, Ms. Anderson ins Wort. Er lächelte nicht. Eigentlich hatte er noch kein einziges Mal gelächelt. Er gab sich nicht einmal Mühe, freundlich zu sein. »Wir übernehmen auch jegliche Kommunikation. Das betrifft nicht nur das Schreiben von Artikeln, Miss *Anderson*«, rügte er sie mit einem strengen Seitenblick.

Gott, würde er mich auch so rügen?

»Nein, natürlich nicht«, stammelte sie schnell und sah auf ihr Blatt herab.

»Wir übernehmen den Informationsaustausch mit der Presse, mit den Pressesprechern unserer Tochterfirmen im Ausland, alle Anfragen rund um die Öffentlichkeitsarbeit ... Sie wissen schon ...

Umweltorganisationen, Spendengelder, Förderungen, Benefiz …«

»Ja«, sagte ich schnell. »Die … die ganzen Wohltaten, die *EagleChem Corporation* leistet.«

Wohltaten? Mir taten von meinem eigenen Gekrächze die Ohren weh. In der Abteilung ging es vor allem darum, sich nach außen gut darzustellen, das war mir klar. Nichts anderes war Presse- und Öffentlichkeitsarbeit von großen Unternehmen. Dad hatte mir während meiner Hinfahrt noch ein paar kritische Artikel über *EagleChem Corporation* geschickt, als wolle er mir beweisen, dass die Firma wirklich gegen meine Prinzipien verstieß. Und die Liste der Verstöße war lang. Tierversuche, schlechte Arbeitsbedingungen in den Produktionsländern, gesundheitsbedenkliche Substanzen, die für die Chemikalien verwendet wurden … Aber verdammt noch mal, ich brauchte diesen Job! In zwei Tagen würde ich Abby sagen, was passiert war, und dann musste ich so schnell wie möglich von zu Hause raus.

Und anscheinend hatte es Mr. Callahan gefallen, was ich gesagt hatte, denn zum ersten Mal zeigte sich auf seinem Gesicht wenigstens der Anflug eines Lächelns. »Ganz recht. Wir beschäftigen uns viel mit den guten Taten unserer Firma und sorgen dafür, dass sie nach außen sichtbar sind. Allerdings müssen wir uns auch mit nicht so schönen Dingen auseinandersetzen.« Er räusperte sich. »Natürlich schreiben wir auch Artikel darüber, wenn in unserem Unternehmen etwas nicht so gut läuft. Vor allem ... intern. Für unsere Mitarbeiter.« Aha. Na ja, das klang logisch. Sie würden wohl nicht einen Post bei Facebook darüber veröffentlichen, wie schlecht sie ihre Angestellten bezahlten. »Erst neulich musste unsere Abteilung einen nicht ganz so schönen internen Artikel rausgeben. Es ging um Belästigung am Arbeitsplatz.«

»Oh.« Ich richtete mich auf. Das überraschte mich. »Belästigung am Arbeitsplatz?«

Mr. Callahan hob abwehrend die Hände. »Es war keiner *unserer* Mitarbeiter. Natürlich nicht. Wir hatten eine Unternehmensberatung beauftragt, ein paar Kommunikationsprobleme unserer Firma zu lösen. Und einer der Unternehmensberater ist leider gegenüber mehreren Kolleginnen übergriffig geworden.« Mr. Callahan legte einen Ausdruck des Artikels vor mich hin. »Ich möchte Ihnen nur zeigen, wie so was auszusehen hat. Bei solchen Themen muss man natürlich sehr sensibel sein. Sehr behutsam in der Formulierung. Aber wir trauen Ihnen zu, das als Journalistin hinzukriegen.«

»Natürlich, das ist kein Pro...« Ich beugte mich über das Blatt. *Problem,* wollte ich sagen. Doch der Rest des Wortes blieb mir im Hals stecken. Denn der Artikel zeigte das Logo der Unternehmensberatung. Und der Name kam mir bekannt vor. »Wie ... Wie hieß denn der besagte Unternehmensberater?«

»Ich weiß nicht, ob wir befugt sind, solche sensiblen

Daten weiterzu…«, erwiderte Mr. Callahan, doch Ms. Anderson fiel ihm knallhart ins Wort.

»Mike Williams«, spuckte sie es aus. So, wie ihre Augen sich bei dem Namen verengten, konnte man sich denken, dass auch sie die ein oder andere ungute Erfahrung mit ihm gemacht hatte.

Mit *ihm.*

Mike irgendwas.

Mike Williams.

Moment mal.

»Mike Williams?«, rutschte es mir raus und ich konnte nicht verhindern, dass meine Kinnlade bis ins Bodenlose kippte. »Mike Williams? Unternehmensberater?«

»Ja.« Mr. Callahan warf mir einen etwas skeptischen und Ms. Anderson einen wütenden Blick zu. »Wie schon gesagt, er *war* unser Unternehmensberater. Wir haben die Zusammenarbeit aufgrund der Belästigungsvorwürfe natürlich sofort gekündigt und anscheinend ging es danach mit seiner ganzen Unternehmensberatung den Bach runter. Aber das sind alles vertrauliche Informationen, die Sie bitte nicht einfach weitersagen.« Er blickte Ms. Anderson noch mal vorwurfsvoll an und wendete sich dann wieder mir zu, aber ich konnte mich nicht mehr auf seine nächste Frage konzentrieren.

Ich konnte mich auf überhaupt nichts mehr konzentrieren.

Mike Williams. Unternehmensberater. Sexuelle

Belästigung. Gefeuert. Ergo: Sucht neuen Job. Neuen Job gefunden. Übergangsphase zwischen zwei Jobs. Sechs Wochen frei. Viel Freizeit. Hilft Dad, eine Gartenlaube zu bauen.

Mein Schädel brummte, mein Mund war staubtrocken. »Könnten Sie die Frage bitte noch einmal wiederholen?«, stotterte ich und herrschte mich selbst an, mich zusammenzureißen.

Vielleicht war das alles nur ein riesiges Missverständnis. Vielleicht gab es noch einen anderen Mike Williams, der Unternehmensberater war. Und bald einen neuen Job anfing. Abby wäre doch nicht mit jemandem zusammen, der Frauen sexuell belästigte.

Abby weiß es wahrscheinlich nicht. Abby weiß ja schließlich so einiges über ihn nicht, zischte eine vorwurfsvolle Stimme in meinem Kopf und sie hatte so verdammt recht.

Dennoch schob ich alles beiseite. Ich musste Mr. Callahan noch ein zweites Mal bitten, seine Frage zu wiederholen, und schaffte es irgendwie, zurück ins Hier und Jetzt zu finden. Ins Bewerbungsgespräch. Ich gab noch einige Antworten und manche davon schienen mir sogar relativ geistreich.

Dann war das Gespräch vorbei.

Mr. Callahan wirkte nicht einmal so unzufrieden, als er mir die zittrige Hand schüttelte. »Wir melden uns.« Dann verließ er als Erster den Raum, Ms. Anderson blieb mit mir zurück.

»Alles in Ordnung?«, fragte sie und sah ernsthaft besorgt aus. »Möchten Sie noch einen Schluck Wasser?« Ohne auf meine Antwort zu warten, goss sie mir noch etwas aus der großen Glaskaraffe ein, die auf dem Tisch stand.

Ich war unglaublich dankbar darüber und nahm einige große Schlucke.

»Sie sehen sehr blass aus«, fügte Ms. Anderson vorsichtig hinzu.

»Alles in Ordnung, es ist nur …« Ich konnte nicht anders. Ich musste es wissen. »Ich kenne Mike Williams persönlich. Aber das wusste ich nicht. Daher bin ich sehr schockiert.«

Ms. Andersons Gesichtsausdruck veränderte sich, sie sah jetzt viel freundlicher aus als in unserem Bewerbungsgespräch. Zutraulicher. Sie lehnte sich vor. »Wir sollen eigentlich nicht darüber sprechen, aber ich kann einfach nicht anders.« Ja, sie konnte scheinbar wirklich nicht anders. »Ich war einmal mit Mike Williams aus.«

Ein ungutes Gefühl beschlich mich. »W… Wann war das ungefähr?«

Sie lehnte sich wieder zurück und schien nachdenken zu müssen. »Es ist noch kein halbes Jahr her. Vier, fünf Monate vielleicht.«

Ich musste noch einen Schluck Wasser nehmen. Das konnte einfach nicht sein. Das bedeutete … Das bedeutete, Mike hatte Abby von Anfang an betrogen. Sie waren seit einem halben Jahr zusammen. Mir drehte sich so dermaßen der Magen um, dass ich die Befürchtung hatte, mich gleich auf den Konferenztisch zu übergeben. »Es war gerade, als er bei uns angefangen hatte. Er war so verdammt charmant. Wirklich, ich habe noch nie einen charmanteren Mann kennengelernt.« Ihre Augen glitzerten für einen kurzen Moment, doch dann schien ihr wieder einzufallen, was Mike für eine Person war. Und direkt trat in ihr Gesicht stattdessen ein angeekelter Gesichtsausdruck. »Aber während unseres Abendessens wurde mir schnell klar, dass wir nicht zusammenpassten. Mike prahlte die ganze Zeit nur von seiner Unternehmensberatung und wie viel Geld er damit schon verdient hatte. Er kam ja aus so einfachen Verhältnissen und brüstete sich damit, wie er sich alles selbst erarbeitet hatte ...«

Ich kniff die Augen zusammen. »Mike kommt nicht aus einfachen Verhältnissen«, unterbrach ich sie. Hoffnung keimte in mir auf. Redeten wir doch über einen anderen Mike? »Seine Mutter ist eine sehr einflussreiche Geschäftsfrau, hat ihn auf ein Elite-Internat geschickt ...«

Ms. Anderson prustete los. »Mir hat er erzählt, er wäre wegen eines Stipendiums auf dem Internat gewesen und seine Mutter hätte sich das eigentlich gar nicht leisten können, weil sie *nur* Kellnerin war. Das allein hat mich schon geärgert. Meine Mutter ist auch *nur* Kellnerin ...« Sie fing meinen völlig verstörten Gesichtsausdruck auf. »Es wundert mich nicht, dass er Ihnen eine andere Geschichte erzählt hat, wie auch immer Sie zu ihm stehen. Mike Williams ist ein ganz und gar unehrlicher

Mensch, der sich in jeder Situation in ein gutes Licht rücken will und dafür auch gerne an der Wahrheit dreht. Nach zwei, drei Abendessen war mir sehr klar, dass ich mit diesem Mann nichts zu tun haben möchte. Übers Abendessen gingen wir nicht hinaus. Und darüber war ich auch sehr froh, als ich von anderen Kolleginnen gehört habe, wie Mike sich ihnen gegenüber verhalten hat.« Sie schüttelte sich.

»Wie denn?«, hakte ich nach und bettelte sie schon förmlich an. »Bitte, ich muss es wissen!«

Sie seufzte. »Mit einer meiner Kolleginnen, Tiffany, war er ebenfalls essen und hat sie dann noch nach Hause begleitet. Sie hat ihn dann wohl noch auf einen Drink zu sich eingeladen, wollte aber dann, dass er geht. Auch ihr ging er ziemlich auf die Nerven. Aber er wollte bleiben, hat sie bedrängt ... Hat sie ... angefasst.« Ms. Anderson schüttelte heftig den Kopf. »So ein ...« Sie murmelte eine grobe Beleidigung. »Nach mehreren sehr klaren Aussagen von Tiffany, dass sie das nicht möchte, ist er dann wohl auch gegangen. Aber eine andere Kollegin, Jane, hat er ebenfalls bedrängt. Sogar während der Arbeit. In der Firma. Ich bin froh, dass unsere Leitung seine Unternehmensberatung sofort entlassen hat. Tja, und dann ist er ja auch aus seiner eigenen Firma rausgeflogen. Der andere Geschäftsführer, dem mehr Firmenanteile gehört haben, hat wohl alles spitzbekommen.«

Ich stand zittrig auf. »Danke. Danke für die ganzen Informationen.«

Sie warf mir ein mitfühlendes Lächeln zu. »Wie gesagt, ich weiß ja nicht, in was für einer Verbindung Sie zu Mike stehen, aber ich kann Ihnen nichts deutlicher empfehlen, als … Sagen Sie diesem Mann, dass er sich verpissen soll.«

Kapitel Vierundzwanzig

Meine Wut auf Mike war unbändig. So groß, dass sie beinahe meinen Schmerz wegen Luke überschattete. Aber nur fast. Er pulsierte noch immer wie eine offene Wunde in meinem Herzen. Aber die Wut war so etwas wie ein betäubendes Schmerzmittel.

Auf der Heimfahrt vom Bewerbungsgespräch hatte ich immer wieder darüber nachgedacht, wie ich mit Mike umgehen würde, wenn ich ihn zu Hause traf. Mein erster Impuls war es, ihm in die Eier zu treten. Ihn anzubrüllen. Oder ihn zu ohrfeigen. Aber dann war mir ziemlich schnell klar geworden, dass das kontraproduktiv wäre. Denn mein Bauchgefühl sagte mir, dass Mike sich dann einfach nur aus dem Staub machen würde, wenn ich ihm entgegenschrie, dass ich Abby alles erzählen würde. Und das durfte er nicht. Denn sie hatte das Recht, ihm das alles selbst anzutun. Oder ihn selbst zu ohrfeigen – oder mich.

Auf jeden Fall wusste ich ganz genau, dass ich erst mit ihr sprechen müsste und bis dahin abwarten. Und das tat ich. Zwei Tage lang versuchte ich so viel wie möglich spazieren zu gehen und mich selbst davon abzuhalten, Mike ins Gesicht zu spucken, wenn ich ihn auf dem Flur oder in der Küche traf. Er wirkte selbst ziemlich angespannt. Einmal versuchte er sogar mit mir zu reden – zwei Abende nach unserer katastrophalen Nacht mit Luke klopfte er an meine Zimmertür – aber ich blockte ab. Er schaffte es zwar, seine Frage zu formulieren »Denkst du, dieser Wilson wird es Abby erzählen?«, aber ich schmiss ihn mit einem vagen »Ich habe dir nichts mehr zu sagen, Mike« aus meinem Zimmer. Die ganze Situation war immer noch absolut surreal für mich. Ich war nach Hause gekommen, um etwas Ruhe zu finden. Stattdessen hatte ich den Verlobten meiner Schwester kennengelernt, mit ihm gevögelt – wobei, eigentlich in umgekehrter Reihenfolge –, war wieder mit Luke zusammen und gleich darauf wieder auseinandergekommen und stand kurz davor, Abby alles zu erzählen.

Ich hatte sie bereits angerufen und sie gebeten, mit mir einen Ausflug an den Lake Corney zu machen. Sie klang zwar nicht begeistert, weil sie noch so viel für die Hochzeit erledigen musste, aber gab dann selbst zu, dass der See ihr guttun würde und sie ihre Gedanken ordnen könnte.

Heute war es so weit. In ein oder zwei Stunden würde Abby auftauchen, in mein Zimmer stürmen und mich fragen, wann wir zum See fuhren.

Mein Herz hatte mir schon beim Aufwachen bis zum Hals geschlagen und jetzt wurde es mit jeder Minute schlimmer. Ich konnte einfach nicht fassen, dass das möglicherweise die letzte Zeit in meinem Leben war, in der Abby mich noch nicht hasste.

Mit Tränen in den Augen strich ich über die alten Fotos an meiner Pinnwand. Abby und ich in unseren Halloween-Kostümen in jedem möglichen Alter. Mein Lieblingsbild war das von unserem Angler-Kostüm, mit dem wir Dad hatten beeindrucken wollen. Wir waren acht und neun Jahre alt gewesen und hatten uns sogar seine Hüte ausgeliehen, die uns viel zu groß gewesen waren.

Ich musste lachen und gleichzeitig ein Schluchzen unterdrücken. Möglicherweise hatte ich das Wertvollste in meinem Leben zerstört. Meine Familie. Denn eines wusste ich jetzt wieder ganz genau: Es gab nichts Wichtigeres auf dieser Welt. Und deshalb konnte ich auch verstehen, warum es für Luke niemals auch nur infrage gekommen war, den Hof und seine Eltern zu verlassen. Und daran war auch nichts verwerflich, solange er dort glücklich war. Und dass er das war, begriff ich in den letzten gemeinsamen Wochen, deren Erinnerung mir jeden Tag aufs Neue das Herz brach. Dieser Hof, dieses Leben war einfach Lukes Bestimmung. Wenn er draußen in der Natur war und Tiere versorgte, wenn jemand aus dem Ort an seinem Hof vorbeikam und er ein kurzes Pläuschchen halten konnte, weil er jeden hier kannte – und fast jeden hier liebte –, wenn er in der alten Bauernküche stand und Spaghetti Alfredo machte – ich konnte Luke aufblühen sehen und ich konnte erkennen, dass er gegen seine Dämonen ankämpfte, um dieses Leben lebenswert zu gestalten. Dafür bewunderte ich ihn. Auch deswegen, weil ich das nicht geschafft hatte. Meine Dämonen hatten mich besiegt und mit dem Job bei *Eagle-Chem Corporation* würde ich mein Schicksal besiegeln. Denn nichts anderes hatte ich verdient. Seit dem Augenblick im Keller, in dem ich Mike geküsst hatte. Oder nein, vielleicht später; als ich erfahren hatte, dass er Abbys Verlobter war, und nicht sofort auf Abstand gegangen war. Abby nicht sofort die Wahrheit gesagt hatte, damit sie wusste, was für eine Art Mensch ihr Verlobter war. Oder nein, vielleicht früher; als ich mich in Chicago schlechten Menschen und ihren Lebensweisen hingab, mich nie bei meiner Familie meldete, mich für ein falsches Leben entschieden hatte.

Ich hatte so viele verkehrte Entscheidungen getroffen, aber heute würde ich das Richtige tun und Abby sagen, was geschehen war. Danach bekam ich hoffentlich die Zusage von

EagleChem Corporation und würde mich für eine sehr lange Zeit von West Village verabschieden.

»Chloe!«

Ich hatte so lange meinen Gedanken nachgehangen, dass ich heftig zusammenzuckte, als meine Zimmertür aufflog und meine Schwester hereinplatzte. Aber nicht nur sie, auch Kenny rannte mit einem Schwanzwedeln in den Raum. Impulsiv wie die beiden waren, sprang Kenny an mir hoch und Abby fiel mir sofort um den Hals und ich versuchte, den vertrauten Abby-Geruch zu inhalieren. Es könnte das letzte Mal gewesen sein, dass sie mich umarmte.

»Was machst du?«, fragte sie schmunzelnd und sah auf unser Halloween-Bild herab, das ich immer noch in den Händen hielt.

»Oh, mir war nur ein bisschen langweilig, als ich auf dich gewartet habe«, erwiderte ich und heftete das Bild mit zittrigen Fingern zurück an die Pinnwand. Dann tätschelte ich Kenny den Kopf, um mich selbst zu beruhigen. Vielleicht sollte ich mir nach meinem Umzug auch einen Hund anschaffen. Damit mir wenigstens irgendwer Gesellschaft leisten würde. »Wollen wir schon los?«

»Eigentlich könnten wir genau die Hüte heute aufsetzen, oder nicht?«, lachte Abby. »Der alten Zeiten wegen. Ich glaube, sie liegen unten auf dem Flurschrank.« Sie strahlte mich so unbeschwert an, dass mein Herz in tausend Stücke zerbrach.

»Klar.« erwiderte ich nickend und folgte ihr aus dem

Zimmer. Ich wollte einfach nur zum See, es hinter mich bringen. »Nehmen wir Kenny mit?«

»Nein, für ihn ist es zu heiß draußen. Er bleibt bei Mike.«

Ihn trafen wir auf dem Flur und Abby sprang ihm sofort in die Arme. Stürmisch verschränkte sie ihre Hände hinter seinem Nacken und gab ihm einen intensiven, langen Kuss.

»Ich habe dich vermisst«, hauchte sie und sah ihm tief in die Augen.

Ich wollte den Blick abwenden, doch ich konnte nicht. Selbstzerstörerisch wie ich war, musste ich mir ansehen, wie Abby Mike anhimmelte. Wie konnte er ihr noch in die Augen schauen, nach allem, was er getan hatte? Nachdem er andere Frauen gedatet, sie belästigt, mit ihnen geschlafen hatte? Nachdem er sie über seine Vergangenheit angelogen hatte? Vermutlich über so ziemlich alles?

»Ich habe dich auch vermisst«, säuselte Mike zurück und schenkte Abby ein aalglattes Lächeln. »Ich freue mich unfassbar auf unsere Hochzeit, Baby. Nur noch zwei Wochen.« Er hatte diese Nummer so verdammt gut drauf. Er war eiskalt. Der geborene Schauspieler. Wie Ms. Anderson es schon gesagt hatte: Er war so ziemlich der charmanteste Typ, wenn man ihn nicht kannte. Aber ich kannte ihn jetzt.

»Und wir haben noch einiges zu tun«, erinnerte Abby

ihn, gab ihm noch einen schnellen Kuss und ließ sich dann wieder auf die Füße fallen. »Aber mir platzt der Schädel. Chloe und ich machen jetzt einen kleinen Ausflug an den Lake Corney. Ich brauche eine Auszeit, aber so in ein bis zwei Stunden sind wir wieder da, und dann setzen wir zwei uns zusammen und regeln die Dinge, okay?«

Mike warf mir über Abbys Kopf hinweg einen Blick zu, der mir einen kalten Schauer den Rücken hinabjagte. Seine Augen waren eiskalt. Leblos. »Den Lake Corney wolltest du mir doch auch mal zeigen, Baby.« Seine Stimme dafür umso süßer. Sie triefte vor falscher Zuwendung, aber das wusste man nur, wenn man Mike durchschaut hatte. Und Abby hatte das nicht. Er legte ihr die Hand auf die Schulter und aus irgendeinem Grund musste ich mir vorstellen, wie sich seine Finger um ihren Hals krallten und zudrückten. »Kann ich mitkommen? Deine Eltern sind heute schließlich auch nicht da.« Das stimmte, sie waren bei Debbie, um ihr ein wenig Gesellschaft zu leisten. Sogar Mom machte sich inzwischen Sorgen um Lukes Mutter, da sie diese lange nicht mehr beim Spazieren gehen getroffen hatte. »Ich langweile mich ein wenig, Baby.«

Ich wusste, was er vorhatte. Und er wusste, was ich vorhatte. Das war der Grund für sein Verhalten. Er wollte mich davon abhalten, ein vertrauliches Gespräch mit Abby zu führen. Ihr alles zu erzählen. Aber er war zu gut in seiner Rolle, um zu offensichtlich zu werden. Denn als Abby nur kicherte und sagte, ihm würde schon irgendetwas einfallen, was er machen könnte – auf Kenny aufpassen – lächelte er mit einem verständnisvollen Grinsen. »Verstehe schon. Ihr Ladies wollt mich nicht dabeihaben. Tja, dann bleibt mir wohl nichts anderes übrig, als mich mit einem Bier in die Gartenlaube zu setzen.«

»Du wirst es überleben. Und die muss ja auch mal jemand benutzen, ihr habt euch doch so eine Mühe gegeben.« Abby streckte ihm neckisch die Zunge heraus und nahm meine Hand. »Komm, Chloe, wir fahren.«

Gut, dass Abby und ich Dads Anglerhüte aufgesetzt hatten, denn der Tag war wieder unfassbar heiß. Die Sonne knallte vom Himmel und ich war mir sicher, dass es bei dem Wetter kaum Angler an den See verschlagen haben müsste, denn wahrscheinlich war es dafür *zu* heiß.

Abby erzählte mir auf der Autofahrt die ganze Zeit von der Hochzeit und es war fast unerträglich, ihr zuzuhören. In ungefähr einer halben Stunde würde ich ihr Leben zerstören.

Mir fiel aber auf, dass sie sich bei ihren Sätzen die ganze Zeit nur auf den organisatorischen Kram konzentrierte und sagte, wie sehr sie das alles stresste. Keinmal sagte sie, dass sie sich darauf freute, Mike zu heiraten. Ich wollte mir nichts schönreden, ich wusste, dass ich ihr trotzdem alles kaputtmachen würde. Aber es fiel mir dennoch auf.

Als wir auf den Hauptparkplatz zum See einbogen, waren wir etwas verblüfft, denn unseres war das einzige Auto. Also hatte ich recht gehabt. Allen anderen war es wohl zu warm.

Abby sah auf die Uhr und lachte. »Na ja, wir hätten vielleicht auch nicht gerade in der prallen Mittagshitze zum See fahren müssen, aber was soll's.«

Wir nahmen unsere Picknickdecke und Snacks aus dem Kofferraum und liefen ungefähr zehn Minuten, bis wir ein schönes schattiges Plätzchen gefunden hatten.

Mein Herz schlug mir die gesamte Zeit bis zum Hals und ich war kurz vorm Durchdrehen. Ich versuchte, mir jedes Detail von Abbys Interaktion mit mir einzuprägen, denn solche Momente würde es nie wieder geben. Wie sie mich anlachte. Wie sie sich beim Gehen einhakte. Wie sie überlegte, wer von uns welche Geschmacksrichtung der Schorle, die wir mithatten, trinken sollte.

Als wir uns auf die Picknickdecke niederließen, beschloss ich, nicht mehr länger zu zögern. Eine Minute lang erlaubte ich es mir noch, diesen Moment als wunderschöne Erinnerung festzuhalten – Abby und ich am idyllischen Lake Corney, wie wir auf das stille Wasser schauten und dem Zwitschern der Vögel lauschten.

Dann setzte ich an. »Abby, ich …«

Doch im selben Augenblick wollte auch Abby das Wort ergreifen. »Chloe, ich …«

Wir sahen uns an und lachten. »Was wolltest du sagen?«, schmunzelte Abby.

Ich war zu feige. Ich wollte erst hören, was sie zu sagen hatte. »Nein, du zuerst.«

»Okay, ich …« Abby atmete tief durch und sah auf ihre Fingerspitzen herab. »Ich weiß nicht, ob es richtig ist, Mike zu heiraten.«

Ich stieß die angehaltene Luft aus. So egoistisch es auch war, aber wenn Abby sagte, dass sie Mike eigentlich gar nicht heiraten wollte, bevor ich ihr die Wahrheit sagte – dann wäre mein Gewissen wenigstens ein klitzekleines bisschen leichter.

»Warum nicht?«, fragte ich vorsichtig.

Abby sah mich nicht an. »Manchmal habe ich das Gefühl, ich kenne ihn gar nicht.«

Mein Herz setzte kurz aus. »Inwiefern?«

»Ich kann es nicht richtig beschreiben.« Abby zögerte. »Auf der einen Seite ist Mike wirklich der perfekte Mann, ehrlich. Er ist alles, was ich mir jemals erträumt habe. Er ist aufmerksam, liebevoll, sexy, sensibel, erfolgreich … Aber manchmal, manchmal, da … habe ich das Gefühl, dass er eine Seite hat, die ich nicht richtig kenne.« Jetzt sah Abby mich wieder an. »Neulich hat Mike mir etwas aus seiner Kindheit erzählt. Etwas von seiner Mom. Von der Straße, in der er gewohnt hat. Dass er von dort nur ein paar Minuten zu einem Badesee gelaufen ist. Aber, Chloe, er hat mir die Straße, in der er aufgewachsen ist, schon mal gezeigt. Eine todschicke Reichensiedlung in Minnesota. Ein Häuserkomplex reihte sich an den nächsten und ich habe es auch noch mal bei Maps nachgeschaut, da war weit und breit kein Badesee zu sehen.«

Meine Wangen kribbelten. »Wart ihr denn in seinem Haus drin?«

»Nein, das war ja nur dort, wo er aufgewachsen ist. Seine Mom wohnt da schon ewig nicht mehr. Wir sind von außen dran vorbeigefahren.«

»Hast du seine Mom eigentlich mal kennengelernt?«

Sie schüttelte den Kopf. »Nein. Sie ist beruflich wohl immer noch extrem eingespannt in ihre erfolgreichen Geschäfte. Wenn das stimmt.« Abby zog die Schultern hoch. »Wie gesagt, bezüglich seiner Vergangenheit haben sich bei mir ein paar Fragezeichen aufgetan.«

»Was denkst du, warum könnte er dich angelogen haben?«, formulierte ich den Satz vorsichtig.

Und Abby traf den Nagel ziemlich genau auf den Kopf. »Ich glaube, er will genau die Version sein, die ich mir wünsche. Und deshalb verhält er sich auch manchmal so komisch. Ich kann an seinem Gesicht sehen, dass er grübelt, was er sagen soll. Dass er seine Worte ganz genau mit Bedacht wählt. Weil er immer überlegt, was *mir* gefallen könnte. Und das sagt er dann. Nicht das, was er wirklich denkt. Und darum könnte ich mir vorstellen, dass er sich eine Version seiner Familie, seiner Kindheit, seiner ganzen Vergangenheit zurechtgebogen hat, die mir gefallen könnte.«

»Hast du ihm denn jemals gesagt, dass du dir einen Mann wünschst, der aus einer reichen Familie kommt?« Ich war überrascht, dass Abby alles so genau durchleuchtete und doch nicht so blauäugig war, wie ich gedacht hatte. Aber so ganz verstand ich es trotzdem nicht.

»Nein! Aber ich glaube, dass Mike unglaublich gut darin ist, Menschen zu analysieren. Und ... ich will es nicht so krass ausdrücken, aber ...«

»Zu manipulieren?«, setzte ich ihren Satz fort.

Sie wurde rot. »Wenn man es extrem ausdrücken will, ja. Mike hatte mich von Anfang an durchschaut. Natürlich laufe ich nicht rum und erzähle Typen beim Kennenlernen, dass ich einen reichen Mann heiraten will. Aber sind wir mal ehrlich, ich strahle es irgendwie aus. Ich liebe Perfektion. Ich liebe Erfolg. Und ich liebe Männer, die das verkörpern. Und ja, ich kann es nicht leugnen: Es hat mich beeindruckt, dass Mike aus einer Unternehmerfamilie stammt, dass er so viele Kontakte hatte, dass er auf einem Elite-Internat war ...«

Abbys Worte wirbelten so einiges in mir auf. Denn sie hatte recht. Mike analysierte und manipulierte einen. Genau das hatte er mit mir auch gemacht. Wahrscheinlich war das nicht besonders schwer gewesen. Man hatte mir angesehen, was für ein nervliches Wrack ich gewesen war. Sowohl bei der Familienfeier im Keller, als ich noch dazu völlig betrunken gewesen war, als auch an dem

Abend in meinem Bett, als Jenna mir entgegengespuckt hatte, dass Jamie mich die ganze Zeit mit ihr betrogen hatte. Ich sehnte mich nach Zuwendung, Anerkennung, Ablenkung. Und Mike hatte sie mir gegeben. Aber nicht, um mir zu helfen. Sondern, weil er ein kaltherziges, egoistisches Arschloch war, nur auf seinen Vorteil bedacht.

Ich atmete tief durch. »Abby, ich muss dir was sagen.«

Sie schlürfte an ihrer Limo. »Okay, was denn?«

Ich öffnete den Mund, um es endlich, endlich rauszulassen, als wir ein gerufenes »Abby! Chloe!« vernahmen. Wir drehten unsere Köpfe in die entsprechende Richtung und entdeckten Mike, der mit einem gehetzten Gesichtsausdruck auf uns zugejoggt kam und mit den Armen wedelte.

Ein sehr flaues Gefühl breitete sich in meinem Magen aus. Das konnte jawohl nicht wahr sein. Dieser Typ raubte mir den allerletzten Nerv. Die Erkenntnis, wie er wirklich war, wurde immer dunkler. Er wollte um jeden Preis verhindern, dass ich Abby die Wahrheit sagte. Und dafür war ihm wohl jedes Mittel recht, denn als er atemlos vor uns zum Stehen kam, stieß er aus, »Entschuldigt die Störung, aber ihr müsst dringend mit nach Hause kommen. Kenny geht es gar nicht gut.«

Abby richtete sich sofort panisch auf. »Was hat er denn?«

»Er scheint Schmerzen zu haben«, erwiderte Mike vage und packte schon Abbys Hand. »Komm, wir müssen mit ihm zum Tierarzt. Chloe kann ja eure Sachen einpacken und hinterherfahren.«

»Wo ist er denn?«, fragte Abby ängstlich und nervös, ließ sich aber von Mike hochziehen.

»Zu Hause«, erwiderte Mike kurz angebunden und wollte sie schon mit sich zerren, aber ich nahm Abbys andere Hand und hielt sie zurück.

»Warum hast du ihn nicht direkt mitgebracht?«, fragte ich mit gerunzelter Stirn. Hier stimmte doch etwas ganz und gar nicht.

»Weil es im Auto viel zu heiß war«, gab Mike mit einem genervten Unterton zurück und warf mir einen warnenden Blick zu, setzte dann aber sofort wieder seinen besorgt freundlichen Gesichtsausdruck auf. »Abby, Baby, wir sollten uns vielleicht wirklich beeilen.«

»Aber um ihn zum Tierarzt zu bringen, musst du ihn doch sowieso im Auto mitnehmen«, erwiderte ich und gab mir keine Mühe, meinen Unglauben zu verbergen. Im Gegenteil. »Sorry, Mike, aber das ergibt keinen Sinn. Als wir vor einer halben Stunde losgefahren sind, ging es Kenny noch blendend. Ich weiß, was du vorhast.« Ich atmete tief durch. »Du willst verhindern, dass ich Abby die Wahrheit sage.«

Abby entzog Mike langsam ihre Hand und sah von mir zu ihm. »Welche Wahrheit?«

Mike lachte bitter auf. »Wie bitte, Chloe? Was redest du? Was soll das? Das ist nicht witzig. Wenn Kenny wirklich irgendwas Schlimmes hat …«

In diesem Moment wurde mir etwas bewusst. Mike war nicht nur ein kaltes, egoistisches Arschloch. Es war schlimmer. Er war gefährlich. Er schreckte nicht vor lügen, betrügen und manipulieren zurück. Das wusste ich in diesem Augenblick. Er würde weit gehen, um seine Ziele zu erreichen. Sehr weit. Nicht, dass er Kenny wirklich etwas angetan hatte.

»Wir können meinetwegen nach Hause zu Kenny fahren, aber Abby fährt bei mir mit«, stellte ich klar und hielt immer noch die Hand meiner Schwester. »In Ordnung?«

Meine Schwester sah mehr als verwirrt aus, nickte aber. »Äh ja ... Okay. Können wir machen.«

»Nein!« Mike packte wieder ihr Handgelenk und zog sie grob an sich heran, sodass Abbys Hand aus meiner rutschte. »Abby fährt bei mir mit. Komm jetzt.« Er versuchte sie mit sich zu ziehen, aber ich ergriff ihren anderen Arm und hielt sie fest.

Abby musste alles erfahren. Jetzt. Ich wusste nicht, was Mike sich alles einfallen lassen würde, um zu verhindern, dass ich es ihr sagen konnte, also durfte ich nicht zögern.

»Abby.« Ich sah ihr flehentlich ins Gesicht, versuchte, all meine Emotionen in meinen Blick und in meine Stimme zu legen. Wie leid es mir tat. Wie sehr ich sie liebhatte. »Ich muss dir was sagen. Mike und ich, wir haben ...«

Mike stieß einen grollenden, donnernden Laut aus,

ließ Abby los und packte mich mit beiden Händen an den Schultern. »Nein! Halt deinen verdammten Mund!«

Ich war so perplex, dass ich in Schockstarre verfiel. Ich konnte nichts anderes tun, als in Mikes wutverzerrte Fratze zu sehen. Fratze. Anders konnte ich es nicht ausdrücken.

»Mike!«, kreischte Abby und versuchte sofort, ihren Verlobten von mir zu zerren, doch Mike hielt mich weiterhin fest an den Schultern gepackt.

Irgendetwas schien mit ihm durchzugehen, das schon die ganze Zeit unter seiner charmanten, aalglatten Oberfläche geschlummert hatte. Eine unbändige Wut, wenn jemand seine egoistischen Pläne durchkreuzte.

»Du bist völlig durchgeknallt!«, brüllte Mike mich an. »Seit Wochen stalkst du mich und versuchst, mich zu verführen! Abby und mich auseinanderzubringen! Es reicht, Chloe! Es reicht!« Er schüttelte mich so heftig, dass mir schwindelig wurde.

»Hör auf, Mike!«, schrie Abby panisch und zerrte an ihm, doch er ließ mich nicht los.

»*Sie* soll aufhören!«, brüllte Mike zurück und sein wahnsinniger Blick zuckte pulsartig zwischen Abby und mir hin und her. »Sie ist völlig irre! Sie glaubt, ich würde was von ihr wollen! Glaub ihr kein Wort, Abby!« Plötzlich legte er die Hände um meinen Hals und drückte zu, schnürte mir die Luft ab.

»Es ist mir scheißegal, was du da redest, Mike, lass jetzt meine Schwester los!«, brüllte Abby zurück und verpasste Mike eine schallende Ohrfeige, sodass er mich losließ und perplex zurückwich.

Für einen kurzen Moment sah ich Sternchen, dann klärte sich meine Sicht wieder. Meine Schwester hatte sich beschützend zwischen Mike und mich gestellt, mit geballten Fäusten, jederzeit bereit, ihm wieder eine runterzuhauen.

»Was soll das, du Schlampe?«, zischte Mike sie an und holte dann mit der Hand aus. »Du schlägst mich? *Mich*?« Es knallte, als er seine Hand auf Abbys Wange aufschlagen ließ. Diese stolperte zurück und ich fing sie gerade noch so auf.

»Abby!«, rief ich panisch, doch sie richtete sich zu voller Größe auf, bereit, zurückzuschlagen, da schubste Mike uns beide zu Boden. Er hatte eine unglaubliche Kraft, aber wen überraschte das anhand seiner Muskeln. Ich konnte nicht mehr fassen, dass ich einmal bewundernd über diese Muskeln gestrichen hatte. Er benutzte sie, um anderen Leid zuzufügen.

Wir fielen beide mit einem überraschten Kreischen zu Boden und Mike baute sich wie ein bedrohlicher Riese über uns auf. »Abby, ich gebe dir jetzt deine letzte Chance«, knurrte Mike und sah aus, als würde er jeden Moment beginnen, auf uns einzutreten. Er streckte ihr seine vor Wut zitternde Hand hin. »Entweder kommst du jetzt mit mir mit, oder …«

Doch in diesem Moment passierte noch etwas.

Jemand stieß Mike von hinten um, sodass auch *er* mit einem überraschten Laut neben uns ins Gras fiel.

»Fass eine der beiden noch einmal an und ich mache Hackfleisch aus dir.«

Vor uns erschien Luke. Er war derjenige, der Mike zu Boden geschubst hatte. Aber er war nicht derjenige, der diesen Satz gesagt hatte. Es war Dad gewesen. Und Dad war auch derjenige, der mit seinem Luftgewehr auf den am Boden liegenden Mike zielte. So wütend hatte ich ihn noch nie gesehen und ich hatte auch noch nie erlebt, dass er mit seinem Luftgewehr auf jemanden zielte. Eigentlich besaß er es nur für den Fall, dass mal jemand bei uns einbrach und er denjenigen vertreiben musste.

»Luke! Dad!«, schniefte Abby und rappelte sich auf. Sie hielt mir ihre Hand hin und ich ergriff sie.

Jetzt standen wir beide wieder auf wackligen Beinen und sahen alle vier auf Mike hinab.

»Ihr seid doch alle durchgeknallt!«, zischte der und spuckte verächtlich ins Gras. »Willst du mich wirklich abknallen, Alter?«

»Du hast meine Töchter bedroht«, gab Dad genauso verachtend zurück. »Ich könnte mir nichts Schlimmeres vorstellen. Abby, Chloe, ist alles in Ordnung bei euch? Was ist passiert?« Luke und er sahen uns besorgt und alarmiert an.

Auch Abby und ich wechselten einen völlig überrumpelten Blick und nickten dann langsam.

»Er hat Abby geschlagen«, gab ich immer noch völlig perplex von mir.

»Er hat Chloe wehgetan«, schniefte Abby. »Er hat sie an den Schultern gepackt und geschüttelt, bevor er seine Hände um ihren Hals legte. Gott, Mike, wie konntest du nur?« Die Art und Weise, wie sie ihren auf dem Boden sitzenden Verlobten ansah, sprach mehr als tausend Worte. Er war voller Unglaube, voller Schock, aber auch voller Abscheu, die sich nicht gerade erst vor wenigen Minuten gebildet hatte. Jetzt zeigte sich einfach nur in voller Deutlichkeit, was Abby schon seit Längerem vermutet hatte: Mike war nicht der, der er vorgab zu sein. Und es war noch viel schlimmer, als bisher angenommen.

»Abby, Liebling, bitte sag mir, dass du diesen Mann nicht heiraten willst«, knurrte Dad und richtete sein Luftgewehr noch näher auf Mikes Gesicht.

Wenn die Situation nicht so ernst – und vor wenigen Minuten noch so gefährlich gewesen wäre – hätte ich am liebsten laut gelacht. Es war einfach so grotesk. Dad mit seinem orangenen Fischerhut, der noch nie einer Fliege etwas zuleide getan hatte, drohte jemandem, ihn zu *erschießen.* Aber wenn es um Abby und mich ging, war es bei ihm wohl wirklich mit dem Spaß vorbei.

Abby wendete sich verletzt ab. »Ich denke nicht«, erwiderte sie fast tonlos. »W... Was macht ihr hier?«

Luke, dessen Anwesenheit ich jetzt erst richtig realisierte, atmete tief durch. »Ich wollte bei euch vorbeifahren, um was mit euch wegen der Hochzeit zu besprechen.

Da habe ich Geräusche von der Terrasse gehört und bin durch den Garten gegangen. Es war Mike, der dort stand und irgendwelche unschönen Schimpfwörter vor sich hinfluchte. Es klang ziemlich nach ›Ich mache Chloe fertig‹ und dann ist er zu seinem Auto und mit einem irren Tempo weggefahren. Daraufhin habe ich Richard angerufen und ihn gefragt, ob er weiß, wo ihr seid. Also sind wir sofort zusammen hierher.«

Auf Dads Gesicht breitete sich der Anflug von Zufriedenheit aus. »Aufstehen, Freundchen, wir fahren jetzt aufs Polizeirevier. Die können dich dann wegen Körperverletzung einbuchten.«

»Dad!«, wollte Abby protestieren und auch ich hätte fast eingeworfen, dass hier wohl niemand wegen Körperverletzung direkt eingebuchtet wurde. Aber dann verstand ich, dass Dad Mike einfach nur aus unserer direkten Umgebung schaffen wollte. Uns Ruhe verschaffen wollte.

Abby schien es auch zu verstehen. Sie sagte nichts mehr. Wir sahen beide zu, wie Dad Mike zwang aufzustehen und ihn mit seinem Luftgewehr vor sich hin zum Auto trieb. Erst jetzt erkannte ich, dass Dads Chevrolet hundert Meter entfernt geparkt war.

»Ihr habt sie nicht mehr alle«, rief Mike uns noch völlig aufgebracht über die Schulter zu. »Ich werde *euch* anzeigen! Und Abby, mit dir bin ich fertig, du Schla…«

Da verpasste Dad ihm mit dem Luftgewehr einen Klaps auf den Hinterkopf und Mike war leise.

Genauso stumm starrten Abby, Luke und ich den beiden fassungslos hinterher. »Sollen wir ihn wirklich einfach bei Dad mitfahren lassen? Nicht, dass er Dad bedroht und irgendwas Schlimmes mit ihm anstellt!«, gab Abby zu bedenken.

»Euer Vater kriegt das schon hin«, beschwichtigte Luke sie. »Er wird mit einer Hand lenken und mit der anderen das Luftgewehr weiterhin auf Mike richten.«

In diesem Moment brach Abby in Tränen aus. Sie schlug sich die Hände vor das Gesicht und schluchzte. »I... Ich kann d... das einfach nicht glauben ... Vor einer halben Stunde w... war noch alles g... gut und ...«

Ich atmete tief durch und legte vorsichtig meinen Arm um Abby. »Nichts war vor einer halben Stunde noch gut, Abby. Ich muss dir unbedingt etwas sagen.«

»Soll ich lieber gehen?«, fragte Luke vorsichtig, doch ich schüttelte den Kopf.

»Von mir aus kannst du ruhig bleiben«, sagte ich gefasst. Immerhin mussten wir Luke ja auch mitnehmen, da er mit Dad hergefahren war und dieser mit seinem Auto Mike zum Polizeirevier verfrachtete.

Abby sah sowohl Luke als auch mich mit tränenerfüllten Augen an. »Ich verstehe gar nichts mehr«, schniefte sie. »Was willst du mir sagen, Chloe? Und wieso seid Dad und du direkt hierhergefahren, nur weil Mike ein bisschen geflucht hat? Er hätte doch auch über irgendwen anders fluchen und irgendwo anders hinfahren können.«

Luke und ich wechselten einen überlegten Blick und Luke schluckte. »Er hat Chloes Namen gesagt. Und ich habe ein paar unschöne Dinge über Mike herausgefunden. Er ist nicht der Mann, für den du ihn hältst, Abby.«

»Das das weiß ich jetzt auch«, gab sie resigniert zurück und wischte sich über das Gesicht. Dann brach sie wieder in Tränen aus. »Was für Dinge?«

Luke sah mich abwartend an und trat ein paar Schritte zurück.

»Abby, ich ...« Ich hatte das Bedürfnis, zu Boden zu blicken, sah ihr aber weiterhin in die Augen. »Ich habe mit Mike geschlafen.«

Kurz und schmerzlos. So hatte ich es mir vorgenommen.

Abby unterbrach für einen Moment ihr Weinen und sah mich einfach nur verwirrt an. »Was?«

Sie konnte es nicht direkt realisieren. Das war mir klar gewesen.

»Ich habe mit Mike geschlafen«, wiederholte ich und kämpfte gegen den Drang an, ebenfalls in Tränen auszubrechen. »Mike hat dich mit mir betrogen. Und noch mit anderen Frauen.«

»Mit dir? Und noch mit anderen Frauen?«, wiederholte Abby fast tonlos und sah mich immer noch an, als redete ich Chinesisch.

Ich musste ihr die ganze Geschichte erzählen und hoffte, dass sie in der Lage war zuzuhören. »An Dads sechzigstem Geburtstag bin ich die ganze Zeit vor dir und den anderen Verwandten weggelaufen, weil ich keine Fragen beantworten wollte. Jamie hatte mit mir Schluss gemacht und ich meinen Job verloren. Es war mir selten so schlecht gegangen. Ich habe mich total betrunken, wie du weißt. Ich wollte in den Keller flüchten. Dort traf ich Mike. Ich wusste nicht, wer er war, ich hatte dir ja noch keine Gelegenheit gegeben, ihn mir vorzustellen. Ich fühlte mich von ihm angezogen und ... küsste ihn.« Ich wartete auf eine Reaktion von ihr, doch Abbys Gesicht war weiterhin ausdruckslos, also fuhr ich fort. »Er hat den Kuss erwidert, und dann ... hatten wir Sex. Es war sehr kurz, aber es war Sex. Als ich ein paar Minuten später erfuhr, dass er dein Verlobter war, bin ich wortwörtlich in Ohnmacht gefallen. Am nächsten Morgen habe ich gesehen, wie glücklich du mit ihm warst, und beschlossen, dein Glück nicht kaputtzumachen. Dir niemals davon zu erzählen. Natürlich hätte ich es am liebsten ungeschehen gemacht, aber das ging ja nicht. Das Letzte, was ich wollte, war, dich noch mal mit Mike zu hintergehen. Doch dann kam der Abend, an dem ich erfuhr, dass Jamie mich mit Jenna betrogen hatte. Ich brach zusammen. Und Mike war da und ... wir haben uns geküsst.« Ich schüttelte den Kopf. Über mich selbst. Wartete verzweifelt auf irgendeine Reaktion von Abby. Wagte es nicht, Luke anzusehen. »Es ist keine Entschuldigung. Es gibt keine Entschuldigung. Mike hat dich mit mir an Dads Geburtstag betrogen und danach noch einmal mit diesem Kuss. Ich war schwach und willenlos und ein absolutes Wrack. So will ich nie wieder sein. Ich bitte dich um Verzeihung, Abby, aber ich erwarte nicht, dass du sie mir gewährst.« Ich zitterte am ganzen Leib. »Ich hasse mich selbst dafür, glaub mir, und ich verstehe, wenn du es auch tust. Aber eines muss ich dir noch sagen. Bei einem Vorstellungsgespräch habe ich erfahren, dass Mike aus seiner Unternehmensberatung rausgeflogen ist, weil er Frauen belästigt hat. Eine Frau, mit der er mehrmals aus war, hat mir alles erzählt. Es war, als du schon mit ihm zusammen warst, Abby. Er hat dich nicht nur mit mir betrogen.«

Ich war fertig. Mit den Nerven, meinem Leben, allem.

Und Abby schien es genauso zu gehen.

»Ich ... Ich verstehe das nicht«, erwiderte sie konfus und taumelte zurück. »W... Wie konnte er mir das antun? Wie konntest *du* mir das antun?«

»Glaub mir, Abby, ich weiß es selbst nicht.« Jetzt konnte ich einfach nicht mehr anders, als auf den Boden zu sehen. »Ich hatte mich für eine Zeit lang total verrannt. Mein Leben auf den völlig falschen Prinzipien aufgebaut. Aus den Augen verloren, was mir wirklich wichtig ist. Das Einzige, was jemals für mich gezählt hat, bist du, Mom und Dad. Meine Familie. Und ...« Ich suchte mit Tränen in den Augen Lukes Blick. »... Luke.« Doch er wich mir aus. Es hätte mein Herz erneut in tausend Stücke zerbrochen, wenn es nicht schon längst in einem Scherbenhaufen am Boden liegen würde.

»Ich habe euch beide damit verloren«, fuhr ich mit erstickter Stimme fort. »Und das verstehe ich. Ich verlange nicht von euch, dass ihr mir verzeiht. Ihr müsst mich auch nicht länger um euch haben, keine Sorge. Ich hatte ein Bewerbungsgespräch bei einer Firma in der Nähe von Chicago und bin mir ziemlich sicher, dass ich den Job kriege. Ich werde dir, Abby, Zeit geben, über alles nachzudenken. Und wenn du irgendwann beschließt, vielleicht wieder mit mir reden zu wollen – dann werde ich da sein. Aber wenn du es nicht tun willst …« Die letzten Worte gingen in einem lauten Schluchzer von mir unter. Eigentlich wollte ich sagen: *Würde ich es auch verstehen.*

»Hör auf, Chloe!« Abby stierte mich wütend an. Aber es war nicht die Art Wut, die ich erwartet hatte. »Wer sagt, dass ich nie wieder mit dir reden werde? Du bist meine Schwester! Denkst du wirklich, ich würde dich einfach aus meinem Leben streichen? Du bist verdammt noch mal meine Schwester, egal, was du getan hast, du wirst es immer bleiben.« Doch die Tränen in ihren Augen, ihre gekrümmte Haltung zeigten mir, dass sie nicht so stark war, wie sie gerade tat. »Ich realisiere das alles gerade überhaupt nicht. Ich habe gehört, was du mir gesagt hast, aber es dringt nicht wirklich zu mir durch. Deswegen kann ich momentan auch keine Wut verspüren, nur Schock. Vielleicht kommt die Wut noch. Ja, ziemlich sicher kommt sie noch. Aber hör auf zu sagen, dass wir nie wieder miteinander reden werden, verstanden?! Wenn ich eines in den letzten Minuten gelernt habe, dann, dass dieser Psychopath Mike es auf keinen Fall wert ist, dass ich meine Schwester seinetwegen verliere.« Sie stampfte auf den Boden auf und erinnerte mich wieder an die achtjährige Abby, die nicht das gewünschte Barbiehaus zu Weihnachten bekommen hatte und jetzt total trotzig war. Bei ihren Worten hatte sich eine unglaubliche Wärme in mir ausgebreitet, auch wenn ich wusste, dass sie recht hatte. Sie stand einfach noch zu sehr unter Schock, um wütend zu sein, und wenn diese kam, würde sie mit voller Wucht zuschlagen. Sie würde mich vielleicht anschreien, wegrennen, ein paar Tage oder Wochen nicht mit mir reden – aber am Ende wäre ich immer noch ihre Schwester. Das hatte sie mir gerade klargemacht. Ich würde sie nicht verlieren, weil *sie* das nicht zulassen würde. Meine allergrößte Angst würde sich nicht erfüllen.

»Psychopath trifft es ganz gut«, mischte Luke sich ein. »Der Typ hat so was von einen an der Waffel.«

In diesem Moment klingelte Abbys Handy und sie meldete sich hektisch. »Ja? Mom?« Sie wurde noch blasser, als sie es zuvor schon gewesen war, wenn es überhaupt noch möglich war. Ihr Gesichtsausdruck verwandelte sich von geschockt zu ängstlich und sie schlug sich die Hand vor den Mund. »Alles klar. Ich sage es ihm. Wir kommen.« Sie schluckte und schob das Handy wieder in ihre Hosentasche, dann sah sie Luke mit einer Mischung aus Mitgefühl und Bestürzung an.

»Das war Mom. Luke … deiner Mutter geht es nicht gut. Sie …«

»Was?« Luke machte einen Satz auf Abby zu, sein Gesicht verzogen vor Schmerz, er legte ihr drängend eine Hand auf die Schulter. »Was ist passiert, Abby?«

»Sie … ist im Krankenhaus.«

Kapitel Fünfundzwanzig

Die Stille im Auto war unerträglich. Abby fuhr unglaublich schnell zum Krankenhaus, aber es waren trotzdem fünfzehn quälende Minuten, die wir aussitzen mussten. Luke saß vorne auf dem Beifahrersitz neben Abby und zitterte. Wie gern hätte ich mich vorgebeugt und ihm beruhigend die Hand auf die Schulter gelegt, aber ich wagte es nicht, ihn zu berühren.

»Luke, es wird alles gut«, sagte ich, weil ich irgendetwas sagen *musste,* doch er reagierte nicht. Er sah stur nach vorn, versuchte, seine zitternden Hände in seinem Schoß zu verbergen.

Gott sei Dank war Mom bei Debbie geblieben, als Dad und Luke zu Abby und mir an den See gefahren waren. So konnte sie den Notarzt rufen, als Debbie plötzlich ohnmächtig geworden war. Nicht auszudenken, was passiert wäre, wenn Luke sie erst bei seiner Rückkehr gefunden hätte …

Wir hielten vor dem Eingang der Notaufnahme und Luke sprang sofort, ohne ein weiteres Wort zu sagen, aus dem Auto. »Ich suche Mom, du kannst ruhig nach Hause fahren«, sagte ich zu Abby, doch sie schüttelte den Kopf.

»Ich suche einen Parkplatz und komme nach.«

Sie sah mich nicht an. Wie wir miteinander redeten, die Wörter betonten, es fühlte sich falsch an. Aber wie könnte es sich auch richtig anfühlen in der Lage, in der wir gerade waren?

Die ganze Situation war einfach surreal. Vor nicht einmal einer Stunde hatte sich alles um 180 Grad gedreht. Mike hatte uns körperlich bedroht und verletzt, Abby und er hatten sich getrennt und ich hatte Abby die Wahrheit gesagt. Und nun schwebte Debbie in Lebensgefahr. Wie konnte so viel an einem einzigen Tag passieren?

Ich drückte die Eingangstür des Krankenhauses auf, meine Haarsträhnen klebten mir schweißnass im Nacken. Ich sehnte mich nach einem Schluck Wasser, doch gerade gab es Wichtigeres. In meinem Kopf war jetzt nur noch Luke. Luke, der schon seinen Vater verloren hatte. Luke, dem seine Mutter das Wichtigste auf der Welt war.

Debbie wurde auf der Intensivstation behandelt und wir durften nicht zu ihr. Ich fand Luke auf dem Flur vor der Station, er saß auf einem Klappstuhl, die Ellbogen auf die Knie gestützt, das Gesicht in den Händen vergraben. Mom saß neben ihm und strich über seine Schulter. Als sie mich sah, hellte sich ihr Gesicht leicht auf.

»Chloe.«

»Wisst ihr schon was Neues?«, fragte ich und biss mir auf die Unterlippe. Luke sah nicht einmal zu mir auf, sondern hielt sein Gesicht weiterhin vergraben.

Mom atmete tief durch. »Debbie hat wohl ... Debbie hat wohl akutes Nierenversagen. Deswegen ist sie zu Hause ohnmächtig geworden. Mehr wissen wir noch nicht.«

Ich entdeckte eine kleine Station mit Trinkwasser für Besucher am anderen Ende des Gangs und entschuldigte mich kurz. Dort angekommen lehnte ich mich erschöpft gegen die Wand und ließ das abgestandene Mineralwasser durch meine Kehle fließen, wobei ich die Augen schloss.

Ich würde Zeit brauchen, um das alles zu verarbeiten, so viel war klar. Ich wollte mich darüber freuen, dass Abby mir zumindest nicht gesagt hatte, dass ich für sie gestorben war, aber ich konnte nicht. Die Sorge um Debbie lastete viel zu schwer auf meiner Seele. *Was wenn sie ... Was wenn sie stirbt.* Aber ich wischte den Gedanken sofort beiseite. Das würde sie nicht. Debbie war stark. Ein Stehaufmännchen.

Trotzdem würde ich jetzt für Luke da sein, wenn er das wollte.

Er will aber nicht, zischte mir eine verächtliche

Stimme im Kopf zu. *Er hat gesagt, dass du dich nie wieder bei ihm melden sollst.*

Aber er war heute zum See gekommen, weil er geahnt hatte, dass Abby und ich in Gefahr waren. Und das rührte mich zutiefst.

Das hat er mehr für Abby getan als für dich.

Ich knüllte den Pappbecher zusammen und warf ihn in den Papierkorb. Mein innerer Kritiker, die Stimme in meinem Kopf, die mir ständig zuflüsterte, dass ich nicht gut genug war und alles falsch machte, war also zurück. Und es würde schwer werden, sie wieder zu verdrängen, wenn ich West Village, meine Familie und Luke ein weiteres Mal hinter mir ließ.

Abby tauchte am anderen Ende des Gangs bei Luke und Mom auf, gefolgt von Dad.

Ich straffte meine Schultern und ging zu ihnen zurück.

Abbys Augen waren rot und verquollen, so als hätte sie, nachdem ich ausgestiegen war, noch einige Minuten im Auto gesessen und geweint. Wahrscheinlich hatte sie das auch. Aber jetzt sah man ihr an, dass sie stark sein wollte. Für Luke.

»Deine Mom schafft das, Luke«, sagte sie leise und behutsam zu ihm. »Sie ist eine Kämpferin.«

Luke rührte sich immer noch nicht und signalisierte uns somit, dass er nicht in der Stimmung für Gespräche war. Das Beste wäre vielleicht ein Themenwechsel.

»Dad, wo hast du Mike hingebracht?«, fragte ich

vorsichtig. »Wirklich zur Polizei?«

Mom riss die Augen auf. Sie hatte offensichtlich von unserer Version des Mittags noch nichts mitbekommen.

Dad nickte und richtete seinen Fischerhut. »Jawohl. Hab ihn dort abgesetzt. Glaube, sie haben ihm zwar eine Standpauke gehalten, aber dann laufen lassen.«

»Natürlich haben sie das.« Abby verdrehte die Augen. »Du dachtest doch nicht wirklich, dass sie ihn ins Gefängnis sperren, weil er seine Verlobte geschlagen hat.«

»Er hat dich geschlagen?«, fragte Mom schrill.

Luke sah endlich auf und schien wenigstens für diesen Moment abgelenkt zu sein.

»Er hat mich geschlagen und Chloe gepackt und geschüttelt«, schniefte Abby. »Und gewürgt.«

»Mike? Unser Mike?! Wieso das denn?!« Mom sah entgeistert von einem zum anderen.

Ich schluckte. »Ich habe ihn verärgert. Ich wollte Abby erzählen, dass …«

»Das spielt jetzt keine Rolle«, unterbrach Abby mich schroff und sah mich mit diesem ganz bestimmten Ausdruck an.

Und plötzlich realisierte ich etwas.

Abby würde Mom und Dad nicht erzählen, was ich getan hatte. Sie würde es niemandem erzählen. Sie würde mich beschützen, so wie sie es als große Schwester schon immer getan hatte. Egal, was *ich* getan hatte. Ich war ihre Schwester und würde es immer bleiben.

»Fakt ist«, fuhr Abby fort und wischte sich über das verquollene Gesicht, »dass Mike nicht der ist, für den wir ihn gehalten haben. Ich hatte es schon länger geahnt. Er war öfter komisch zu mir. Er hatte diese perfekte Fassade, die ich geliebt habe. Die Fassade, nicht ihn. Ich weiß immer noch nicht ganz, wer er wirklich ist, aber sein wahres, hässliches Gesicht hat er uns vor einer Stunde am See gezeigt, als er Chloe und mich angegriffen hat.«

»Er hat euch *angegriffen*!« Mom schlug sich erschrocken die Hand auf die Brust. »Er hat euch angegriffen …! Dieser … dieser … Ich werde Hackfleisch aus ihm machen!«

Dad legte beruhigend einen Arm um Mom und ich musste fast kichern, weil er genau das auch schon gesagt hatte. »Das habe ich bereits erledigt, Jane. Nachdem Luke mich bei den Wilsons abgeholt hat, habe ich noch eben schnell das Luftgewehr vom Dachboden geholt.«

»Hast du Kenny gesehen?!«, fragte Abby schrill. »Ging es ihm gut?!«

Dad warf ihr einen verblüfften Blick zu. »Natürlich, Schatz, es ging ihm bestens. Er hat mich angesprungen und abgeschlabbert wie immer. Warum?«

Abby und ich atmeten erleichtert auf und sie machte eine wegwischende Handbewegung. »Egal. Jetzt zählt nur, dass wir Mike erst mal los sind. Er wird wohl irgendwann noch mal zu uns kommen müssen, um seine Sachen abzuholen, und dann kann ich ihm auch noch mal ganz in Ruhe sagen, was ich von ihm halte. Aber abgesehen davon bin ich fertig mit ihm.« Ich sah ihr an, dass es nicht so einfach werden würde, wie sie tat. Sie würde Zeit brauchen. Immerhin hatte sie ihn geliebt. Oder es zumindest gedacht. Wie sie selbst sagte – sie hatte seine Fassade geliebt. Nicht ihn.

»Und es zählt nur, dass Debbie wieder gesund wird«, fügte Abby hinzu und strich behutsam über Lukes Arm.

Er zuckte zusammen und rieb sich über das Gesicht, sagte allerdings immer noch nichts.

In diesem Augenblick klingelte mein Handy. Ich machte ein paar Schritte zur Seite und ging ran.

Mein Herz rutschte mir in die Hose, als ich hörte, wer am anderen Ende der Leitung war.

Ms. Anderson von *EagleChem Corporation*.

»Sie konnten uns im Bewerbungsgespräch überzeugen«, flötete sie. »Wir möchten Ihnen gern den Job anbieten.«

»Wow«, stotterte ich, wohlwissend, dass mich meine Familie und Luke alle ansahen. »Das ... Das sind ja wunderbare Neuigkeiten.«

»Wir würden Ihnen dann in ein bis zwei Tagen den Arbeitsvertrag schicken«, fuhr Ms. Anderson fort und klang wirklich, als würde sie sich darauf freuen, mit mir zu arbeiten. »Vorausgesetzt natürlich, Sie nehmen das Angebot an.« Sie lachte betont heiter.

»Ja ... Ja, natürlich. Ich denke schon«, stammelte ich. In meinem Kopf drehte sich alles. Das war einfach zu viel des Guten. Zu viel für einen Tag.

Und in meinem Bauch breitete sich nicht die Freude aus, die ich aufgrund des Anrufs hätte verspüren sollen.

Zumindest dachte ich, dass man sich freuen sollte, wenn einem ein Jobangebot gemacht wird.

»Wunderschön«, zwitscherte Ms. Anderson. »Dann mache ich alles fertig und schicke Ihnen den Vertrag zu. Bitte dann schnellstmöglich unterschreiben, denn in zwei Wochen geht es ja auch schon los.«

»Genau!«, bekräftigte ich sie und spürte, wie ich unter den neugierigen Blicken meiner Familie hochrot wurde. »In zwei Wochen schon! Alles klar! Super! Ich freue mich!«

Wir legten auf und ich brauchte einen Moment, um tief durchzuatmen. Den gab Mom mir aber nicht.

»Wer war denn dran, Schatz?«, fragte sie neugierig, aber auch ein wenig angespannt.

Ich wusste nicht, wem von ihnen ich ins Gesicht sehen sollte, denn mein Bauchgefühl sagte mir, dass niemand von ihnen die Entscheidung so richtig gutheißen würde. Aber es war ja meine eigene, richtig? Mein eigenes Leben. Trotz stieg in mir auf, allein bei der Vorstellung davon, was sie gleich sagen würden. Dass ich meine Prinzipien verriet. Dass ich zu gut für diesen Job war. Aber anscheinend war ich das ja nicht, denn sonst hätte mich wohl auch noch jemand anderes eingestellt, oder nicht? Ich hatte keine Wahl. Ich brauchte Geld. Ich konnte nicht für immer bei meinen Eltern wohnen. Was hielt mich hier?

Luke.

Er wäre die einzige Person gewesen, die mich hier gehalten hätte. Und ihn hatte ich verloren. Für immer. Er sah mich nicht an, als ich weitersprach.

»Das war *EagleChem Corporation.* Sie haben mir einen Job angeboten. Und ich habe ihn angenommen«, erklärte ich mit fester Stimme und ballte meine Hand um mein Handy. »In der Nähe von Chicago. In zwei Wochen geht's los. Ich kann mich ... Ich kann mich also langsam wohl wieder nach einer Wohnung umsehen.« Meine Wangen brannten.

Mom und Dad wechselten einen ratlosen Blick, Abby legte den Kopf schief, Luke sah immer noch zu Boden.

Da ging die Tür auf und eine Ärztin trat mit ernster Miene zu uns in den Flur. »Mr. Wilson? Sie können mitkommen.«

Wir hielten alle den Atem an, während Luke auf die Intensivstation verschwand. Niemand von uns wagte es, auch nur ein Wort zu sagen. Dad drehte seinen Fischerhut in seinen Fingern. Abby schob ihren Verlobungsring hin und her. Mom fächerte sich mit zittrigen Fingern Luft zu.

Es waren die längsten zehn Minuten meines Lebens.

Dann kam Luke wieder heraus.

Sein Gesichtsausdruck sprach Bände und ich spürte, wie sein Herz vor mir zerbrach.

»Sie liegt im Koma.«

Kapitel Sechsundzwanzig

Wir boten Luke an, bei uns zu Abend zu essen, doch er lehnte ab. Er wollte allein sein.

Also setzten wir ihn auf dem Hof ab, schlugen vor, ihm heute und in den nächsten Tagen bei der Arbeit zu helfen. Doch Luke blockte jeglichen Versuch der Unterstützung ab.

Ich hatte ihn noch nie so erlebt.

Du warst ja auch nicht bei der Beerdigung seines Vaters, flüsterte die Stimme in meinem Kopf. *Vielleicht hättest du das sonst.*

Auch Abby vergrub sich direkt nach unserer Ankunft zu Hause in ihrem Zimmer. Ich konnte es ihr nicht verdenken und würde sie selbstverständlich erst einmal in Ruhe lassen.

Mom und Dad wirkten ebenfalls sehr niedergeschlagen. Wir saßen zu dritt in der Küche und fanden nicht die richtigen Worte. Irgendwann rieb Mom sich Tränen aus den Augen.

»Der arme Junge«, flüsterte sie. »Erst sein Vater und jetzt Debbie ...«

»Wird Debbie ... Wird sie ...« Ich konnte es ebenfalls nicht verhindern, dass mir Tränen die Wangen runterliefen. »Wird sie sterben?«

»Ich würde gern Nein sagen, aber das wäre gelogen. Die richtige Antwort ist, dass ich es nicht weiß.« Mom nahm Dads Hand. »Debbie ging es ja schon seit Jahren nicht mehr gut aufgrund ihrer Nieren. Sie hätte eigentlich mehrmals die Woche an die Dialyse gemusst, aber das wollte sie nicht. Sie wollte immerzu weiter auf dem Hof arbeiten. Das war einfach zu viel. Und in den letzten Wochen hat sie immer weiter abgebaut.«

Mein Herz war so unglaublich schwer. Wieder einmal meldete sich diese vorwurfsvolle Stimme in meinem Kopf. Hätte ich mehr für Luke tun sollen? Für Debbie? Hätte ich ihn öfter danach fragen sollen, wie es ihr geht? Nach ihr sehen sollen? Ihr gut zureden?

Ein weiteres Mal fühlte ich mich, als hätte ich alles falsch gemacht. Ich *konnte* einfach nichts richtig machen.

Es wurde wirklich dringend Zeit, dass ich hier wegkam und nicht noch mehr Probleme verursachte.

»Chloe, Liebling, ... bist du dir wirklich sicher wegen dieser Stelle bei dem Chemieunternehmen? Willst du nicht lieber noch etwas warten, bis eine bessere kommt?

Du kannst so lange hierbleiben, wie du möchtest«, sagte Dad, als hätte er meine Gedanken gelesen.

»Nein, Dad, das kann ich nicht«, erwiderte ich entschieden. »Ich brauche diesen Job. Ich muss ihn annehmen.«

»Aber warum?« Mom sah mich verständnislos an. »Dein Vater und ich hatten die letzten zwei Wochen das Gefühl, dass du hier wieder richtig angekommen warst. Dass du wieder glücklich warst. Mit Luke.« Natürlich hatten sie es mitbekommen. Wie auch nicht? Ich war fast jeden Tag bei ihm gewesen und es war offensichtlich gewesen, dass wir nicht nur die Hochzeit zusammen geplant hatten. »Was ist zwischen euch vorgefallen, dass die Stimmung jetzt wieder so angespannt ist?«

Ich stand abrupt auf, konnte mir das einfach nicht anhören. »Nichts. Ich habe nur entschieden, dass ich einfach nicht hierbleiben kann. Ich muss zurück Richtung Chicago. Ich muss auf mein Bauchgefühl hören, versteht ihr? Luke wird es verstehen. Da bin ich mir sicher.«

Mom und Dad wechselten einen langen Blick. Dann faltete Dad seine Hände im Schoß. »Er wird es vielleicht nicht verstehen, aber er wird dich sicher nicht davon abhalten, wenn es das ist, was dich glücklich macht. Das war das Einzige, das er je für dich gewollt hat. Dass du glücklich bist.«

Tränenblind drehte ich mich um und rannte die Treppe hinauf. Dann vergrub ich mich in meinem Bett und weinte in mein Kissen, bis vor meinem Fenster Dunkelheit herrschte. Inzwischen musste es nach Mitternacht sein und ich wünschte, dass sich meine Gefühle nach dem langen Weinen wie betäubt anfühlen würden, doch das war nicht der Fall.

Alles tat immer noch genauso weh.

Ich ertrug es nicht, allein mit diesem Schmerz im Bett zu liegen, und dabei war ich nicht mal allein. Abby befand sich ein Zimmer weiter und ich würde zwar in unserer jetzigen Situation niemals Trost bei ihr suchen, aber ich wusste, dass ich im Notfall immer rübergehen könnte. Ich hörte Dad unten aus dem Wohnzimmer schnarchen. Sicherlich war er in seinem Fernsehsessel mit seiner Brille auf der Nase eingeschlafen und ich könnte ihn wecken und er würde jederzeit aufspringen, sobald ich ihm sagte, dass es mir nicht gutging. Und mir eine heiße Schokolade machen. Mom lag vermutlich gerade im Schlafzimmer und las einen ihrer historischen Romane, um sich abzulenken. Wahrscheinlich lief ihr dabei immer wieder eine Träne über das Gesicht.

Mein Magen zog sich zusammen, weil ich meine Familie so sehr liebte und nicht glauben konnte, was für ein Glück ich hatte, diese drei Menschen in meinem Leben zu haben und immer auf sie zählen zu können. Tief in meinem Inneren erkannte ich, dass ich hier nicht wieder wegwollte, aber ich verdrängte es. Darum ging es hier jetzt nicht. Die wirkliche Erkenntnis war: Ich war von diesen mich liebenden Menschen umgeben, obwohl ich es nicht verdient hatte. Und Luke war allein. Luke, der beste Mensch, den ich kannte, war gerade allein in seinem großen leeren Bauernhaus und wusste nicht wohin mit seinen Gefühlen.

Der nächste Drang war so gewaltig, dass ich nicht anders konnte, als aus meinem Bett zu springen und in einen übergroßen Pullover zu schlüpfen. Meine Jogginghose behielt ich an.

So tapste ich über den Flur und bemühte mich, kein zu großes Aufsehen zu erregen und unbemerkt aus dem Haus zu kommen, was mir ohne Probleme gelang.

Es war eine laue Sommernacht und die Temperaturen waren sicher nicht unter zwanzig Grad gesunken, aber dennoch überzog meinen Körper eine Gänsehaut, als ich durch die Tür trat. Es machte mir nichts aus, nachts allein durch die Straßen zu ziehen, zumindest nicht in West Village. In Chicago hatte das anders ausgesehen, aber hier gab es nichts, das mich beunruhigte. Zumindest nichts, das auf den Straßen lauerte.

Das, vor dem ich mich wirklich fürchtete, war nicht greifbar. Nichts Reelles. Im Grunde genommen hatte ich Angst vor der Angst. Vor den Gefühlen und Emotionen, die mich ergreifen würden, wenn ich Luke gleich gegenüberstand. Wenn ich an seiner Tür geklingelt hatte und er öffnete und mich mit diesem leeren, ausdruckslosen Blick ansehen und fragen würde, was ich bei ihm wollte.

Davor fürchtete ich mich. Aber ich würde es trotzdem tun. Ich konnte nicht anders. Es war ein innerer

Drang, der so stark war, dass ich mich ihm nicht widersetzen konnte.

Ich ging schnell und nach zehn Minuten bog ich den kleinen Weg zum Gutshof der Wilsons ein. Der Mond war voll und stand hell am dunklen Himmel, tauchte alles in eine fast romantische Atmosphäre. Aber an unserer Situation war ganz und gar nichts romantisch.

Als ich meine Hand auf die Klingel drückte, fragte ich mich, ob es ein Fehler war. Ob ich Luke aus seinem wohlverdienten Schlaf riss. Doch jetzt war es zu spät. Und ich konnte mir außerdem nicht vorstellen, dass er ein Auge zubekommen hatte.

Doch nichts passierte.

Ich klingelte noch einmal, wartete ein paar Minuten. Aber – nichts.

Als ich ein drittes Mal geklingelt hatte, beschlich mich ein sehr dumpfes, ungutes Gefühl. Okay, Luke wollte allein sein und möglicherweise war das der Grund, warum er die Haustür nicht öffnete. Es hätte so sein können. Aber tief in meinem Inneren wusste ich, dass das nicht der Fall war. Dass etwas anderes dahintersteckte. Etwas, das nicht ganz in mein Bewusstsein durchdringen wollte, weil es zu furchtbar war.

Dass Luke die Tür nicht öffnete, weil er dazu nicht in der Lage war.

Mit klopfendem Herzen ging ich über das kurz gemähte Gras um das Haus herum. In meinem Kopf gab es nichts mehr außer der Erkenntnis: *Ich muss dort rein.*

Ich muss mir Zugang zu dem Haus der Wilsons verschaffen.

Ich wusste, dass sich das Badfenster oft nicht richtig verriegeln ließ und es deswegen manchmal einen Spalt offenstand. Luke hatte das nie repariert, weil West Village so ein friedliches, idyllisches Örtchen war, dass wir eine Einbruchsquote pro Jahr von unter einem Prozent hatten.

Und das war mein Glück.

Denn als ich am besagten Fenster ankam, war es wirklich einen Spalt offen, und ich konnte es problemlos aufschieben. Ächzend zog ich mich am Sims hoch und kletterte hindurch in das Badezimmer der Wilsons.

Okay. Geschafft. Ich war im Haus.

»Luke?«, rief ich zögerlich, als ich langsam durch die Badezimmertür in den Flur trat. »Bist du zu Hause?«

Keine Antwort. Er war aber zu Hause. Ich wusste keinen Ort, an dem er sonst hätte sein sollen.

Mit heftig pochendem Puls wagte ich mich in die Küche vor. Auch hier keine Spur von ihm.

Dann hörte ich ein Klappern aus dem Wohnzimmer. Das Aufprallen von Glas auf Steinboden.

Ich stürzte los.

»Luke!«

Und da lag er. Auf dem Boden des Wohnzimmers, aus seiner Hand war gerade das Whiskyglas gerollt, seine Augen waren geschlossen, sein Kopf zur Seite gekippt.

»Luke!«, rief ich nochmals, fiel zu ihm auf die Knie,

rüttelte an ihm, doch er regte sich nicht. Alles um mich herum drehte sich, ich hatte noch nie so eine Angst wie in diesem Moment gehabt.

Er war bewusstlos. Die leere Whiskyflasche neben ihm zeigte mir auch an warum.

Er hatte es wieder getan, wie nach dem Tod seines Vaters. Er hatte sich bewusstlos getrunken.

Mit bebenden Händen fühlte ich seinen Puls, legte mein Ohr an seinen Brustkorb. Er hatte Puls. Er atmete. Aber er war nicht ansprechbar.

Ich holte mein Handy aus meiner Hosentasche, wählte den Notruf. Stotterte irgendetwas und hörte mich selbst kaum, doch ich musste wohl das Richtige gesagt haben, denn sie versicherten mir, sich sofort auf den Weg zur richtigen Adresse zu machen.

Ich schmiss mein Handy zur Seite und konnte mich gerade noch davon abhalten, wieder an Luke zu rütteln, ihn anzuschreien, dass er aufwachen sollte.

Konzentrier dich, Chloe. Konzentrier dich.

Was musste man in so einer Situation machen? Stabile Seitenlage.

Ich rollte Luke auf die Seite, legte ihm einen Arm unter den Kopf und sein oberes Bein über sein unteres Bein. Die ganze Zeit zitterten meine Hände, was das Ganze unglaublich schwierig machte, doch ich schaffte es.

Dann fühlte ich wieder seinen Puls, legte mein Ohr auf seinen Brustkorb, lauschte seinem Atem, die ganze

Zeit mit der lähmenden Angst davor, dass er aufhören könnte zu atmen. Wusste ich, wie man eine Person reanimierte? Wusste ich, wie ich Luke das Leben retten könnte? Die Panik vernebelte meinen Kopf. Ich schwor mir, ab jetzt jedes Jahr einen Erste-Hilfe-Kurs zu machen. Alles, ich würde absolut alles tun, ich würde absolut alles schwören, wenn Luke aufwachte.

»Luke«, flüsterte ich, immer noch auf seiner Brust. Meine Tränen tropften auf sein T-Shirt. »Bitte hör nicht auf zu atmen. Bitte, bitte hör nicht auf zu atmen, hörst du? Ich schwöre dir, ich bleibe bei dir. Ich werde immer bei dir bleiben. Ich gehe nirgendwo mehr hin. Es gibt nur einen einzigen Ort auf dieser Welt, an dem ich sein möchte, und das ist an deiner Seite.«

»Chloe?«

Ich fuhr ruckartig hoch, sah wie er langsam die Augen öffnete. Seine Stirn war gerunzelt, sein Blick trüb, seine Stimme schwach. Doch er war wach. Er war wieder bei Bewusstsein.

»Luke!«

Ich nahm sein Gesicht in beide Hände, lächelte durch meine Tränen, gab undeutliche Laute von mir. »Du bist wach. Bitte, bitte bleib wach. Der Notarzt ist gleich hier.«

»Chloe ...« Luke hob seine Hand, fuhr mit seinen kalten Fingern über meine Wange, ließ sie dann aber wieder erschöpft sinken.

»Du trinkst nie wieder so viel Alkohol, verstehst du

mich?« Ich schniefte und streichelte ihn, legte meine Stirn an seine und sah ihn an. »Du bringst dich nie wieder so in Gefahr.«

»Chloe«, flüsterte Luke noch mal, seine Lider flatterten. Er drohte jeden Moment wieder das Bewusstsein zu verlieren. Luke legte seine Hand um meine, versuchte zuzudrücken, doch es gelang ihm nicht. »Geh nicht weg.«

»Ich gehe nirgendwohin«, weinte ich. »Ich gehe nirgendwohin und du auch nicht. Du passt auf dich auf, du gibst auf dich Acht und auf dein Leben, verstanden? Denn ich will es mit dir verbringen. Ich will mein Leben mit dir verbringen.«

»Ich liebe dich«, flüsterte Luke und dann fielen seine Augen wieder zu.

Ich legte meine Finger an seinen Hals und stellte fest, dass der Puls schwächer wurde. Ich schluchzte auf. Wenn ich Luke verlieren würde ... Wenn der Notarzt nicht jeden Moment eintraf ... Wenn Luke eine Alkoholvergiftung hatte ...

In diesem Moment wurde mir etwas Wichtiges klar.

Mich interessierte alles einen Scheißdreck. Mich interessierte dieser dumme Job bei dieser dummen Firma einen Scheißdreck. Mich interessierte mein Studium einen Scheißdreck. Mich interessierte Chicago einen Scheißdreck.

Nichts auf dieser Welt spielt eine Rolle, wenn die Menschen, die du liebst, in Gefahr sind. Das Einzige, das für mich zählte, war, dass es Luke gutging. Ebenso wie Mom, Dad und auch Abby.

Ich liebte Luke. Und uns würde nichts auf dieser Welt noch einmal trennen. Kein Job, keine Stadt, keine Lüge, und auch nicht dieser verdammte Alkohol, den er getrunken hatte.

Der Notarzt klingelte und ich ließ die Sanitäter mechanisch hinein. Ich nahm alles nur noch verschwommen wahr. Konnte mich nur noch daran erinnern, wie sie Luke auf dieser Liege abtransportierten und wie ich darauf bestand, im Krankenwagen mit ins Krankenhaus zu fahren. Ich hielt die ganze Zeit über seine Hand.

Und ich schwor mir, sie nie wieder loszulassen.

Als ich aufwachte, wurde ich von grellem Licht geblendet. Ein zuckender Schmerz durchfuhr mich. Er kam von meinem Rücken und vermutlich von dem grauen Plastikstuhl, in dem ich die ganze Nacht krumm gesessen hatte und irgendwann eingeschlafen war.

Nach ein paar Sekunden, in denen ich erst mal richtig zu mir kommen musste, wusste ich auch wieder, wo ich war. Bei Luke.

In seinem Zimmer im Krankenhaus.

Das verriet mir der Blick auf seine Gestalt in dem weißen Krankenhausbett, das ein paar Meter von mir entfernt in dem kleinen Raum stand. Luke lag darin und lächelte mich an. Er lächelte.

Mein Herz machte einen riesigen Sprung und ich hüpfte sofort von diesem unbequemen Stuhl, was wahrscheinlich nicht besonders elegant aussah, und überbrückte die Distanz zwischen uns. Dabei wischte ich mir verstohlen über die Mundwinkel. Hatte er mich beim Schlafen beobachtet? Hatte ich gesabbert?

Doch das sollte jetzt völlig egal sein. Nachdem mir die Ereignisse der letzten Nacht wie Blitze durch den Kopf schossen, war für mich eines klar, das Einzige, was zählte, war das Lächeln auf Lukes Lippen.

»Guten Morgen«, grinste er, wenn auch ein bisschen zaghaft und vorsichtig, und streckte den Arm nach mir aus.

Ich ließ mich auf der Kante seines Bettes nieder und ergriff seine Hand. Es fühlte sich selbstverständlich an nach allem, was passiert war. Ich musste nicht einmal darüber nachdenken. Seine warme, trockene Haut an meiner löste einen ganz großen Knoten in meinem Magen, der mir die Luft zum Atmen geraubt hatte.

»Luke …« Ich schüttelte den Kopf und strich ihm über die Wange. »Ich bin so froh, dass es dir gutgeht.«

»Ich auch.« Er wich für einen kurzen Moment meinem Blick aus und fuhr sich durch das verwuschelte Haar. Trotz der dunkeln Ringe unter seinen Augen und seiner blassen Gesichtsfarbe sah er unglaublich gut aus, seine gebräunte Haut hob sich von dem Weiß der Bettwäsche ab und seine breiten Oberarme spannten sich an. »Es tut mir unglaublich leid, dass du mich gestern so finden musstest. Und es rührt mich sehr, dass du sogar mit ins Krankenhaus gefahren bist und hier die ganze Nacht verbracht hast.« Seine Worte bedeuteten mir viel, dass er überhaupt wieder mit mir redete, nachdem er mir in der Nacht mit Mike so heftige Sachen an den Kopf geworfen hatte, erleichterte mich. Aber dennoch klangen seine Worte ein bisschen gestelzt, so als wäre noch immer eine unsichtbare Wand zwischen uns, eine unüberbrückbare Distanz.

Aber wie sollte es auch anders sein? Es waren so viele Dinge geschehen, Dinge, die wir erst verarbeiten mussten. Eines wusste ich aber: Ich wollte Luke nicht noch einmal verlieren. Nie mehr. Und genau das sagte ich ihm.

»Luke, als ich dich gestern gefunden habe ...« Meine Augen füllten sich mit Tränen. Luke strich beruhigend an meinem Handrücken auf und ab, als ich zu zittern anfing. Seine bloßen Berührungen lösten unglaubliche Gefühle in mir aus. »Ich hatte so eine Angst um dich. Ich hatte so Angst, dass du aufhörst zu atmen. Du darfst das nie wieder machen. Du darfst nie wieder so viel Alkohol trinken. Du musst es mir versprechen.«

Luke sah an die Decke. »Es tut mir leid. Es tut mir wirklich so leid. Und ich danke dir. Möglicherweise verdanke ich dir sogar mein Leben. Vor einer halben Stunde, während du noch geschlafen hast, kam bereits ein Arzt rein. Ich hatte eine Alkoholvergiftung und hätte mich niemand gefunden, wäre ich womöglich an Erbrochenem erstickt.« Mein Magen krampfte sich zusammen. Luke sah mich nicht an. »Und ich würde dir gerne versprechen, dass du dir keine Sorgen um mich machen musst. Dass ich mich im Griff habe. Aber die Wahrheit ist: Das stimmt nicht. Manchmal fühlt es sich an, als wäre mein Kopf ein dunkles Loch, das mich zu verschlucken droht. Als das mit Mom gestern passiert ist, hat sich die Schlucht wieder geöffnet und mich eingesogen. Und die Gefühle, die mich dann überkommen, kann ich nicht ertragen. Ich ertränke sie mit Alkohol. Aber keine Sorge«, versuchte Luke mich zu beruhigen. »Dass ich mich bis zur Bewusstlosigkeit getrunken habe, ist mir zwei Mal passiert. Einmal nach dem Tod von Dad und gestern, wo Mom ...« Seine Augen füllten sich mit Tränen.

Ich umschloss seine Hand fester, verschränkte meine Finger mit seinen. »Luke, deine Mom ...«

»Chloe, sie ist aufgewacht«, unterbrach Luke mich sanft und ich riss die Augen auf. Das hier war wirklich eine Achterbahn der Emotionen, aber mit dieser Nachricht ging es steil bergauf. »Das hat mir der Arzt, der eben kurz da war, auch mitgeteilt. Ich darf noch nicht zu ihr, aber in ein paar Stunden schon. Ihr Zustand ist stabil. Sie ist trotzdem krank, schwer krank sogar – aber vielleicht wird sie sich jetzt endlich der richtigen Behandlung für ihre Nierenkrankheit unterziehen.«

»Oh, Luke!« Ich fiel ihm um den Hals, war zu überrumpelt, um darauf zu achten, dass er vielleicht selbst noch zu geschwächt war, um so stürmisch umarmt zu werden. Aber er umschloss meinen Oberkörper mit beiden Händen und drückte mich fest an sich. Ich vergrub mein Gesicht in meiner Halsbeuge und inhalierte seinen Geruch.

Ich liebe dich, schoss es mir durch den Kopf und ich biss mir auf die Lippen. Er hatte es mir letzte Nacht gesagt, aber er erinnerte sich nicht mehr daran. Da war ich mir sicher.

Wir verharrten ein paar Augenblicke in der Umarmung, dann löste ich mich langsam von ihm.

»Luke, du musst dir Hilfe suchen«, flüsterte ich und strich ihm über die Stirn. »Ich weiß, dass du mit Dämonen kämpfst, das tun wir alle. Aber du darfst nie wieder zulassen, dass sie die Kontrolle über dich gewinnen. Das, was zwischen deinem Vater und dir vorgefallen ist, hast du noch nicht verarbeitet, aber das kannst du schaffen. Mit psychologischer Hilfe. Und möglicherweise, wenn du willst, wenn du es zulässt ...« Ich atmete tief aus und wischte mir Tränen von den Wangen. »Auch mit meiner Hilfe.«

Luke richtete sich auf und nahm mein Gesicht in beide Hände, was dazu führte, dass ich nur noch mehr weinen musste. Mit seinen Daumen strich er sanft die feuchten Spuren fort. »Ich werde mir diese Hilfe suchen, ich verspreche es dir, Chloe. Und ich schätze es so sehr, dass auch du sie mir anbietest. Aber ich weiß, dass du zurück nach Chicago willst. Du hast ein unglaubliches

Jobangebot bekommen. Du musst gehen. Das verstehe ich. Und dafür wünsche ich dir nur das Beste.« Sein Gesichtsausdruck brannte sich tief in mein Herz. Denn er litt. Ich sah es an jeder Faser seines Gesichts.

Dads Worte klangen in mir nach. *Er wird dich sicher nicht davon abhalten, wenn es das ist, was dich glücklich macht. Das war das Einzige, das er je für dich gewollt hat. Dass du glücklich bist.*

»Luke …« Ich legte ebenfalls meine Hand an seine Wange. »Willst du, dass ich bleibe? In West Village. Bei dir.« Mein Herz schlug mir bis zum Hals. *Sag es. Sag, dass ich bleiben soll, Luke.*

Doch das war nicht seine Art. Das war nicht Luke. Ich sah es an seinem Gesichtsausdruck. Er verschloss sich. Er verbot sich seine Gefühle, und das tat er schon seit Jahren. Vermutlich hatte er es schon getan, als wir noch zusammen gewesen waren, doch ich war zu jung gewesen, um solche Dinge zu erkennen. Manchmal kennst du die Menschen, die du liebst, am schlechtesten. Du musst erst eine gewisse Distanz zu ihnen aufbauen, um zu erfahren, wie es ihnen wirklich geht und wie du ihnen helfen kannst.

Die Distanz zu Luke hatte ich lange genug gehabt. Und nun wollte ich sie für immer überwinden. Ich wusste jetzt, worin seine Dämonen bestanden. Er wollte das Beste für die Menschen, die er liebte, so wie jeder; doch er machte sich selbst damit kaputt. Er stellte niemals Forderungen an andere, lebte lieber sein ganzes

Leben mit unterdrückten Wünschen und Emotionen. Er hatte sich niemals dagegen aufgelehnt, dass seine Eltern erwartet hatten, dass er den Hof übernahm und weiterführte. Er hätte seine Mom niemals allein gelassen. Und er hätte niemals zugelassen, dass ich seinetwegen auf irgendetwas verzichtete. Auf Chicago. Er hatte mich einmal gehen lassen und er würde mich ein zweites Mal gehen lassen, wenn es das war, was mich glücklich machte. Doch das war es nicht.

»Du kannst nicht bleiben«, flüsterte Luke. »Du hast dein Studium, du hast ein Jobangebot ...« Seine Finger rutschten von meinem Gesicht, seine Miene wurde noch härter. »Ich danke dir für alles, was du für mich getan hast, aber ich verstehe, dass wir es dabei belassen müssen.« Er würde mich aus dem Raum schicken, wenn ich es zuließ. Aus seinem Leben.

Doch ich ließ es nicht zu.

»Luke, für mich zählt nur eine einzige Sache, die ich wissen muss.« Ich legte seine Hand auf mein Herz, damit er fühlte, wie sehr es in meiner Brust schlug. Wie sehr mich diese Situation mitnahm. Er musste wissen, dass das hier alles für mich war. Und ich glaubte, an seinem Blick zu erkennen, dass er es verstand. »Ich muss wissen, ob du mir verzeihen kannst, was ich Abby angetan habe. Mit Mike. Und bevor du antwortest ...« Ich schloss die Augen, atmete tief durch. »... will ich, dass du weißt, dass zwischen Mike und mir nichts mehr passiert ist, sobald ich realisiert habe, dass ich dich noch liebe.«

Nun konnte ich sogar Lukes Herzbeben spüren, obwohl ich seine Brust nicht berührte. Denn ich hatte es ausgesprochen. »Ja, ich liebe dich.« Die Tränen liefen ungehindert mein Gesicht herab. »Und was auch immer du gleich antwortest, wird daran nichts ändern. Ich habe nie aufgehört, dich zu lieben, ich habe nur mich selbst verloren. Ich hatte keine Richtung mehr in meinem Leben und deshalb sind Dinge passiert, die ich zutiefst bereue. Aber deswegen ist es umso wichtiger, dass du diese Dinge siehst. Dass wir sie nicht zur Seite drängen, nur weil wir uns wünschen, dass sie nicht passiert sind. Ich muss wissen, ob du mich liebst, und wenn ja, ob du wirklich *mich* liebst, und nicht eine Version, die ich vor sechs Jahren gewesen war. Ich bin nicht das Bild, das du von mir in deinem Kopf hattest, Luke. Denn ich habe auch Dämonen. Ich bin nicht mehr das achtzehnjährige Mädchen. Damals hast du mir immer gesagt, dass ich perfekt bin, aber das bin ich nicht. Ich habe Fehler gemacht, große Fehler, und werde höchstwahrscheinlich in meinem Leben noch mehr davon begehen. Nicht solche Fehler. Ich würde dich niemals in meinem Leben betrügen. Aber andere. Wahrscheinlich eine ganze Menge davon. Wir neigen dazu, Versionen von Menschen zu lieben, und nicht sie selbst. Deshalb muss ich es wissen, Luke. Liebst du mich? Nicht die Version von damals? Nicht die Person, die ich war? Sondern die Person, die ich jetzt bin und die ich sein werde?«

Luke platzierte beide Hände um meine Hüften, zog

mich auf seinen Schoß, legte seine Stirn an meine und flüsterte: »Ich werde dich immer lieben, Chloe. Nichts von dem, was du getan hast, hat daran etwas geändert. Und nichts von dem, was du noch tun wirst, *könnte* daran etwas ändern. Ich bin in meinem Leben vor den allermeisten Gefühlen davongelaufen, aber eines hat mich niemals losgelassen. Meine Liebe zu dir.«

Und dann trafen unsere Lippen aufeinander.

Epilog

2 Wochen später

Ich atmete tief durch, als ich mich in unserem Flurspiegel betrachtete. Das weiße Kleid fiel wie ein Wasserfall an mir herab. Ich strich über die zarte Spitze und musste den Stoff zwischen meinen Fingern reiben, bis ich wirklich realisierte, was heute passierte.

Mom trat hinter mich und legte mir mit Tränen in den Augen ihre Hände auf die Schultern. Unsere Blicke begegneten sich im Spiegel und auch ich spürte, wie meine Augen feucht wurden. Doch ich wollte mein Make-up nicht aufs Spiel setzen, auch wenn Louise, meine Cousine, die Visagistin war, mir versicherte, dass alles wasserfest war.

»Ich kann nicht glauben, dass ihr heiratet«, flüsterte

Mom und strich mir über den Schleier. Ich hätte nie gedacht, dass ich einen anziehen würde, wenn ich heiratete; doch nachdem ich mich bereits für Moms Brautkleid entschieden hatte, fühlte sich nichts richtiger an, als an diesem Tag Debbies Schleier aufzusetzen.

»Ich auch nicht«, flüsterte ich zurück und legte meine Hand über die von Mom, die immer noch auf meiner Schulter ruhte. »Denkst du, wir tun das Richtige?«

Mom musste nicht überlegen. »Ich denke es nicht, Schatz. Ich weiß es. Luke und du, ihr gehört zusammen. Ich glaube, das hat jeder schon immer gewusst, nur ihr eine Zeit lang nicht.« Mom schmunzelte.

Ich musste ebenfalls lächeln, doch dann wurde mein Gesichtsausdruck wieder ernst. »Ich weiß. Das meinte ich nicht.« Ich war mir noch nie in meinem Leben bei einer Entscheidung sicherer gewesen als bei der, Luke zu heiraten. »Ich meine, gegenüber Abby.« Das war der einzige Knackpunkt.

Als Luke und ich uns vor zwei Wochen im Krankenhaus gegenseitig gestanden hatten, was schon die ganze Zeit so offensichtlich gewesen war – unsere bedingungslose Liebe füreinander –, hatte sich in unser beider Köpfe bereits ein Gedanke eingenistet, den wir jedoch erst ein paar Tage später laut ausgesprochen hatten.

Es war eine Hochzeit organisiert, bis ins kleinste Detail. Doch es gab niemanden, der sie feiern wollte. Abby hatte ihre Entscheidung in die Tat umgesetzt und Mike endgültig den Laufpass gegeben, und zwar schon zwei Tage nach dem Vorfall am See. Sie hatte ihn her zitiert, ihm all seine Sachen in einem Müllsack überreicht und ihm gedroht, sollte er sie oder mich je wieder anfassen, würde sie ihn mit Dads Luftgewehr erschießen und seine sterblichen Überreste in der Gartenlaube aufbewahren. Dad untermalte die Drohung, indem er einen Meter hinter Abby stand und das Luftgewehr in der Hand hielt. Die Drohung mit der Gartenlaube fand ich fast schon gemein. Das war das Einzige, das Mike gut hingekriegt hatte – dieses Häuschen mit Dad zu bauen.

Seitdem hatte sich Abby fast ausschließlich in ihrem Zimmer vergraben, nachts hörte ich sie manchmal weinen. Dann wollte ich zu ihr hinübergehen, doch ich hielt mich davon ab. Sie hatte mir zwei Tage nach meinem Geständnis – an dem Tag, an dem sie offiziell mit Mike Schluss machte – einen Brief auf meinen Schreibtisch gelegt. Darin schrieb sie, dass sie Zeit für sich brauchte, aber trotzdem bei uns, ihrer Familie bleiben wollte. Sie hielt es jetzt nicht aus, allein in ihrer Wohnung zu sein. Doch sie wäre mir dankbar, wenn ich sie für ein paar Tage nicht anspräche. Ich wäre immer noch ihre Schwester, daran würde sich nichts ändern, doch sie war wütend auf mich. Sehr wütend. Und das konnte ich absolut nachvollziehen. Inzwischen hatte sie seit zwei Wochen nicht mehr mit mir geredet, und das schmerzte. Aber wenn es das war, durch das wir beide gehen mussten, damit sie mir irgendwann verzeihen konnte, nahm ich es stillschweigend hin.

Aber genau aus diesem Grund hatte ich zu Luke gesagt, dass wir Abby das definitiv nicht antun konnten. Auf keinen Fall konnten wir Abbys und Mikes Hochzeit nehmen und sie einfach zu unserer machen. Doch dann rief Abby Luke an und sagte ihm, was sie nicht schaffte, mir zu sagen. Sie wünschte sich, dass diese ganze Hochzeitsplanung nicht umsonst gewesen war. Dass wenigstens eine von uns ihr Glück finden sollte. Dass ich Luke heiraten sollte.

Und ab diesem Zeitpunkt hatte es für uns kein Halten mehr gegeben. Der ganze bürokratische Kram war kein Problem gewesen. Wir konnten den standesamtlichen Termin anstelle von Abby und Mike wahrnehmen. Das wahre Problem bestand darin, unseren Verwandten und insbesondere unseren ganzen verrückten Tanten zu erklären, dass wir ganz spontan doch nicht Abbys Hochzeit feierten, sondern meine.

Gott sei Dank hatte Mom jedoch diese Aufgabe übernommen. Die Reaktion meiner Eltern darauf, dass Luke und ich wieder zusammen waren und innerhalb von zwei Wochen heiraten wollten, hatte mich überrascht. Denn sie hatten mit keiner Wimper gezuckt. Es war eher so gewesen, als wäre der Traum, den sie sich nachts heimlich ausgemalt hätten, endlich wahr geworden. Dad hatte Luke in seine Arme gezogen und gesagt, wie sehr er sich freute, dass Luke endlich wieder zur Familie gehörte. Mom hatte hinzugefügt, dass Luke niemals *nicht* zur Familie gehört hatte, und ich sah ganz genau, dass Luke sich verstohlen ein Tränchen aus dem Auge wischte.

Doch das war nichts dagegen gewesen, wie mich Debbies Reaktion gerührt hatte. Wir hatten es ihr gesagt, kurz nachdem sie aus dem Krankenhaus entlassen worden war. Sie hatte mich in ihre Arme geschlossen und ich dachte schon, sie würde mich nie wieder loslassen. Doch dann löste sie sich doch von mir, sah mir in die Augen, bevor sie folgendes sagte: »Luke wollte nie mit mir über seine Gefühle reden, aber eine Mutter weiß, was in ihrem Sohn vorgeht. Und ich habe ihm all die Jahre angesehen, wie sehr er dich geliebt hat. Wie sehr er dich vermisst hat.«

Debbie würde zwar nie wieder richtig gesund werden, aber mit der Dialyse, gegen die sie sich jetzt Gott sei Dank nicht mehr wehrte, hatte sie noch einige Jahre zu leben. Solange sie sich auf dem Hof nicht mehr überanstrengte. Doch das würde sie nicht. Jetzt war ich da, um Luke unter die Arme zu greifen.

»Ihr macht alles richtig«, nahm Mom das Gespräch wieder auf. »Es war die richtige Entscheidung, dass du den Job bei *EagleChem Corporation* nicht angenommen hast. Du fragst Earl doch heute, richtig?«

»Ja.« Das würde ich wirklich. Earl kam zu unserer Hochzeit und ich würde mit ihm darüber sprechen, ob sie bei der West- Village-Tageszeitung einen Job für mich hatten.

Überraschenderweise erfüllte mich dieser Gedanke

nicht mit Scham. Sondern mit Stolz. Endlich tat ich die Dinge, von denen ich nicht erwartete, dass andere sie gut fanden. Sondern dass *ich* sie gut fand. Ich hörte auf mein Bauchgefühl. Und das signalisierte mir ganz deutlich, dass ein Job in West Village genau das Richtige für mich war. In der Nähe von Lukes Hof. In der Nähe meiner Familie. Ich musste nur noch an ein paar Wochenenden nach Chicago, um die letzten Blockseminare für mein Studium zu absolvieren und es somit erfolgreich abzuschließen.

Mom strich mir noch einmal über die Schulter und trat dann zurück. »Ich werde mal nachsehen, wo dein Vater sich rumtreibt. Nicht, dass er sich schon an der Hochzeitstorte zu schaffen macht.« Sie zwinkerte mir zu. »Und, Chloe?«

»Ja, Mom?«

»Ich bin wahnsinnig stolz auf dich.«

Ein warmes Gefühl erfüllte meinen Bauch, als meine Mutter in die Küche verschwand. Es war nicht das erste Mal, dass meine Mom mir das sagte. Im Gegenteil. Meine Eltern hatten mir schon so oft in meinem Leben gesagt, dass sie stolz auf mich waren, doch ich hatte es ihnen nie geglaubt. Weil ich mir selbst nicht erlaubt hatte, zu glauben, dass irgendjemand stolz auf mich sein könnte. Weil ich mir immer wieder eingeredet hatte, dass ich nicht gut genug war, bis mein Selbstwertgefühl so weit im Keller war, dass ich leichte Beute für jemanden wie Mike gewesen war. Doch ich spielte meine eigene Verantwortung in dieser Sache nicht herunter. Das würde ich generell nie wieder tun. Ich war kein Objekt, ich war ein Subjekt. Ich war handlungsfähig. Ich hatte die Verantwortung für mein Handeln, meine Taten. Und ich würde sie nie wieder aus der Hand geben. Ich würde aktiv an mir arbeiten und deswegen hatte ich beschlossen, genau wie Luke, professionelle Hilfe zu suchen. Ich wusste nicht, ob ich mich in Therapie begeben würde wie er, doch ich würde zumindest mit jemandem über meine Probleme sprechen. Über den inneren Kritiker in mir. Denn so was verschwand nicht von allein. Aber mit Hilfe konnte man alles schaffen.

»Chloe.«

Ich sah überrascht auf, als meine Schwester hinter mich trat. Ich drehte mich nicht zu ihr um, sondern betrachtete uns im Spiegelbild. Sie hatte sich umgezogen. Sie trug das Kleid, das ich als ihre Brautjungfer hätte tragen sollen. Es passte auch ihr perfekt.

Mein Gesicht überzog eine leichte Röte. Ich hatte sie nicht darum bitten wollen, meine Brautjungfer zu sein, hatte es völlig unangebracht gefunden und mich damit abgefunden, bei meiner Hochzeit keine zu haben.

Doch Abby hielt sogar einen kleinen Strauß in der Hand, der aussah, als hätte Mom ihn mit Blumen aus unserem Garten zusammengestellt. Ich fand ihn wunderschön.

»Darf ich deine Brautjungfer sein?«, fragte Abby. Sie lächelte nicht, doch in ihrer Stimme lag so viel Zärtlichkeit, dass ich dem Drang widerstehen musste, mich zu ihr umzudrehen und sie zu umarmen. Ich wollte sie nicht überfordern.

»Es würde mich riesig freuen«, stieß ich also nur atemlos hervor und fing ihren Blick im Spiegel auf. Es lag immer noch so viel Wut und Traurigkeit darin, doch auch noch eine andere Emotion. Liebe? »Abby, ich wollte dich nicht darum bitten, weil ich dachte …«

Doch Abby hob die Hand, was mich zum Schweigen brachte. »Weil du dachtest, dass ich wütend bin? Das bin ich auch, Chloe. Ich bin unglaublich wütend. Aber ich habe noch genug Zeit, wütend zu sein. Jahre, wenn mir danach ist. Aber deine Hochzeit ist nur einmal. Sie ist heute. Und ich will nicht später zurückblicken und mich fragen, warum ich am Tag der Hochzeit meiner Schwester nicht an ihrer Seite war. Das ist dieser Arsch – ich will seinen Namen nicht aussprechen – einfach nicht wert.«

Jetzt drehte ich mich doch um und schloss Abby in meine Arme. Sie ließ es geschehen, auch wenn sie sich etwas verkrampft anfühlte und die Umarmung nicht wirklich erwiderte.

Als wir uns wieder voneinander lösten, sah ich ihr endlich nach all diesen Tagen wieder in die Augen. Richtig in die Augen. Und fand darin eine Verbundenheit, die sich niemals lösen würde.

»Abby«, sagte ich leise, »du wirst auch dein Happy End finden. Das verspreche ich dir.«

»Ich weiß.« Abby lächelte und es war zwar ein trauriges Lächeln, aber dennoch ein aufrichtiges. Ein hoffnungsvolles. Sie nahm meine Hand. »Aber das hier ist jetzt erst mal *dein* Happy End, Chloe. Du hast es verdient. Genieße es.«

Und das tat ich.

ENDE

Danksagung

Mein größter Dank gilt dem gesamten Team vom Federherz Verlag. Ich danke vor allem Christina, die mich mit offenen Armen als Autorin aufgenommen hat, als ich gesagt habe: Ich arbeite da an einer Geschichte. Und dass aus dieser Geschichte so ein tolles Buch geworden ist, verdanke ich einigen Personen. Meiner Lektorin Kristina; danke für deinen wichtigen Input zu der Beziehung von Chloe und Luke und auch für alle anderen Verbesserungen! Meiner Korrektorin Anika, die jedes Komma und jeden Buchstaben an den richtigen Platz bringt; meiner Coverdesignerin Nikolina; Eva für die Hilfe beim Klappentext und Esther für die Social-Media-Arbeit.

Ich danke außerdem von ganzem Herzen meinen Testleserinnen. Lara, Sina, Selina, Josie, Milena, Eva-Marie, Jessie – mit wie viel Leidenschaft ihr die Geschichte gelesen und kommentiert habt, hat mir unglaublich viel bedeutet. Euer Feedback war Gold wert!

Unglaublich dankbar bin ich auch für meine Familie, die sich jede Buchidee und jedes Update aus meinem

Autorinnenleben geduldig anhört und mich unterstützt. Ich bin so froh, dass es euch gibt!

Und dann bin ich euch dankbar, meinen Leserinnen und Lesern, euch Federherzen, die dieses Buch gekauft und gelesen und mich damit unterstützt haben. Ich hoffe, es hat euch gefallen, aber selbst wenn nicht – ich freue mich riesig über Feedback. Hinterlasst mir super gern eine Rezi oder schreibt mir bei Instagram: @Anaskye_autorin. Ich hoffe, wir lesen uns in Band 2 wieder!

Ausführliche Triggerwarnung

Das Buch / die Reihe enthält folgende explizite Triggerthemen:

Alkoholkonsum, Sucht, psychische Erkrankungen, Krankheit (explizit Koma), Trauerbewältigung, Tod

Mila Meadow, Ylvie Davis
SECRET MOMENTS
WITH YOU
Dilogie-Auftakt
(unabhängig lesbar)
ISBN: 978-3-98942-016-8

Aller Vernunft zum Trotz verliere ich mein Herz an dich, Bexley.
Dabei spricht viel mehr gegen uns als nur die Tatsache,
dass ich dein Boss bin.

Bexley lebt für ihren Job bei einer angesehenen Finanzagentur. Und ihr langersehnter beruflicher Aufstieg scheint nach dem gelungenen Abschluss eines besonders lukrativen Deals endlich in greifbarer Nähe. Doch statt der schon sicheren Beförderung präsentiert die Geschäftsführung ihr kurzerhand jemand anderen für den erhofften Job des Chief Operating Officer. Greyson Ambrose ist charmant, kompetent und bringt leider auch die Schmetterlinge in ihrem Bauch zum Tanzen. Trotzdem ist Bex fest davon überzeugt, zu beweisen, dass sie die bessere Wahl gewesen wäre. Nur lässt sich Grey von ihren Sticheleien nicht aus der Ruhe bringen, denn er verfolgt ein Ziel, bei dem nicht nur Bex' Karriere zerstört, sondern auch ihr Herz gebrochen werden könnte …

Slow Burn | Boss Romance